U0532152

i
imaginist

想象另一种可能

理想国
imaginist

破曉時分

朱西甯

河南文藝出版社
·鄭州·

图书在版编目(CIP)数据

破晓时分 / 朱西甯著. —郑州：河南文艺出版社, 2021.4（2022.2 重印）
ISBN 978-7-5559-1089-3

Ⅰ. ①破… Ⅱ. ①朱… Ⅲ. ①中篇小说—小说集—中国—当代 Ⅳ. ① I247.5

中国版本图书馆 CIP 数据核字 (2020) 第 246273 号

破晓时分
朱西甯 著

责任编辑	陈 静　张 娟
特约编辑	黄盼盼　黄平丽
装帧设计	周安迪
内文制作	李丹华
责任校对	赵红宙

出版发行　河南文艺出版社
本社地址　郑州市郑东新区祥盛街27号 C座 5楼
邮政编码　450018
承印单位　山东新华印务有限公司
开　　本　850毫米×1168毫米　1/32
印　　张　10.125
字　　数　186 000
版　　次　2021年4月第1版
印　　次　2022年2月第2次印刷
定　　价　68.00元

★ 版权所有　侵权必究 ★

作者像，一九七六年于台北景美家留影

目 录

001　春去也

027　冷雨

039　屠狗记

053　白坟

073　偷谷贼

097　牧歌

121　也是滋味

143　黑狼

161　失车记

181	本日阴雨
191	鬼母
215	福成白铁号
253	破晓时分
297	落叶落影——怀念朱西甯先生 / 虹影
307	朱西甯文学年表

春去也

收蚕茧的节令又到了,那总是满地桃花落红烂醉的时候。

缫丝房这一忙就要忙上一个月的光景。年年总是这样的,甚么活儿都得先放下,总共两个师傅、一个学徒,就是三头六臂也不够用。邱师傅照例得捎信下乡去把老丈母娘请来家,顺便带个派上用场的人手,哪怕只能给丝锅添添煤,或是蚕茧堆上不时洒洒盐水甚么的。

院子实在不多大,半铜盆的洗脸水就够从西屋泼到东墙。院子里一担一担等着上秤的蚕茧,挤得没有下脚的空儿。那么多的嘴巴讨价钱,争斤两。天上掠过布谷鸟那样急切匆忙的叫声,桃花瓣儿给吵闹得纷纷打旋想再飞回树梢儿。

邱师傅的丈母娘带着小姨子搭人家的骡车来了。一进门,包头来不及解下,就喳喳呼呼地招呼这,招呼那,不知多少机要等她老人家来裁定。小姨子扶着她,搀瞎子一样地在那些箩子筐子的隙缝里找路走。

"今年哪，收成真没说处！"丈母娘抄起一捧雪团儿般的蚕茧说，"又胖又白漂，鹁鸽蛋儿也没这么匀净！"

白花花的肥蚕茧就如白花花的银链子，逗人打心底儿往外乐。老岳母忙不迭这就坐到丝锅灶门口，把正在添煤上火的小外孙女儿搂到怀里，心肝宝贝地叫着。

"乖呀，引弟儿中用了嘛！七岁的丫头！"一连就在孩子腮帮儿上嘬了几个嘴儿。"快去找找斗子里，看姥姥给你带甚么吃的来了！"

"我说他姑爷，这样子好的茧子！今年价钱怕要上了点儿呗？"

灶底下用不着再上煤，丈母娘关上铁灶门，跟丝锅上的大女婿搭谈起来。

"您老去歇歇腿儿罢，擦把脸。引弟儿，给姥姥舀盆洗脸水去！"

邱师傅肚子抵着灶台，手脚都闲不出空儿；一手使着两只炸油条一样的长筷子，一手调理丝锅里捞起的丝胚子头儿，脚底下还须一刻不停踩动抠丝的飞轮踏板儿。

"还是老价钱。光是咱们一家想提价，那不惹同行的骂！"

邱师傅瞥上一眼站在一旁的小姨子——丈母娘带来的人手。有两年没见，好像吹气似的陡然间大起来，出脱得一个大姑娘了。

"小姨也去擦一把脸罢,一路上风沙醭土的……"

大姑娘脸一红,赶忙望着别处,身子扭了扭。

这个做姐夫的邱师傅不知甚么缘故,一时有些儿心慌。转过脸来,丝锅上四条丝头儿只剩一条了,忙着挑来挑去地找头儿接上去。

他不认这个账的:三十出头的人了,甚么事还值得心慌?活见鬼!便加紧踩蹬脚底下踏板儿,想把那点儿恼人的心慌给蹭开。

打算捎信下乡的时候,他女人很想叫他小姨子一起上城来。他女人打定主意要给窦师傅做个媒,让两下里先都相相,看中意不中意。

"你挑甚么时候不好,专挑这个时候?房子就够偪窄的,加上收茧子,三间西屋都腾出来堆货,你让引弟儿她小姨来了,给抹上浆子贴到墙上?"

"来谁也得安个铺儿罢!横直要请娘带个帮手来,倒不如请她小姨来了,这张大炕上咱们娘儿四个还怕挤不下呀?"

邱师傅一时想不出甚么作借口。

"嘎咕卡咕——"布谷鸟没日没夜地啼叫。远处近处,飞过小城的天边。黑苍苍春夜里,黑苍苍到处布种"布谷播种——布谷播种——"然而邱师傅的种子瞎了。拉骆驼的相他有五子登科的命,他可一子儿也不子儿。引弟儿,引弟儿,弟弟没引来,连妹妹也没引得到。

老婆似睡未睡的,又被他摸弄醒了。

"当真要她小姨来呀?"一手指的滑腻腻生发油。夜半凉月爬上来,窗口染上青艳艳的雪光。

他女人含含糊糊应了他,应了些甚么也没有听清。

"不大便利,姑娘家!"

"又不用你驮着抱着,有甚么不便利!"

"抱着?我这做姐夫的……"

他老婆冷笑笑。"那有甚么,小时候你还不是抱过她看庙会?"

"小时候是小时候,那还说甚么!"

"想抱还不容易!压两天就送上门来了。"

邱师傅就觉得落了个没滋味。他拦着不让小姨子来,心里只有一个疙瘩,反说不出口,也万万说不出口;他可不情愿把小姨子提给窦师傅。连他自己也茫茫糊糊弄不清是个甚么道理。他对窦师傅可没有一点儿歹意,他们这个手艺少谁都行,单单就是少不掉姓窦的这样又能干又勤快的师傅。可怎么行呢?他着恼地跟自个儿嘀咕:怎该她要便宜了窦师傅,要做窦家的人!

能防一手的,都挺无耻地防着了。可小姨子是来定了,打着今年桑肥茧子丰收这个名目,借用对门李家客栈院子一角搭个篷,支了座丝锅给窦师傅在那边缫丝,两下里能少见就少见。也算自个儿费尽心机了。

小姨子跟在她娘后头走进房里去。乌油油的大辫子那么长，细腰大身子，肉墩墩儿一步一耸动。他两口子枕一个枕头打商量的那会子——那个春夜里，布谷鸟好像懂得甚么似的，加紧叫着，他可还没有把小姨子想作这个俏模样。要不的话，他还得多想那么几个借口，拦住不让他小姨子来。反正窦师傅说定这一季帮过了忙就回去自己开缫丝房了。那就等明年再接小姨子来也不迟。

　　要说让这两人相相，没有谁看不中谁的道理。一个是生得水葱儿似的，要多标致，有多标致；跟她姐姐好似不是一母所生。那另一个，白白净净的少年郎，生就笑脸庞儿，一手的好手艺，就快自己开缫丝房了。想到这儿，邱师傅就会有被冷落的感慨——那把我放到甚么地方了？这样非分的馊念头，会使他惶愧得连忙想瞒着，连自己也不让知道。

　　也只那一瞥呢，一眨眼仿佛又记不清那副小模样有多俏了。邱师傅勾过头去，从烟筒的一侧盯了一眼挺直站在房里的他一个人的小姨子。瞧那侧脸儿，小嘴唇不知有多可怜见的。那乌油油辫子直垂下来，衬出一掐掐儿细腰，凹进去有一拳深呢。邱师傅的小拇指给锅边儿烫了一下，长筷子掉进了翻滚的丝锅里。

　　看着长大的，真是了不得，这岁月，好似这丝锅的飞轮呜啦呜啦老转着不停，谁也不等的，谁也留不住那么地抽走多少蚕吐的血丝。人也把这血丝织成锦缎，编成绦子，人也用这丝绣龙又绣凤。多美多好也终不是蚕的了。

三十二寸大丝锅里,大半锅滚腾腾的沸水,跳上跳下汤圆儿似的蚕茧子。随着蒸气喷散出到处都是半腐的、河腥的,又仿佛是阴雨天气返潮的陈汗迹子气味。

不多一会儿工夫,小姨子就把那一点儿生疏给忘了,又恢复小姑娘时候那种不知避嫌的亲热。邱师傅可还不行,倒不是生疏,夹在他们中间的该是另一些说不出的甚么,大约是小姨子的这种"大"罢!"这一锅不是要丧掉几百条命!"

"嘿,何止啊……"

一根丝头断了,这一打岔,丝头接上了,话可接不上去。何止几百条?成千上万的性命。不能拿这个逗英豪,冲鼻子的气味,又是这样子杀生害命的,小姨子语气里又似取笑他,又似瞧他不起,弄得他有点无地自容地没滋蜡味。上十年的手艺,头一回疑心当初怎么挑上这么一份在小姨子眼里一点也不显得体面的行业。

或许她还不知道沉冤锅底有多少肥肥胖胖光身子的蚕蛹子。笊篱捞上来,整盆整碗的,拍点儿蒜糜,酱麻油醋那么一拌,"给我肉也换不去!"丈母娘牙口不怎么壮,专爱吃那样的鲜蚕蛹,一嚼一包子水,螃蟹黄儿一样鲜。她要是知道,不是要说吃蚕尸么?

"怎不等出了蚕蛾再抽丝呢?不是省得这么造孽?"

"傻妞儿,造甚么孽?"做娘的用一只水桶量子化盐水,笑着责备她小女儿。"等出了蛾子,那还抽得出丝啊?茧子上留下个窟窿,丝都一寸寸断了——只配做丝绵了。"

"姑娘家还不都是菩萨心肠!"邱师傅很有心要讨好,瞟一眼过去,小姨子仍然捂住鼻子。

"菩萨心肠?"老妇人虎下脸来,往一边转过脸去。好像大女婿这话很使她老人家生气,再也不理他了。"要说菩萨心肠,就别穿绫罗缎纱罢,就别使丝线绣花罢,过端午也别扎五彩绒罢!"

丈母娘一口气就说出他这份行业那么多荣宗耀祖的光彩。可他在小姨子面前,只管一心记挂着自家这行业有多低贱。不说别的罢,他这片缫丝房新出的"土耳其丝",就能把姑娘家小魂儿勾了走。方才若是记起它,也给自己壮壮势了。他真想这就去拿出来亮亮,把小姨子的魂灵勾过来。

丈母娘调好了盐水,整整头上那一顶嵌一颗白铜珠子的勒子,等女儿跟她合伙提到西屋去。

"来罢,到你姐夫家来不是站闲的。"

"您老别闪了腰,摆那儿,我来!"

邱师傅放下长筷子,抢过来,从丈母娘手里接过水桶把手。

那握拒丝的飞轮打着空转,转着转着就失望地停下来了。

水桶提把的那一端握在小姨子手里,怪的是她也不松手,斜着身子等他。凭他气力,一只手也提着飞跑了,提到屋去只不过十几步远。他就不肯独自干。两个人中间隔一只花鼓

春去也　007

样子的水桶，并排斜着身子提起来。水桶顶上，两脑袋本该就合着力气分向两边挣开来的，只是没几步路，两人都像有意似的，这一个腮颊贴近那一个头发，摩摩擦擦的。搽的生发油，也是他老婆搽的那一种，又不全是那种气味，总有点儿说不出的新鲜。当真人年轻，生发油也跟着年轻了！那乌油油满头青丝撩在他颧骨上，说痒不痒的，春风春雨的撩弄人。他这样子俯视，却只能从她一步一荡、斜披着的刘海那里瞧见小小的鼻梢儿。再下面便是蓝底子白菊花的短夹袄。家里有只景德镇的瓷坛子，一个样式的花色。引弟儿断奶那个时候，里面总是盛着整串儿炒米团儿。手伸进去，滚滚滑滑地半晌儿抓不住一个。

到西屋去的这十来步真经不住走；三两大步就跨到了，不甘心得很。单看水桶底下那一双绣花鞋，羞羞躲躲一隐一现的，两只小白兔那样地竞着抢前又抢后；单看这一双绣鞋也没有看够。诚心说罢，绣鞋那色气搭配得实在有点儿土气。可俏就俏在那点儿土气，城里看不到的。

三间西屋里地上铺着芦席，堆到屋檐的蚕茧，洒过盐水就不那么白漂光亮了。这里面的腥气愈发地刺鼻子。

"老黑子，你可不能躲懒，手底下勤快些！"

邱师傅冲着里间吆呼。人会以为里面准有个黑黢黢的家伙出来应和，却是个十三四岁的小学徒，拎一只空桶走出来。

"你叫他一个这间跑那间，哪来得及？"老妇人跟上来说，

"叫她小姨管这一间，两个人分头儿来！"

说着的工夫又是两大箩筐新收的蚕茧送进来。

"瞧瞧，这可卖不得呆！"老妇人沉不住气了。

"您老别那么慌……"

"还别慌？慢一慢儿可就保你蛾子漫天飞啦！"

小姨子可又捂住了鼻子。他一旁瞧着老大不忍心。芦席上潮糊糊的卤水，别把那双小绣鞋儿浸透了。

"我不来，杀生害命的！多造孽呀！"

真是个孩子，这位小姨子一跺脚，一肚子委屈似的走出去，仿佛发现谁安排了甚么要陷害她。这才邱师傅忽然想起自己丢下的活儿，赶忙回到丝锅上，觉得自己这不是有点儿中了邪！

这半晌疯疯邪邪的，好像眼里全没有跟东又跟西的那大的女儿，也不觉臊得慌。那就改邪归正罢，加紧踩起脚底下踏板——真不必要那样卖力，呜啦呜啦，飞轮转成陀螺那样快，也不怕扯断了丝头。

"去罢，去门口看看娘买菜回来啦！"

把引弟儿支使开，好像又是存心撵走孩子，少一对使自己难堪的眼睛。这不是欺负孩子无知吗？不由得朝着小女儿的背影看一眼，那孩子爬山似的穿梭在箩子筐子中间吃力地攀登。眼睛一扫，又带到小姨子身上。头一回懊悔自己不该生一对恼人的眼睛。

春去也　009

小姨子在那儿化盐水，一根光棍儿画轴哗啦哗啦搅，直硬硬地折下腰，也不蹲下去，背后看来可不是一头正当年的肥肥的小骡马！她俩姐妹都是这样硬腿硬脚的，好像生就的膝盖打不了弯儿，蹲不下去，惹人打后头瞭着净打糊涂主意。这姐妹俩，哼！二十四孝头一孝，娥皇女英也是姐妹俩。她女人就没那样的气量，玩笑也都一样地当真。他女人会说："行啊，你跟我爹我娘商量去，商量通了，我倒乐得享点子福，针线茶饭有人帮我了。"不过那就要酸溜溜地赘一根尾巴："除非天下男人都死光了，我妹妹找不到人家！"

他心里便会说："不必等男人死光，只要一个女人死掉，那就有奔头！"这也是随便说说，玩笑玩笑，可不能说出口，妇人家顶爱的就是多心，尽管他一点也不承认自个儿安过那样丧天良的坏心眼儿，巴望他女人死掉。

"那就怪你肚子不争气！"邱师傅喜欢这样子揭他女人的疮疤儿。

"我肚子不争气，我妹子也未必就争气！"

"你妹子未必不争气？你瞧她二姨三姨！"

"有本事，你哪儿讨小讨不到？没见过有人像你这样猪吃死食——认准一个老槽！"

"丈母娘疼女婿嘛，怎舍得大女婿绝掉香烟？又怎么舍得大女婿便宜给别的女人？"

"我的菩萨奶奶，甚么宝贝，还怕便宜了别人！"

这都是斗嘴的；若说认真，其实不是他女人，倒是他自个儿。怕甚么便宜人！是怕小姨子便宜了人——从他女人打算给窦师傅做媒那个时候起，邱师傅就有这样的疙瘩，不甘心他小姨子落给别人去占便宜。

真的，"你妹子未必不争气！"瞧瞧那样一头正当年，正上膘的小骡马，命里注定该享七子八婿，大富贵，益寿考。

到底总还是个大孩子；不肯冲着蚕茧堆上洒盐水，老是把那话儿放在嘴上：怕造孽，怕杀生害命。可调起盐水倒又调得那么有滋有味的。姑娘家好像从头到肚儿都不懂得算这样子账：蚕蛹不敢吃，看着她母亲用佐料拌的肥蚕蛹，一口一个，吃得直咂嘴，就紧锁着眉，说那肥蚕蛹就像褓褥子里包着的小奶孩儿，一口一个，老妖精似的，弄得她直恶心，饭也吃不下了。大惊小怪的拿她没办法；只是见了姐夫的新手艺土耳其丝那种从深渐浅晕鲜色气的绣花线，倒又乐得恨不能立时坐下来，穿针引线，寻一副合适的花样儿绣双鞋，绣对枕头。尽管你怎么说，那肉活活的白蚕吐的丝，包着肉活活的肥蚕蛹，多鲜多艳的土耳其丝也是从那上面生出来的，她也不算那个账。该俏总是俏，该丑总是丑；蝴蝶总是蝴蝶，毛虫总是毛虫；蚕蛾总是蚕蛾；姑娘总是姑娘，丫头总是丫头。总要变的，变了新的，就全都不是那个旧的了，谁也不能抵赖罢。扛她在肩上看庙会那个时节，老听见头顶上抽鼻子，宁让它挂着也不擤的，哪里是眼前这个又标致又体面的

春去也　011

大姑娘!

姑娘家才不算男子汉的那些臭账呢,姑娘家只看天上,天上有星有凉月;只看地上,地上有花有草。男子汉的那些臭账,没有一桩不是见不得人的。打这念头,打那主意,小姨子就是个透明透亮的水晶人儿,愈比出他自己脏兮兮一团子污黑。

小姨子能手捧着一对对交尾的蚕蛾,说不出有多喜欢。挑了又挑,挑些又厚又大的蚕茧留着出蛾子,粉白的翅膀扑打着,谁也画不出那样纤细精致黛青的蛾眉。要留着做种的,桑皮纸上产下一团又一团的蚕卵。那便会在明年春天,孵出成千成万小蚕仔。听那蚕食桑叶的细雨声,看那一眠就白了一层的小性命,终归矾石一样地透明了,上苦了,吐丝结茧了。姑娘的梦里总都绣的那么些美得甚么似的生机,想也不用想那交尾是个啥的意思,想也不用想终有一日又得送进这样水深水热的丝锅里。

可不管邱师傅自觉有多不如人,丑得像蚕蛹;那么艳的土耳其丝总是自己无师自通摆弄出来的,在城在乡都是俏市。他缫丝房用不着出别的货,单把生丝戈成熟丝,尽都染制土耳其丝也不够应市的。这就真不怪有多疯迷人,小姨子得了他送的十二绺十二色土耳其丝新花线,得空就检出来品索,跟她大姐商量,挑副枕头顶,还是绣双花鞋。

这种新式丝线,全县城邱、袁、吕、赵四家缫丝房,其余三家连门儿也没有。纵使在他这里,这套新手艺也是瞒着窦师傅。照眼前这个行情看,这样独家的生意,至少还有三两年可做。不要多,只需这三两年工夫也够了。

邱师傅原打算再压上年把两年,老婆若还不肯给他生个儿子,那就不用顾碍甚么了。听这布谷鸟叫得有多急!田是有;田太薄,长不出庄稼,种子都瞎在田里了,得寻摸一块肥田才行。

她女人亲姐妹四个。另外那两个都是一年一个整窝儿的胖小子。这个老四又是那一副富泰相,肥田!只是那得费上多少心机!他老婆打定主意要把这块肥田便宜给窦师傅,话就很难说了,万万行不通的,除非是……天天,天天,那么一个影子飘左边,飘右边,真如他自个儿影子一般,跟东跟西,跟进心里来,除非是……那样的坏主意给自己知道了都要红红脸。

大炕上夜夜挤着祖孙三代:姥姥,引弟儿,他女人姐妹俩。邱师傅便在外间拼上三只戈丝用的宽条凳。每只条凳一端都钉牢了挓丝架子。裤子、褂子,所有脱下的衣物全都挂在这架子上。里外只隔一层单砖墙,房门上吊着老蓝大布门帘子。一天下来,脚踢手刨忙不停的,瘫到这样拼搭的铺上原该倒头就扯鼾,偏偏就不行。听着布谷鸟驮一身春暖,一声声叫春。连绵春雨,梦给檐水淅淅沥沥打穿了千个疮、百个洞,打碎了。翻一个身,褂子口袋里的铁壳烟盒碰在挓丝架子上,打更的大锣也没有这样响,不知是几更天了,春天长得夜连着夜,又那么多的骚扰,啼的,叫的,碰的,撞的,不是风时,就是雨时,人心比甚么都更骚。

他女人总在这个时候,吱哽吱哽地咬牙,仿佛一口又一口都咬在他那个妄想上,咬着嚼着,恨他恨这样子,心里一阵寒飕飕的冷。

小姨子还没来的时候,他交代过他女人:"你别忙着跟两下里都说明白,姑娘家脸皮嫩,弄得天天脸碰脸的不方便。等她小姨临回去,再问问她看中看不中,完了再过你的媒人瘾去。"

好在他女人凡这种事总都听他的。小姨子和窦师傅真的都蒙在鼓里,谁也不避嫌,除了窦师傅眼神里有那么点儿邪,他看得很清楚,看了就不由得冒火。

除非是……除非那么罢,想把自己也瞒住的念头。翻一个身,人挺在三只条凳上真像烙饼一样翻来覆去的。除非,哼,先让她怀上!等着他女人披头散发跟他拼命罢,等着老岳两口指他鼻子骂畜生罢。拼命总是白拼命,畜生就算畜生罢,木已成舟了,甚么样天翻地覆都要过去的,谁也不能把老阳钉死在那儿;不独钉不死,还得跟它走。丫头走成姑娘,姑娘走成媳妇;小姨子也兴走成……走成甚么呢?女人还不是生了儿子就有价钱,甚么大的小的?不为别的,我要儿子!只这一句话就堵住他老婆的嘴。再豁出几吊现洋也就把老公母俩压死了。无后为大嘛,也是孝道,亲友家邦也都有个包涵。那不就是娥皇女英啦!注定他要做大舜帝,他女人名月娥,小姨子叫月英,不知是几世几生的姻缘。要认命,就用不着操心,总会送到嘴边儿上。

翻一个身,檐水在他背后滴答。真的梦飞去影无踪,这假的梦倒把他醉倒了。翘起上半身,从挂在头顶架子上的上身口袋里掏出烟盒子,抽支烟卷罢,天亮老岳母扫地时,总嘀咕他姑爷烟瘾大。烟瘾大算甚么,要是知道他姑爷一头抽烟一头狠狠想着的歪心事,得用笤帚抽他的嘴巴子。

其实想归想;夜里血冲着脑袋,真梦假梦好似对燕儿风筝,拉着他的土耳其丝满天飞,绣的彩霞和彩虹。白天一上丝锅,四股子丝胚全都规规矩矩捱到飞轮上。飞轮怎么飞,轮轴总得固定在黑油腻腻的轴承洞洞里。那些梦,真的也罢,假的也罢,哪里行!碰头碰脸的人,地方就只这么大,半铜盆的抹澡水足够洒遍全院子。院子四围只有东三间、西三间,三间过道和两小间灶房,丝锅是支在露天里。到处都是眼睛,到处都是耳朵。院心一棵不满三年的小桃树,花开时节哪一间屋子也影照得一片银红,好像临院子几面墙不是水晶也是玻璃的。

到处尽是眼睛,到处尽是耳朵。这不算,还有一对小眼睛,一对小耳朵,受了遭派似的跟里又跟外。引弟儿净腻着小姨,娇得纽扣也不会扣了,鞋子也不会拔了。门前过去娶亲的，锣鼓喧天把一家人都勾出去。唯独这孩子死活缠着她小姨带她出去看热闹。

"小姨不是不得空吗？引弟儿是大人了，自己去！"

做小姨的陪着好声气。其实出去看看热闹也碍不着甚么。当真她也看准了难得一下子这么清净，满院子的眼睛耳朵尽都飞出门外了……

可邱师傅也不说："活儿放下罢，带你外甥女儿看看热闹去！"那怎么舍得！自然是打发走仅仅剩下的这一对碍手碍脚的小眼睛、小耳朵。"不听话啦，引弟儿！别惹小姨烦，小姨不是要给你做花鞋儿吗？"

"我才不稀罕花鞋儿！"

"不要花鞋要甚么？随你要甚么，小姨都给你。"

居然肯和外甥女儿开价钱。邱师傅想不出她有甚么缘由定要守在这丝锅旁边儿，难道和他一样只想打发走这个碍鼻子碍眼的孩子。她可没有认真地做甚么活儿，水桶里分明有水没放盐，画轴儿插在水桶里面有一下没一下地搅和着。若是隔宿的汤水也定要给搅馊了。

孩子就有些儿存心不良地躲在桃树背后，抱着桃树干，往后仰着打滴溜，晃到树干这边，看她爹一眼；晃到树干那一侧，瞟她小姨一眼。

"我要……"

"要小姨给你做甚么？"

"要小姨生个小弟弟给我。"

做小姨的给弄得很意外,仿佛一时还不明白这个意思。

"爹说,我娘不会生小弟弟了。"

这可把小姨脸蛋儿又染上一层桃红,连忙双手捂住面颊。凤仙花泥染红的指甲插进乌云样儿发团的发根里。只是想躲开的眼睛偏又碰上一个正着。

引弟儿要是别的话得罪了小姨,邱师傅必定骂孩子了。引弟儿从来没惹他这么疼。邱师傅停下那呜啦呜啦使人老要打盹的飞轮,心像丝锅里半下子滚腾滚腾的沸水。

"肯不肯?"

仿佛不是自个儿口里冒出去的,听见一个人站在远远的地方替他说这话,一下子把自己吓出一身汗,只剩个能耐,无非又是加快踏动脚底下的踏板,好像说出口的话语写在地上了,急促地用脚去涂掉。

那一个,捂住脸庞一动也不动,不知道她这样是在做甚么,准备跟姐夫发作一场,还是永远就这样捂着脸捂下去。良久良久,这才板着脸走进东屋里去,取出一干瓢的白盐,继续做她的活儿,装作全没有发生过甚么样的事。娶亲的锣鼓喇叭远去了,春风里浮荡不定,就那样地娶走了。一对无知,一对还不曾蜕成蚕蛾的蛹子。任有多排场,多铺张,都不能免于花烛夜的潦草。姑娘家若想不冤枉,就该拼着做小,拼着做填房。呜哇呜哇的喇叭该吹到他家里来,呜哇呜哇的

春去也 017

飞轮打着转，飞轮那一边，孩子的小姨又像一匹小骡马那样直直地弯下身子，大辫子滑在胳肢窝儿里。真是错过了桃花盛开那个好时令。

讨小，讨填房，都是蓝布幪子的小暖轿，不带乐鼓地抬来家。考究的人家得从后门抬进来。一样的也是传宗接代，非要做得那样偷偷摸摸不可。老规矩不能破。可是怎么就该姐姐坐花轿，妹妹坐小轿！谁也平不下这口气，况是姑娘家看作一辈子就那么一回的大事！若是不用花轿鼓手接进家门来，邱师傅觉着万对不住惹人心疼的这个小姨子。

当年邱师傅定亲到娶亲，从不知道她女人生几只眼睛，长几个鼻子。哪儿是时下这个世代兴起两下里你相我，我相你，从前躲都躲不及的。这样的老规矩都破了，难不成不可用八台花轿讨小的老规矩就破不得？打从问了她肯不肯，便好似订过亲事那样心里怀着鬼胎。小姨子一嗔，一笑，一个瞟眼儿，随便一句话，都惹邱师傅喜了又忧大半天。

他真拿不定小姨子会不会告诉她娘或她大姐。半夜里，他亲耳听见里间大炕上丈母娘说："……除非我闭上眼；但得我有口气，哼！他就别想打那个主意。你爹也别想瞎作主……咱们也是那样不三不四的人家！他别糊涂……"

没头没尾地听到这些，丈母娘咬牙切齿地气不忿儿，一字一句儿咬在邱师傅心头上，说疼不疼的，又像又不像那回事，真叫人拿不定，接着又是叽叽喳喳的私房话。天亮一睁开眼，头桩子事就想起这个，老是不由人地要偷眼瞟她娘儿三个。她娘儿三个不管谁，多看他一眼便使他心慌，老以为熬不到天黑歇工，就会娘儿三个坐下来，给他来一出三堂会审，那可不是玩儿的。

尽管下午点心还是小姨子给他送到丝锅灶台上来，临时有点儿宽心，心里仍然嘀咕了一整天。一歇工，就忙不迭地逃到对门李家客栈去谈闲，夜半回来喊门，就觉着自己活像一个在外边闯祸的孩子，有家无归。

邱师傅就此学会了直着耳朵偷听大炕上娘儿三个那些没头没尾巴的张家长、李家短。故意打两声呼噜，就会逗得那娘儿三个放高了声量。人若是疑心，甚么话都像带针带刺儿地挠乱人。二天晚上一歇工，又准是出去串街坊，不熬到三更半夜不回家来。

那样的时候，多半门已插上了。若是东屋里还亮着灯火，他就溜进和过道并排的那间屋里去，窦师父、小学徒，三个人没滋味地扯一阵儿。

素来都是小学徒应门，今天却是窦师父给他开的门。

"你怎么还在忙甚么？"

感觉着窦师傅有点儿喘呼，心里说不出是感念还是不大乐意这样子过火的勤劳。

"闲着也是闲着！"

"早点儿歇着罢。"

春去也　019

说话的工夫，忽的甚么塌下来，就塌在他的脚边儿上。

过道里，两旁堆着半人高的整捆高粱秸，大约是没有堆稳当，或是白天那些卖蚕茧的家伙挤来抗去地给弄歪了，一下子塌下来这么多的秋秸捆子。

窦师傅忙着摸黑从地上抱起一个捆子往垛子上堆。

"要拿个亮儿来照照罢？"

"要甚么亮儿！你先去歇着罢。"窦师傅又抱起一捆送回原处。

东屋里熄灯了，他打了一个呵欠。临离开时，顺手摸了一下这垛子还剩多高，能撑多少日子再买烧草。摸着摸着，手底下碰到的不是一根根又硬又扎手的高粱秸，这不是隔一层衣裳的肉活活儿大腿么？邱师傅急忙缩回手来，身上打一个寒噤。仿佛立刻甚么都明白过来了！

歪到他这个临时拼搭的铺上时，可又糊涂了起来。屋里大炕上，难不成她娘和她大姐都睡死了吗？炕上凭空少掉一个人，难道不觉得？

怨不得这许久都不听见布谷鸟再叫；种已布过了。

敢情这不止是头一回。还做着梦呢，还问肯不肯，还想着蓝布幪子小暖轿对不起人，还怕她娘儿三个跟他问罪，还疑神疑鬼躲到对门李家客栈去谈闲，白让空子给这一对冤家……难得他有这么样糊涂。还有姓窦的那小子，便宜终给他占去了！就老早看出那小子两眼睛里走着邪火。

也兴她娘和她大姐有意让着他俩；那可更该死！这还是个甚么世道？早知有那么混账的娘儿俩，还用得着前怕豺狼后怕虎的有那许多牵挂？还亏得那个老壳子说甚么：啊，咱们也是那种不三不四的人家！狗屁，没臭味儿的！他倒有些儿后悔，方才干吗不出出他俩丑，反而不声不响地连忙走开了，白惹他俩笑他傻不唧唧的，真没有这样的窝囊虫！

一阵子恨起来，翻身下床去把屋门插上了。把你这个假装正经的骚丫头关在外面关一夜！

所以呀，人长两岁年纪，凡事便拿不起放不下，前思后虑的太过逾了。若是放在二十岁左右，想甚么就干甚么，他姓窦的还捡得到这个便宜？门儿也没有。吃亏就在这年岁上面，也不过只差这几年，思虑越多，怵头怵尾的胆儿越小。

要说可恨，恨只恨他老婆，居然给自己亲妹子拉皮条，等着罢，等她娘儿俩回去，咱们两口子有账好算了。

不管他怎么样发狠，怎么样气愤，也不管他怎么样翻身打滚儿，总听不见小姨子来敲门，这真古怪。不过果真她娘儿三个都知情，都已串通了，那又何苦把她关在门外头？她娘和她大姐自会起来给她开门。像这样暖烘烘的春夜也冻不坏人，何苦给她拦在外面，白白留给那家伙整夜风流去，这算盘真叫打左了。

邱师父便又轻轻儿起来，轻轻儿拉开门闩，伏在门缝上倾听了一阵儿。那些布谷鸟可古怪，真个儿一声也不叫了。

一股子不知名儿的火烧在心头上，烧的是老醋和黄连，那样的滋味！一发狠，拼着通夜不阖眼儿，也得等着这个骚丫头进来，到底看看那娘儿俩知是不知情。

下半夜的月亮上来了，也听见屋后椿树上梦里乌鸦拍打着翅膀；也听见她女人咬牙；也听见隔有不知多少条街的一只巴狗儿，那么不紧不慢地咬着，有板儿有眼儿的讲不完的道理，总是劝他息事宁人罢，顶甚么真呢！就只听不见脚步走近来。邱师傅毕竟拗不过一天下来脚忙手乱的劳累，一旽就旽到大天四亮的。

还不是趁他睡熟以后偷偷摸摸回来的！瞧瞧罢，那个破了的丫头，装得有多正经！再装嘛，那走路的步态瞒不住他邱师傅，以前哪儿是这么个扭法儿，裹了小脚似的。他真不信那娘儿俩就看不出！

如今春去大半了。桃花瓣儿早都化作烂泥了。屋后椿树梢上挂着一只残破的虎头风筝，风里沙沙地抽咽，念那些飞在云上的时光，虎头还剩下锯齿样的白牙，恨不完的，痛不尽的，断线扯在树梢上，拴也拴不住逝去的残春。缫丝房的忙季也就剩下不多的尾巴了。

娘儿俩回去的日子，邱师傅真愿躲着远远的。躲开的不是他，倒是窦师傅，人影儿也不见。她该知道她挑的不是人哪！也倒眼泪丝丝的，也有后悔的日子吗？还在后头呢！说是给引弟儿哭着闹着逼得眼圈儿红红的，谁知道这个糊涂丫头伤心伤在哪儿！或许只有他懂得。有那样糊涂的丫头，也有那样糊涂的娘，和那样糊涂的姐姐。过眼烟云了，都去罢，要去的就去罢……

"姐夫，多咱子下乡来玩儿啦？"

小姨子手里拎着花包袱，黑瞳仁儿上蒙一层晶莹的泪光，痴痴地望着他。懂事懂礼的孩子，怎么就那样地一时糊涂？瞧那紧锁的眉毛，姑娘家哪有这样稀的眉梢儿，可惜了！怎样气恨，也软下心肠了。

雨后清亮的石板路上，老黑子背着包袱殿在后头。人是去远了，春也去远了。青石板上几百年的车辆压出的深辙沟，汪着清滟滟的雨水，仿佛只有这个留给了他。

过道里，两旁都堆着高粱秸子，镰刀削尖的秋秸梢，根根都戳在他心头上。

"你做的好媒！"邱师傅的脸色沉暗下来。

"那还说甚么！只说是天生的一对，只怪没缘分罢！"

他女人靠在大门框上，离情弄得一点儿气力也没了。

"他怎么？——他姓窦的不答应？"邱师傅眼睛都直了。

"那怎么怪得上人家窦师傅！是她小姨嘛，甚么样的人都行，就是不嫁给抽丝的。还抱怨我呢，说甚么：'一季下来丧掉多少命呀，杀猪的屠户也作不了那么大的孽！姐夫要不改行，你这辈子还想抱儿子！'如今这些姑娘家呀，不知哪儿来的这些见识，气死你！"

邱师傅直愣愣瞅着他老婆。说的甚么话，这样子难懂！

"倒是窦师傅啊，托我做起媒来了。这倒也好……"

"他当然要找到你！"邱师傅冷笑笑。

"甚么也都是缘分，没说的！"他女人像说私房话放低了声音，"你瞧，对门李家那个四闺女，有甚么好？疯头野脑的！听说人还不大老实，偏偏哪，咱们窦师傅就给迷住了。你没听到窦师傅那个口气儿呢，托我到对门儿去做媒，巴不得今儿定亲，明儿就娶——我看呀，只怕是'先养儿子后成家'，窦师傅只差没有明说了。你看如今这个世道！……"

邱师傅没有说甚么，心里好像很明白甚么，又像是很糊涂，失魂地走回院子里。

那么个剔透玲珑的姑娘，他把她看成甚么了？他看她走道儿变了，他看她眉毛稀了，身子走样子了，把丈母娘，把他女人都怪在里面了，留下十几绺的土耳其丝不甘心再送给她那么个破了的坏丫头……为这些，心里烧着火，酸的、苦的……如今该熄了罢！多少个春天挥霍掉，多少个春夜叫他硬派给她和窦师傅了……

只还剩下一点点，一点点知命的宽慰——反正她是看不中缫丝的师傅。惨惨的那一笑，浮着惨惨的苔色，脸上难堪的纹沟里仿佛涂着铜绿，惨惨地望着光秃秃无花的桃树。

丝锅空了，灶也冷了，热忙一时的缫丝节令，就如飞轮上的篦齿卸下来，捆扎一束吊悬到廊檐底下。这样又是一年，留下满院子一抹抹的金晃晃生丝，串在一根又一根的晾竿上。屋后大椿树上那残去的风筝，给初夏头一场暴雨吃剩几根骨架，那布谷鸟呢？是时候了，播种布谷都不怎么顶急了，仿佛是。

春天就是这样地来了，又去了……带走一些，留下一些，就是这样的。

一九六三·七·板桥

冷雨

天上云层重重叠叠，红的要滴血，黄的又像生了病。还有一层低沉沉的灰云，一团又一团急急地飞跑，仿佛天也跟着降低，低低地压下来，不知为甚么那样重，就要坠到地上了。

人都说，怕要下雹子了，怕要下冷子了。

可人不这么说，人都避讳那个，都说："坏喽，要下冷雨了！"

天是这种凶色，人的脸不知是因着天光，还是害怕成那样子，蜡黄蜡黄的，一面气急败坏抢着收割那些总还要再迟三两天才能更丰实一些的麦子。人是在跟老天抢夺食粮，跟土地拼命，这样地着急扒黑，镰刀老是砍在指头上。抓一把鲜土掩住了创口，却不敢歇一歇。看看天色，可又埋下头去，使出大劲儿猛刈了。

这样抢命的当口，居然还有闲汉子捏尖了嗓子，扮女腔唱小调儿：

"手扶那栏杆苦叹——一声呀，小奴家念着那有情人哪……"

还有谁！还不是看坡的*杨二倌儿！当真赶了牛车来帮她三招姐儿娘儿俩抢割么？

麦棵儿少有这么壮，人蹲在麦地里，远处看上去，瞧不见斗笠尖儿。三招姐儿得挂着镰刀半跪起来，才能从麦梢儿上头看到那边路上的人。她偷偷瞄一眼那死二倌儿。哪赶牛车来了？影儿也没有。

杨二倌儿的下巴颏上有颗大瘊子，粗糙像颗沙粒。就是昨夜，老是用那个朝她两边腮帮儿磨来磨去，真像是欠了火候没炸开的棒子米花儿。脸上怎么要生出那种坏东西？扎得人腮帮儿疼。生那种坏东西的人一定也就是个坏蛋罢。

好像昨夜里，就只留给这么一丁点儿难堪来回味，别的都麻了，仿佛一场梦，骨头不是生在她身上的骨头，肉也不是生在她身上的肉。死二倌儿，恨得人牙根痒，恨得人心疼。

"手底下放快着点儿！"

她娘气虎虎喝了一声。三招姐儿她娘，手勾到脖子后头，紧了紧就要掉下的孝首巾。瞧着三招做活儿少心无魂的样

---

* 看坡的：系为乡民巡查守护田里稼禾，收成时由大家各赠新粮少许供其生活，多系无业游民。

子就急。

"快着点儿!"三招姐儿咬着牙噌了她娘一声,"快着点儿!再快,一镰刀也割不了三亩六分田!"心里可把娘恨透了。

她娘斜了她一眼。妞儿大了不由娘,说她一句,就能回上十句。

三招姐儿真的消不掉心里这口气,还在心里直跟她娘顶嘴,"你做娘的干的好事呀!还不知丑的!"一面又在有心无心地听着死杨二倌的骚小调儿。似乎走近来了,可又弯到盛家的地里去。

她可猜得出那个坏东西干吗要绕到盛家麦地里;那边盛家两个大妞都在地里忙活儿,还有个过过门来没满月的新娘子,大红洋标裤,圆襟鱼白紧上身儿,髻儿上没舍得丢掉那朵早就碰歪了的水红绒花儿。真是不要脸的杨二倌儿,哪儿有妞儿,就往哪儿偎。

杨二倌儿说着笑着又唱起来:

"新娘子,割麦子,手底下捆着麦简子,眼角儿瞟着那口子。镰刀柄子有多长哼,看看一寸多,瞄瞄有半拃,摸摸又不止,一来二去大半尺……"

真该死后拔舌头根,只有他憨皮厚脸唱得出。唱得汉子们都笑了,盛家的儿子望望天色,憋红了脸,挑起一蜡条叉的麦简子堆上牛车去,顺手转过来,比画比画要用蜡条叉子去戳杨二倌儿的子孙堂。

冷雨 029

"臭二倌儿,你也修点儿德!正经的还好好看你的坡儿,黄家昨夜里给谁偷了两亩地的麦穗儿,留神黄九爷抽你筋!"

"抽我筋?哈哈,剥我皮也当不了用!谁晓得哪家做娘的卖屄活不了口,跑来偷咱们村子麦?这年头真是人心大变了!"

三招姐儿气得直瞪眼,愣站在那儿捆麦箇子,瞪两眼睛,辫子梢儿滑在胸脯上。一扭脸,发誓死也不要再理他杨二倌儿。他那张臭嘴呀,明明暗里骂她娘儿俩。说的比唱的还好听,昨夜里还哄她:

"明儿过午拖挂牛车来,帮你娘儿俩收麦子。"

他用那颗大猴子尽着刺闹她两边腮帮儿,说过的话就吞进肚子里去不认账儿。瞧他牛车在哪儿啦?牛毛也没见到一根!净在盛家两个大姐儿那边兜来转去耍贫嘴!三招姐儿握住一把麦棵,把它当作杨二倌儿的脖儿颈,狠狠地来上一镰刀,再理他杨二倌儿就不是人。

不理也行,可不正好便宜了他!身子给他弄过了,死杨二倌儿敢情巴不得离她远着点。

千不怪,万不怪,只怪她娘穷疯了,出的好主意!半夜里,把她从炕上叫起来,去黄九爷家田里偷麦。单巧碰上这个杨二倌儿死冤家,拦腰紧紧把她抱一个死,要把人勒断作两截儿。喊也不敢喊,哭也不敢哭,由他死二倌儿在她身上乱撕乱扯。只有掐他,咬他,踢他,却不敢呼一声大气。

"松手呀,该死的,我娘就在那边地头儿上!"

杨二倌儿嘻嘻嘻地喘着笑："噢，你娘要是不在那边儿，你就肯了不是？"

杨二倌儿也不管她怎么样下死劲儿地猛挣，也不理她怎么求饶，只管找她嘴揉来揉去地尽着轻薄她。那颗沙粒大瘊子，便老是扎她嫩嫩的腮帮儿，该下十八层拔舌地狱的饿鬼。

"依了我，依了我；当心我把你送去黄九爷家——要是不依我！"

天可黑得伸手不见五指，恨只恨她娘不安好心眼儿，现世现报地报到自己女儿身上了。

"依了我，别怕耽搁时候，待会儿完了，孙子才不帮你割呢。"杨二倌儿的舌头舔着唖她耳朵说。

老天真算够热的，五月刚开头，就这样的热法儿。

三招姐儿心里又急又害臊，也就像是热成这样子。杨二倌儿满脸的大汗，也把她脸蛋儿揉弄湿了。

二倌儿尽管还是个光杆儿，可她自个儿可是许了人家的，将来要招女婿到家里来。到底还是不行呀，她就一劲儿拼命地撕咬着，踢打着，伸直了两手，想能在四周乱成一团的麦棵子里摸到她那把镰刀。

杨二倌儿的力气也使得差不多了，没辙儿改用好话哄。允她这、允她那、允她偷满那一麻袋的麦穗穗儿，允她第二天一辆牛车来，帮她们家没有男丁的娘儿俩收麦子。

她三招姐儿，一样也累瘫了；要拼还能拼一气，可刚一

冷雨 031

歇口气，浑身便软得像团棉花，真似没有一根骨头了，一动也动不得。

"实在要不行……"杨二倌喘着粗气说，"咱们就崩……连你那把镰刀……连你那条麻袋……连你娘，人赃俱全……送你到村正那儿，由他断去……"

"去嘛，去就去！"

"就算村正客气点，那位黄九爷可不是好惹的！"

"有本事你去嘛！"

三招姐儿那嘴还硬得很，不服输，只苦了浑身软瘫瘫的，幽幽忽忽叹口气，当作自己睡着了，由着杨二倌儿下巴颏那颗粗糙像粒沙子似的大猴子朝她脸庞上磨来擦去，气得一劲儿哭，可又不敢哭出声儿，胸口憋得就像要炸了。

老天黑漆得叫人不知自己吊在一个甚么样的悬空里，上攀不着天，下摸不到地，荡着，沉了，又扬起，一个从不知晓的天地，就这么冲她大大地撒开，却又像是蜘蛛网黑纱，不知为甚么，只觉着死去了，幽幽的一口气就要断了……

过后她傻傻地坐在那儿，抓住松松散散的大辫子梢儿，一脸的黏湿湿，潮糊糊，有他杨二倌的臭汗，有他杨二倌的臭唾沫，有她自己一把鼻子一把泪。

总算他死二倌儿还有给狗啃剩的一点儿烂良心，黑沉沉甚么也看不见，只听到他喀嚓嚓、喀嚓嚓，急急促促替她割着麦穗儿——黄九爷家新淘换的白麦种，粒大颗圆的。

原先她娘跟她一回又一回商量，数说一阵儿，哄上一阵儿，三招姐儿咬定牙根也不肯去干这勾当。往年也不是没有过，往年有她大姐伙着跟娘去偷；大姐有了人家，还有她二姐；二姐也今年开春出了阁，只剩下她了。陪送二姐的嫁妆，够她娘儿俩背上三年的印子钱也偿不清，这日子就得没头没尾往下苦熬了。

"说不去，就不去！"娘逼她逼紧了，三招姐儿就拿这话顶撞她娘，"要挨饿，我拖根打狗棍去讨百家饭儿，也没怨！"

"挨饿归挨饿，债总不能不还！"

"二姐嫁妆是你做娘的死要面子不要脸，凭甚么该算到我头上？"

做娘的便抓住妞儿辫子根，把她脑袋撵到炕沿儿上碰。锋边锋棱的炕沿儿，一碰就是个印子，痛得眼泪直往下滚。

"就是不去，打死也不去！"

做娘的就又抱住妞儿哭作一团儿；哭着还数说着，一把鼻子一把泪的。

"想想看呀，娘就只有你这一块肉了，你再不体贴点儿，娘还有甚指望？"

"……"

三招姐儿就怕娘跟她来这个，除非硬得心尖儿上生茧子，才能给娘这一套顶回去。

冷雨　033

说来又能怨谁哼，怨命罢！爹呀只撇下三亩六分田，衙门的官差这两天逼死人，提着镗镰下乡来催钱粮，不完粮就要带人了。官厅可不管你麦还没黄，麦子还在田里没收成。

她三招姐儿就没办法再不答应她娘了。

答应得好呀，三招姐儿越想越伤心，脸蛋儿埋进麦穗儿里，麦芒刺得她脖子痛。人又哭倒了，心口儿里直往上翻腾。恨的不是杨二偣儿，恨的倒是她亲生的娘了。

杨二偣儿帮她割完最后一把麦穗儿，提起装满的麻袋就地趸了趸。

"行了。再多，你也弄不动。"

三招姐儿埋着脸，一动也不动，嘴里狠狠咬着一根麦秆儿，把它当作爹的胡子、娘的髻儿、她二姐的金簪和银镯、杨二偣儿的大瘊子，还有官差那杆镗镰上的大红缨儿，狠狠咬它们一个死。

杨二偣儿躬下腰来，伸手在她身上摩弄一阵子又捏捏她腮。

"小嫩肉，二爷真算对得起你了，换上谁也没这么便宜事儿！"

该死的东西，也不知是谁便宜了谁。就看他死二偣儿那股神气劲儿，也是让便宜给人占的那种人？天上有红霞，有黄云，红霞单单照在杨二偣儿的胖脸儿，老天爷也就这么偏心眼儿；整个田野上，没有谁不在拼命抢着收割，只有他这个看坡的吃百家粮，不用风吹日晒，到时候自有粮食到嘴里。

瞧他闲得牙也痒，嘴也痒，唱一阵儿，说一阵儿，几生几世修来的！

"我说三招姐儿，"杨二倌儿咧嘴笑着走近来，"可惜只有两把镰刀啊，要再有一把，我也好伸伸手，帮上忙了。"

做娘的熟练地绕着手里的麦秸系儿，怨她三妞儿大眼皮儿，不理人家杨二哥。

"手底下放快着点儿！"三招姐儿也学她娘的口气，怂了她娘一句。

起风了，地上黄沙扬起来，一下子就刮得天也黄地也黄，人爬到牛车上压住麦垛子，漫天尽是飞散的麦草，那层低低的云跑得越发忙乱了，好像甚么都在急急布阵，准备来场很像样儿的冰雹。

三招姐儿她家，苦就苦在没有人手，三亩六分地，紧抢慢抢，恨不能生出三头六臂，可还割不到二亩地，风就挟雨打了下来，那狂暴大雨点，打起遍地尘烟。小土车靠在地边小径上，顾住割麦，就顾不住装车。眼看风里雨里夹着那种坏东西，白白硬硬的小胡椒，满地上蹦蹦跳，转眼就有豌豆粒儿那么大小。

天上乌云黑得要往下滴墨，滴下来的却是这些白冷冷的雹子。

雨把尘埃打落，展眼望去真够清亮的。风向陡然变成四处八方又狂又乱地绞着狂吹。

冒着樟脑丸那么大的雹子，没命地抢。牛车上麦子堆有碉楼高，上面立着汉子，一束束麦箇子还不断往上扔，远看像一条条狼往那上面窜着跳着，要咬顶上那汉子，可都让那汉子接住了。

雹子越下越大，打在盛着磨刀水的黑罐上，打在泥鲱子上，打在镰刀、斗笠、车架上，没有这样又悦耳又刺耳的响声。这娘儿慌得顾不周全车上的还是地上的。她娘忽地想起了甚么，丢下镰刀四处去捡雹子，吆喝她三妞儿一起捡。

"吃呀，赶紧吃！"

三招姐儿她娘托着一掌心鹁鸽蛋大的雹子，要多着急有多着急地力逼她吞下去。三招姐儿愣愣的，以为她娘生了疯病。

"快点吃，吃下去，吃下老天就留住冷子不下了！快呀，我的小姑奶奶！"

她娘倒像是跟她说着私房话那样地体己，生怕给谁偷听了去。

"要吃，你自个吃！"

三招姐儿没有好声气，一扭脸，去抱地上的麦箇子装车。隔着斗笠，雹子也一样地把脑袋打痛。她娘紧跟过来抓住她。

"你看看人家，你看看人家是怎么的！"她娘指着盛家地里情景给她看。只见那边盛家两个大妞儿来不及地往下吞雹子。一家人，连那个过门还没满月的新娘子也在内，一个个捡起满掌的冰雹，冻得扎煞着手，只顾往那姊妹俩手里送，催着她俩吞下去。

"吃吧，黄花闺女一吃，老天就留住冷子不下了。"

她娘还在催，可是三招姐儿一颗也不肯吃。看地上那雹子大得赛鸡子儿，身上好像被人丢乱石，娘儿俩躲到小土车子底下藏身。

"你个鬼丫头，你偷过汉子啦，不肯吃！"

"我偷的可多了；我偷麦子，又偷汉子！"

她娘只当妞儿跟她怄气顶嘴，搧了她一耳掴。

"我的三姑奶奶！三姑太！你千不看，万不看，也看在麦子都给打得贴倒地上的份儿，你就行行好，救救这一方人，娘不怕天打雷劈造你的罪，就给你跪下求啦，三姑奶奶！"

一捧白花花的冰雹送到她嘴边儿，那股子寒气逼得人睁不开眼睛。天爷！三招姐儿心里直喊天，她娘那一双手，冰得好像直抽筋。

雹子大得像馒头，泥鳅呀，黑罐儿呀，全都砸烂了；镰刀打得跳起来，老黄牛惨叫着。甚么经得住这么猛打唷！麦子全都贴倒在田里了，麦穗穗深深地给埋进泥土里，地头上整排的杨树枝桠不住地折断裂下来。那密密的、沉重的响声，打碎了收成那番喜气。

一只黑老鸹凭空坠到小土车一旁，拍打着一只没断的翅膀，伸长了脖子向她娘儿哭，呱呱，呱呱，蜡黄的爪子朝向空里痉挛地伸缩着。

冷雨　037

三招姐儿灰心地闭上双眼，听任她娘捡来那些鹁鸽蛋大的雹子，一颗颗填进嘴里来，冻得她直痛到牙根。这样大的冰雹滚在地上，撞击着，吵闹着，叫嚣着，这冷雨中的田野就再也听不见还有人兽的号叫。

三招姐儿的嘴唇冻得又红又发麻。她知道，就只数她知道，算她一口气吞得下整斗整筛子的雹子，那又中甚么用？张开眼睛，怜惜地看了娘一眼，在那一张尽是苦命纹的脸孔上，仿佛也就绽开了一丝儿巴望，全都聚在她三妞儿身上了。

"娘，算了罢！够了！"三招姐儿喃喃不清地说。

可怜的妇人，还不知道那点儿甚么也不值的做梦，不用雹子打，早在昨夜里全都粉碎了。只能看到三妞儿重又闭上眼睛，眼睫毛梢子上悬着亮晶晶两滴清泪，不流也不消，还有甚么呢？青青的小唇儿上挂着一丝儿清淡的苦笑。

甚么也没有了，看那凄惨的田野。

然而冷雨还在不停地打在人们哀哀上告的心田上。

一九六三·五·桃园

屠狗记

河搂着这个都市，圈这个都市成岛。

河岸上这一式的碉堡，说不上像雨后乍晴的菌子那样盛；总也是菌子形状，而且也真的不少。

战机不在河的对岸，在海的对岸。

构筑这些工事的那个时期，战机就好像是在河对岸一样近。十多年下来，战机一直远在海的对岸罢？现在则已从人们的感觉里滑向一个远方了。

远去了，可以发誓地说，真的远去了。

而在人们的感觉上，人们的梦里，仅仅散发着、飘落着麻痹之菌——而不是菌子。

从这一座钢筋混凝土的菌子顶上，看得到远处那一绺绺的河雾，晨夕都是那样。

一如一抹而下那遍高尔夫球地上，那些被菌在脂肪下热病着的人们,擎着甚么,背着甚么;而菌子顶上十不全儿这个拾字纸的家伙,也擎着甚么,背着甚么,晨夕都是那样。

我们也就只好刻薄一点儿地沿用了,十不全儿,都是这样地喊他,喊久了,喊掉了这个家伙原来的名和姓。

并没有十种残废,在他的身上,仅只少常人一只眼睛。但总是让人觉得他应该是个十不全儿。

用多少废朽的,恐怕是零星捡来的长短不一的黑竹坯,编那样一路歪斜的篱笆,一如绕行这个都市的河,没有款式地绕行大半个碉堡,藩篱里面便应该称作院落。

身上背有三四十斤字纸的篓筐,背回来已经踏过不少街巷,三四十么?理该加速度式的感觉,临到碉堡,已有一倍或两倍的沉了。然而十不全儿不管多沉多劳累,总是一步登上堡顶——军长的阅兵台,在他愉快的意识里。

从不让自己低就地去走前面破得没扇面儿的折扇一样的篱笆门。除非篓筐不够重,除非穿在一截废单车轮胎里的背绳勒他锁骨不够酸。但是那样的时候不常有。

背一篓筐三四十斤沉的废纸,挂着可以拍打出板眼儿唱起莲花落的长竹箸,便总是一步登上军长阅兵台,手爪儿握一个圆筒罩在口上,吹响教军场上的接官号,岁月仓库里积满的遥远和苍凉,现时则是满足于背上篓筐里值得五六块钱的废字纸。

五六块钱而散发着恶气的收获,遥远和苍凉的接官号,有甚么不对呦，一抹而下那遍苔绿的高尔夫球地，长可拖地的口袋装着刀枪剑戟甚么的。教军场上，儿时多少红彩威武的梦渣，长枪上挑起红缨子，洋号拖起红穗穗，大刀片亮起红绸巾……十不全儿一下下提高膝盖夸张着踏脚，"左！左！左、右、左！……"顾不过来吹洋号还是数口令，只有一张嘴么，也只有一只发花的眼睛。一抹而下那遍球地上——十不全儿的教军场，他的兵士就在那边一步一个路数地耍花枪。而军长夸张着踏脚，"左！左！左、右、左！"一面吹起遥远苍凉的接官号，一番又一番。

然后从阅兵台坠下他三四十斤沉的篓筐，坠下院子里。

把近乎直角三角形这个破院子的面积，剪剪贴贴拼凑一个见方，勉强能有五坪地。好天气，摊一院子一尺多厚废字纸，蒸出蓬蓬勃勃干焦的骚气味。

走下军长阅兵台了，临院子这一面的地势低，不是一步可以踏下来，但有射口、门槛做踏石。

陷一半在地层下的躬腰门那里，十不全儿正踏着的门槛底下，一只灰黄的尾巴在那儿摇摆。立刻跳转出一头黄毛灰脊梁的杂种狗。"哈哈，小子！操你的又来了？"

狗在厚厚的纸窝里蹿跳。要跳上碉堡来。"冤魂缠腿的，老黄……"人便索性坐下，坐着碉堡的顶沿儿，抱一怀的膝盖，伸下手里的竹箝跟老黄逗。眼睛只有一只中用；要猜哪只不中用，就猜那只又大又恶又布满红根须的左眼睛。

屠狗记　041

逗就那么逗了，口水收不住地滴落到脚底下的门槛儿上。馋馋的一张松嘴，水嘴，又肥又黑的厚嘴，里面兜一把散乱如黑篱笆的长牙，外圈则绕一周荒凄也如黑篱笆的短髭。髭比牙长，总要说牙长髭短的。那是一张耕过多少岁月犁沟的龙长脸。犁过就是犁过了，没有播过种的瘠土，只遗下犁时牲口践踏的蹄窝。斑斑点点的蹄窝，斑斑点点的麻子窝——十不全儿的一项，然而总不是残废。

就是这样一张没有生机的麻脸，只配生那种荒凄的短髭，烧山过后的焦黑的草根，甚么样的生机也被一辈子不歇的折磨烧死了。

西天边上真像烧山的红。半天晚霞烧那一溜起伏的灰黑山影。"别欢儿了，小子。别欢儿了，今天我可吃定了你！"滴落下黏黏长长的口水，那张没有生机的麻脸扯动了，像给一刀剖开，绽出一脸的杀机。

"这一趟你总走不了手了，老黄呦！"

自从阴阳脸一根麻绳拽走了老黄，这是它第二趟跑回来。"冤魂缠腿的，该我有这份儿口福……"念着念着，人从上面滑下来。尺把厚的废纸窝，跳下来也没有甚么可怕。

老黄直朝身上扑，扑上扑下不知有多乐。"你是要扑进我肚子了！扑罢。"满院子废纸给踢蹬得飞起来，有一半是红是绿的庆祝甚么节的标语。"今天过节了，吃香肉。吃你了，老黄呦！"老黄坐下休息，尾巴扫在烂纸里，扫不开尺把厚的烂纸堆。

第三趟回来了,这个送死的老黄。

第三趟不为多。遇上竞选的时候么?最多一天出去过七趟,连拾带揭,七趟就有三百斤,不是市秤,结结实实的台秤。若是庆祝甚么节——阳历上的甚么节,多也出过四趟五趟了,也是连拾带揭的,油光连的标语纸可不打秤,糠那么轻,屁那么轻。大丰收总是正月初儿的好。

踏在尺把深的纸窝里,真有趟水的味道。黑篱笆上塞满挂满绳头和布条。"要拴住,敢情要拴住,操你的。搓一根绳子罢……"一双老黑老黑的干手抚摸着老黄,试试有多少膘。老黄重又扑头扑脸地亲热了起来。那儿是一张打绉的电影说明书,《热情如火》之类的。男的搂着女的,就像河搂着这个都市,十不全儿搂着老黄一样的。

"阴阳脸怎么喂的你?跌膘了,只拉屎给你吃,不喂别的啊?我的亲乖乖!"

阴阳脸是给他赶跑了。一根麻绳拉走了老黄。

十不全儿也是赶得走阴阳脸的那种人么?那个从颧骨到耳根子生着巴掌大的黑记的家伙!

猪那样黑的一块大黑记,都说是前世的一头猪,不曾刮净猪毛就托生投胎了,胎里就带来的那块黑,会是好东西么?老黄是他养的。一头猪跟一头狗,猪用麻绳拉着狗走了。

拉走还不是又让它偷跑回来了?拉走又回来,拉走又回来，这一趟再来拉罢，拉一只脑袋回去慢慢啃就得了，没有活的等你来拉走。要嫌脑袋净是骨头，饶一只前腿也可以，看在小同乡的份上吧，难得罢，都曾在教军场上看过兵士接大官、操洋操的。"左！左！左、右、左！"有乡练，也有大军粮仔（正规军）。乡练只操红缨枪、大刀片儿，大军粮仔才扛洋枪，拖洋炮，一条声儿地唱那个：

"三国战将勇——首推赵子龙——，长——坂坡——前，逞英雄……"

"咪咪嗉咪来——哆哆来哆啦嗉——哆啦嗉，哆啦嗉，哆哆哆来哆……"十不全儿忽然为自己还能哼出三四十年前教军场听来的洋歌，弄得愣住了。今晚上可活该吃狗肉了罢？这样的鸿运当头照。

"那就赶紧烧水，多烧它一大锅！哆啦嗉，哆啦嗉，哆哆哆来哆！"

烧它一大锅，只能算是烧它满满一锅的意思。那张锅小得像个耳朵。烧上十锅开水也烫不成一条狗——除非刚下生的小叭儿狗。可是老黄就算没有一岁大，也有八九个月了。

抽一根黑篱笆上的朽竹坯，再抱一大堆烂纸钻进碉堡里，引火生炉子。引火有的是纸，又晒得老干老干的。哼着"常山赵子龙"，烟从门和窗和射口里七窍生烟地分头涌出来。老黄冲着门口坐，以为坐得愈端正，愈能捞到一顿饱食。

七窍生烟的碉堡里，人和狗张着眼梦他们的吃。一些曾被各种说不定甚么液体分别浸过的废纸，火化出甚么样复杂的气味——烹饪之前的烹饪，多少复杂调味的佐料！老黄的鼻尖漫空划动着。近乎公厕里齉眼的阿摩尼亚，夹杂一些妇女们一月一回的气味，也还有其他，都该是老黄的食谱里条条款款记载的。

火已升旺了，耳朵大的铝锅坐上去。手上还握着一把纸，理开来，一张一张塞进炉口儿里。"化化纸钱给你用，阴阳脸——也不是咒你，你该我二十五块钱，装孬不还我，操你的！"最后一块包甚么的报纸，一朵朵油斑，上有大酒店表演冲浪舞的广告，保证满意甚么的。扑扑手，该结条绳子了，总要先扣住脖子，然后再下手。得花两角钱买点大蒜瓣儿，再来三角钱的大茴香。肉上了锅再去买也不迟的，先结条绳子。

从尺把深的纸塘里趟过去，挨着篱笆找那上面壮一点儿的绳头。

"你装孬不还我钱，落我吃顿狗肉抵账了。哆啦嗦，哆啦嗦，哆哆哆来哆……"

一顿哪里吃得完？光吃肉，不吃饭，放开量来三顿也吃不完。"哈哈，二十五块钱，利上滚利。"绳子结有三截儿，理开来比画比画，还嫌不够长。

太阳一走掉，人身上就有些冷飕飕。这样的时候，不免又骂阴阳脸穿走了他一件棉背心。要吃十顿才能把棉背心拉上。

别说十不全儿有多傻蛋；长麻脸板一板，馊主意倒又生出来。不吃烫狗了罢。"老黄，不给你洗热水澡了。"吃烫狗落不到狗皮。落一张狗皮岂不抵上三件棉背心！

人又从这边趟到破折扇那样拿不上把儿的篱笆门那里。脑袋伸长了看看前面那条小街，要干就快点儿，免得阴阳脸又找上来。

夹在违章建筑中间弯弯曲曲的小街上，塞着炊烟和板车、和三轮儿、和追逐的孩子们、和蹲在屋檐下不要动的劳工们。尽都是违章建筑，年年淹水淹不走这些菌一样高度繁殖的人口，只有十不全儿住在国库拨款营造的合法建筑里面。

路上——一眼看到底的第一个弯子这里，没有甚么可疑的人影。

也曾好过一阵子；都是同一个县城的小老乡，凭乡音拉的交情。"住我那儿去，不怕台风，不怕地震，还不怕失火。"阴阳脸把他从鱼市场拖到这儿来住。那半边脸儿怕比包黑子还黑——脸是这么的，心也一定是黑了半个。说是乡情乡情，屁的，拖他来存心就想吃倒了他。欠他的何止二十五块钱、一件棉背心！小小不言的，计较不了那么多。

相好的时节，夜夜头并头，聊老家的军教场、凤凰山，黄河决口冲走了日本兵的南营盘。喝的是他一元五角一两买来的茶叶，再不然，"借你五块钱，买包烟去"。从没还过。等于说，抽的是他五块钱一包买来的洋烟卷儿。小小不言的，计较不了那么多。好到脱光身子抱着睡，把他阴阳脸该花的钱也省下来——自己当然也省了。顶着半个黑脸,那些地方怕都不敢接这样的客。祖上不知损了甚么阴骘,积德的半张黑脸——半个黑心。干的也是没出息的行业,帮鱼贩子迟鱼鳞。老家有那句话:"腥骚不可交"。卖鱼卖肉的,都交不得朋友。那一身的腥糟!抱一条腥鱼睡,当作美人鱼。操他的罢,臭美!不可交不可交,还是交了。交情过去,就是交恶。

交恶时节,两人就不头对头地睡;碉堡是一盘八卦,八卦中央嵌两条阴阳鱼,黑一条,白一条,脑袋移到另一头来睡,宁可闻脚臭,认了罢。

交恶也不是一天两天;日久天长,数不完他阴阳脸不够交情的臭事。居然偷他辛辛苦苦拾来的字纸去卖,谁那样无聊?除非是生半张黑脸,生半个黑心的孙子才干得出。"不是我疑心,八成没错儿,老黄你说是不是?"冲着老黄问,拉动结成的绳索,拉拉试试壮不壮。两臂平伸开来,左一个疙瘩右一个结子的烂绳索,双过来足有两臂扯直那样长,够了。

坐到纸窝儿里,人是陷进去。"来罢,亲乖乖。"张着手里的烂绳索,冲着老黄点点头。"亲乖乖,来罢……"老黄挑起秤钩子尾巴约略摇了摇,鼻子插进纸窝儿里嗅,不肯马上走过来。

"磨菇个鸟!"一只凶恶暴突而不中用的大眼,一只狰狞而中用的小眼,齐瞪着不肯走过来的老黄。"你别闻,没你可嚼咕的,你爷从来不捡卫生纸。"

屠狗记　047

"替你主人来还债罢！快罢快罢，别在那儿穷磨菇，迟早你赖不掉这笔账。"阴阳脸就是因为不肯让他吃老黄，才搬走。真是不够交情。喝他不知多少一元五角一两的茶叶，抽他不知多少五块钱一包的洋烟卷儿，还有别的和别的，小小不言都不去计较了，不让他把老黄杀掉吃，说不过去的，只他阴阳脸这样不通人性——岂止是不通世故！

就有那种人，宁可丢掉这座碉堡不再住下去，一根麻绳把老黄拉了走，不通人性的！

"阴阳脸不通人性，你总通人性，过来罢，你爷爷今晚上要吃你！"厚嘴唇流着馋涎。

老黄鼻子插进烂纸窝儿里嗅了许久又许久，没有嗅出甚么来，很灰心的样子，立时重又振作了，跑进十不全儿的怀里来。

总是恶有恶果罢，善有善报罢，欠债的不来还债的来，吃定了你，今晚上。绳子扣住老黄没有狗牌的脖子，紧一些儿，挣掉再捉的话，怕就不方便。

老黄拱在十不全儿的怀里，亢奋不安地扭摆着臀。十不全儿没有过这种好颜色对它：肯张开怀来抱它。狭长的红舌报恩地舔到大麻子脸上，绳扣就在这样的时候结上了。

"好，舔得好，舔得好。等会儿爷也舔，舔你肉，啃你骨头。"

一下子十不全儿就虎下脸来，笑还是笑，笑有多么狰狞！绳子拉直了，找一根牢些的篱笆柱子拴上去。若是早做人情，少不掉你阴阳脸二一添作五，半盖子香肉，壮汉一天吃不完。

如今看你落得甚么，找来罢，狗头也没有你的份儿，留根绳子给你带回去供奉罢。

没见过把一只癞狗当祖宗。人道不人道的，狗盗！心眼儿里净是男盗女娼，抽了烟，喝了茶，欠二十五块钱不还，穿走一件棉背心，没有见过那样忘恩负义的畜生。没刮干净猪毛就抢来投胎托生的，不是个好东西！

猪狗不如的！老家里就兴这样骂人。真就对上了，一猪一狗。猪不还账狗还账，有的还就行，管他是猪还是狗！

总是猪肉嫩一些，总是狗肉香一些。一黑、二黄、三花、四白，黄狗没有黑狗补，不过总算是二等肉。不是吹牛屄，阴阳脸养的若是条白狗，就是双手端在捧盘里供奉上来，还兴他十不全儿懒得睁一只眼睛瞅。

"你不要猛挣了罢，亲乖乖。"十不全儿四周望着，要找一根合手的家伙。"挣也没有用，还想赖账来着？能挣断我绳子，我就不吃你！"心里他跟自己说：哪有那样的好事儿！也得防着它挣断绳子，到了嘴边儿再跑掉，不成话。要是跑掉了老黄，再上小街买面条来下锅，那才没有味道嘞，宁可省一顿晚饭不吃了。

老黄把绳子挣拉作一条直线，翻着白眼看十不全儿。不知道它知不知道自己会怎么样，也不知道它知不知道十不全儿要怎么样对付它。直到十不全儿摸过一根用作挑字纸去卖的黄竹筒子扁担，老黄才似乎弄清楚十不全儿到底要怎样对

屠狗记　049

付它了,这就唧唧地尖叫着,好像已经挨揍到身上来,挣呀,挣呀,一挣就把身体挣得直直地立起来,翻一个倒跟斗,然后再挣呀,挣呀,一定很后悔了——或许也不一定就是。它会懂得死是甚么?所以不一定。如同老黄不明白他这个两脚神为甚么忽然张开双手搂抱它,又忽然拖过那样粗的竹杠走近来。为甚么?没有教科书教他懂得一身的黄皮毛抵得上三件棉背心,肉是叫作香肉,滋阴壮阳取暖的冬季大补品。

"再见了,老黄亲乖乖!早死早托生,给你念往生咒……"竹杠直竖到空中,"冤有头,债有主,去找阴阳脸算账罢,伙计!"

杠子挥一个扇面形状,一只眼睛有一只眼睛的优越之处,瞄得真够准;躲不及而只好努力往碉堡的水泥弧壁上抗挤的老黄,那只单车坐垫形状的嘴脸,给准确地重击了一记,便像打盹那样低垂下眼皮,向前冲一下身体,长嘴巴抵到地上,但只稍稍愣了愣,又挣着撑起来。

你不曾听见十不全儿无意义而恐怖的那一声吼叫,尚存在一遍一遍秃疤间隙里有限的几绺披发飞散在空里。十不全儿仿佛自己被致命地重击了那样地发疯,第二记竹杠打下来,老黄便很规矩地倒下去,贴在碉堡弧壁上的身子就好像一个没有放稳的物件,无机能地瘫倒在地上一堆废纸窝儿里。那个单车坐垫形状的嘴脸,害羞地垂进纸堆里,压翘起两片纸角儿,纸迎着溜墙小风微微地搨合,似两方抚慰的手绢,抚慰那个受创的脑壳：痛么？痛么？还痛么？

能看出那两片纸角，虽已暮色很沉，一片似是某一号候选人发表政见的招贴，另一片则系过时的废报，两行二宋正题，单行三号方体的副题，是说几号的太空火箭升空了，大约便是那个意思。

十不全儿一弯腰拱进碉堡里，炉火正旺，耳朵大的小锅里，开水哗哗地滚。火光照闪他那一只鸡爪似的黑干手，摸索着找那柄不常用的钝刀。火这样旺，就不如把老黄架到火上烤了，免得开水烫，没有那样足量的开水，烤可更省劲儿。刮毛和剥皮，恐怕都要弄到大半夜，拼着三件棉背心不要了。十不全儿提着菜刀走出来，总要先把脑袋解下来。

只是，老黄站在他面前，又活过来了，冲他摇尾巴，那么友善地摇着、摇着……仿佛不曾发生过甚么。

碉堡背后的地势高，路基高。沥青路上滑过高尔夫球地归来的轿车，一辆又是一辆，每一辆都是四车灯，"哔——哔——"礼貌而有教养地低鸣着喇叭，灯光从菌状的碉堡上掠过。

老黄亮着磷绿的眼球，仍在摇它那只蓬松的尾巴，那么不计旧恶地友善地摇着、摇着……仿佛一点儿也不曾发生过甚么。

钝刀从十不全儿的手里不经意地落下，落在返潮的废纸窝儿里。老黄越发热烈地摇着尾巴，友善地望着他。

一九六五·二

白坟

花头大叔提着"对我生财"的小条儿赶去贴到场南那边的当门老椿树干上,算是该贴春联的地方都贴了,该贴方福儿和小条对儿的地方都贴了。洒金屑的红对子纸还剩得多着,爹那杆儿大笔舔着饱饱胖胖的墨还不肯这就放下。大约除掉毛房,真没有甚么地方还空着。

爹把水烟袋拿到手,翻起眼睛望着屋顶笆发怔。屋顶横椽上一溜贴着四张斜方块,上写着"吉星高照"四个大墨字。当然是盖房子上梁之前贴上去的,要不然谁也爬不上那么高。红纸业已褪色,那字也是爹的墨宝,吊着些蜘蛛网穗穗,仿佛是从那笔画上滴下来的黑墨汁。

大门外一阵子乱狗叫,不要又是鬼子兵下乡来捉鸡了罢,或许又是谁捧着对子纸上门来找爹写春联,总不会是二叔家来过年了!爹两手能写梅花篆字,一年里就这个时节乐得过过瘾,谁找上门来没有不是当面挥毫的。

爹放下水烟袋,提笔一挥,又是一幅鲜墨淋漓的小条对儿:

槽头兴旺

爹刚一放笔,可不就是二叔家来了!二叔掮着捎褥子,拉一杆月牙铲,上面串着白铜环,没见着人就听见环子哗啦哗啦响。

爹立时冷下脸来,仿佛做兄长就得摆出那副架子。天晓得,二叔生就专做犯冲的事儿,一年里难得回来那么几趟,可是早不,迟不,偏挑"槽头兴旺"刚落笔,一脚踏进来。二叔是个走乡串村有名的"秦兽医"。爹一定觉着二叔这么一闯进来,他的"槽头"就兴旺不起来了,当着二叔的面,一握就把这幅还没有干墨的小条对儿握绉成一团儿丢进火盆里。

从这起,年里年外,爹那张脸一直都挂搭着,好像这天气一样,一直没晴过。要说爹全是为二叔冒犯了他的吉祥这么懊躁不乐,那就太没气量了,万不会的。似乎不光是爹,娘和婶儿好像也都嫌这个家多出二叔这个人,连伙计也都是,当面替他赶狗,暗下里就会偷偷打个手势唆使冲他咬。二叔终年不常在家,家里和村上的群狗都把他当作生人欺侮,扑前扑后地猛吠,不知衔着多大的仇。

二叔不光给牲口看病,也给人看病,针灸都来,只是手头很重，给牲口下药下惯了，给人开方子也是整两的，七钱八钱都好像不过瘾。可是他看牲口远近都知名，阉牲口更有一手，牛马猪驴他都骟，阉起公鸡可更是干净麻利快，翅膀底下割个小口儿，狗尾草梢上接一个活扣儿，探进去只一拉，白白的鸡腰子就拉出来了。逢到立夏前后——那是个阉牲口季节，他若回家来，就会日里忙，夜里忙，三餐茶饭都吃不安。要问他一年能在家里待上几多天，那真没个准儿。难得回来一趟，也许两只脚刚洗了一只，人又拉着病牲口找上门来了，或是遥遥地赶来接他去看病。这一去，十天半月算是最快的，通常不要半年，也得三四个月，这都说不定。要不是这个寨子刚医好一条折了腿的大骡子，就是那个村儿上又有头老舐牛倒生难产了。这么样走这个庄子串那个村儿，出了县界都不稀罕。

家里大人都怨二叔不顾家，把婶儿一窝丢给公份儿养活，里里外外啥事都不管，油瓶倒了都不扶一扶。早年当兵吃大粮，如今只知道独自个儿拖着月牙铲，跨一条白叫驴去云游四方，赚来的钱只管攒私房，公份儿见不到他一个大子儿。可是婶儿又是见人就哭穷，怨我二叔在外不知混个甚么劲儿，劳苦奔波也不知落着了甚么。一大窝儿闺女小子三年没件新的，老二拾老大的，老三再拾老二的，挨个儿拾下去，棉袍改小袄，小袄改背心儿。芦花也白了，大雁摆着人字儿往南飞，公份儿不管你呀，总是说着说着眼泪簌簌滚。

爹跟二叔这老哥儿俩也不是生来合不拢，爹也不光为二叔长年在外不问家务，又不拿钱回来交给公份儿，才这么老瞧他不顺眼。我家的老伙计——我们喊他花头大叔的秃老头，他对这事摸得比谁都清楚。冬里遇着雪雨天，窝在仓屋里铡牛草，一铡就是一整天，就能把咱们家陈年八代的老古董都给翻腾出来。满仓屋喷着干草料香气，锋快的大铡刀一起一落，能铡出逗人馋劲儿的酥脆的板眼儿，这就是花头大叔亮他一手的时候，怀里抱着大捆的高粱叶，一只腿蜷起来压住，不管铡刀起落有多快，他是稳稳当当冲着铡刀底下续草。平时花头大叔不大言语，总是闷着头干活儿，逢上铡牛草，满肚子积聚的陈芝麻烂豆子就一粒不留地往外抖了。包公铡陈世美早给他讲烂了，我们家不知多少散杂都打从那张掉了好几颗长牙的嘴里数落出来。

"这笔账时节，谁弄得清？——谁也弄不清时节……"

人要不仔细听，只觉得花头大叔满口的"时节"。好像离了"时节"就开不了口，不说"时节"也闭不上嘴。

我就替他数"时节"。铡牛草也是我们孩子们顶开心的时候，铺上十床被窝只怕也没草料堆那么软和，我们就在上面打滚儿翻跟头，爬到丈把高的吊铺顶上往下跳，那种心悬悬闯险的一阵子酸，不知有多乐。翻腾累了就坐下来喘，打主意再怎么取乐。一头替花头大叔数他的"时节"。

"那年子南北都开着火时节，集上到处驻满了军队，风声很紧时节,可集上来了耍大把戏的,走马卖解,大卸八块,走钢丝,还有时节……横直大伙儿还当太平日子时节……"

掌铡刀的伙计停下了手：

"你说这个大卸八块,当真就把胳膊腿儿都卸掉？光听说呢,没见过,真有那档子事儿？"

"何止是胳膊腿儿！脑袋瓜子时节,都抹下来搁在大洋盘子里时节,还哇啦哇啦嚷着啦：'各位父老爷台时节,有钱帮个钱忙,无钱帮个人忙,老腿站稳别钻空子溜时节。溜了时节,小兄弟今天半夜三更时节去跟你讨脑袋时节……'你说可麻不麻森人？"

"那可不把人麻森死了！"

"人可就拼着花钱时节,去看那个吓人的把戏不是集上耍那个大把戏时节,咱们二大爷又怎会带着大宝子赶集去看大把戏时节,又怎么把大宝子给丢了时节？命里注定的时节！"

奶奶还没过世时,我听过奶奶跟一个拉骆驼相面的问过我大宝子哥还能不能回家。拉骆驼的怎么说,我听不懂,大概是没指望。奶奶过世也有三四年了,大宝子哥也一直都是生死不明。要真是被老拐子拐了去,就算还活着,怕也不放他回来的。平时咱们小孩儿若是到处去跑着撒野,大人就拿这个吓唬人："野罢,野罢,让老拐子拐去,卖给烧窑的去烧黑盆罢！"是真是假咱们都弄不清,可是看到黑釉子盆,就觉着会从那亮晶晶的黑釉子上找得出大宝子哥的黑头发,

白坟　057

看到他亮晶晶的黑眼珠子。

四五年过去,记不仔细大宝子哥的模样了。只知道跟二叔去红花集看大把戏,人多冲散了就没回来,要是没卖给烧黑釉子盆的,该也长大成人了。

"那天时节,"花头大叔有板有眼儿续着草,"没吃晌午饭时节,二大爷就拉着白叫驴:'大宝子啊,那个半拉馍时节,你还啃它干吗啦?'这话时节,还像留在耳根儿底下,可眨眨眼时节,五个年头就过去喽。'给大黑罢!'那条大黑狗后来让东洋兵的刺刀给捅死了。'扔给它,二叔请不起你油茶水煎包子?'一听油茶水煎包子时节,小子流口水了,好腿放在前头时节,奔上去窜上白叫驴。老奶奶时节可不答应。'我说二房,你可想作孽,啥不好看时节,去看大卸八块!把大宝子吓着时节,娘得跟你拼老命!'哼,吓着?一去不回头啦,哪只是吓着时节!"

"说也叫人糊涂,不是十二三岁半桩小子了吗?还能迷了路找不到家?"

掌铡的伙计一说话,手底下就停着不动了,不像花头大叔手底下从不放下活儿,大约这就是他为甚么在我们家一干就干二十多年的道理。

"何止十二三?十六岁啦时节!那年秋里时节,本就打算给他带媳妇了。路是迷不了,拐也拐不去的,不是三岁两岁的奶孩子时节。也不怪人都疑猜二大爷时节,都疑猜他不安好心眼儿，把大宝子时节卖给耍大把戏的了。"

"这话也得趁热听，十五六岁的大小子不是不懂事儿！"

"说是这么说，大宝子一去没回头时节，可不假呀！大伙儿也是瞎猜，没准。也兴——给大军粮仔抓去当兵了，总是二大爷时节不能不担这个过。"

"你说时节，哪个顶伤心罢？"

花头大叔抬起头质问起掌锏的伙计，那神情好像要跟他吵闹吵闹才行。

"敢情是大爷大奶奶，还用得着说？"

"用得着说？大爷大奶奶时节，可还没老奶奶那么伤心伤到了肋巴骨。俗话时节，爷爷奶奶疼长孙，巴望着秋里带孙媳妇，来年时节就该四代同堂了。你说老奶奶怎不气个死！跟二房要人哪！二房那个温吞水的性子时节，大火烧不热，大雪冻不冷的。老奶奶时节，拼死拼活逼着他讨孙子，他呀——拉他那头花叫驴走了：'好啦，就去一趟找找时节，看还找不找得到罢。'丢掉只小鸡时节，也没他那么不当事儿。就难怪老奶奶时节，指他鼻子骂：'你别居心不良！你当是把大宝子丢了时节，你就把承重孙那份儿承受了，别混了头！不把大宝子找回来时节，你休想再进这个家门！'老奶奶时节，可真气到家儿了！"

"这话除掉老奶奶说，换别个说这话，是非就多了！"

"还要换别个？换大爷大奶奶说这话时节，也就显着时

白坟　059

节，为弟兄太没情分了。话可又说回来时节，大爷大奶奶两口子嘴里不说，心里时节可不能不那么想时节。老哥儿俩弄得脸上酸酸的，就是打那个时节起……"

掌锄的伙计又停下了手："我看，二大爷倒是啥也不放在心上。人家冷脸也罢，热脸也罢，他是冲谁都嘻嘻哈哈笑不够。也不知真的看不出大爷那脸色，还是装看不见。"

"依我看时节，有点七分装憨，三分真憨，这话时节也说不齐……"

我和二叔跟前的小弟弟数他花头大叔的"时节"，就会数得前张后合地笑瘫在草料窝儿里，那一老一少俩伙计，可永远摸不清咱们乐的哪一门子。乐总归乐，花头大叔抖出来的咱们家这些老古董底子，便让咱们知道不少东西，那好像都是大人瞒着咱们的。

大宝子哥就是那样丢了。娘动不动便掐指头算，猜想大宝子哥该有多大，该有多高了。"秦家上几代都没出一个矮子，你大宝子哥走这二道门该低低脑袋啦！"说着，娘仿佛就看到大宝子哥正从那边二道门走进来，头上也许戴的是顶六合帽，碰到门上槛儿碰歪了。娘一双眼睛就会为这个亮起来，可很快又会回复那样空落落的黯淡了。

丢了四五年的大宝子哥，我可只能记得曾经有过他这个人，就没办法把他想成有多高，有多大，也就压根儿觉不着有甚么亲味儿，反而觉着二叔这个人不知多有意思。二叔长年不在家，来家也蹲不住，也不常在家里吃饭。好像他不回来则已，一回来，左邻右舍的牲口家禽多多少少总要闹点毛病才行。人就觉着谁都能闲着，只有二叔这人永远闲不住。瞅着我爹不留神，就拼着挨揍，也要偷偷钉在二叔后头，跟着去看他给人家骟羊净猪，或是挑鸡瘟，给小猪钳麻牙。大人不准跟二叔出去，连伙计也会吓唬人："留神哪，留神你二叔也把你卖给老拐子。"我可不理那些，去替二叔拉羊腿，或是看他怎么样把瘟鸡翅膀下面的黑筋挑破，用嘴巴一下下吮进满口的坏血。不问多大的牲口，落到他手底下都像死了一样地一动不动。抛起绳扣儿锁驴马牛羊，更有他一手，人都说那是二叔的绝招，是他当年在口外当兵吃粮学来的，他那手医道也是一个喇嘛师傅传给他的。二叔要是净起小母猪来，也挺有意思，肚皮开个小口儿，大小肠一点点顺理出来，顺理到玉簪花骨朵那样两小条肠头儿，剪子剪了去，然后再把那一堆发着脏腥臭的大小肠一圈又一圈往回塞。小母猪呜呜哭，二叔就要开开玩笑了，留那么一圈儿拖在肚皮外面，他要洗洗手不干了，人都知道他有这个老毛病，赶紧会烟倒茶罢，一顶顶高帽子冲他头上戴，他人乐了，大伙儿都乐了。二叔那种人，他要的不是这些，他只要热闹。正经事儿也办了，也把大伙儿都给逗得乐成一团儿。猜想他终年在外，就是这么嘻嘻哈哈过日子的。

在家里可又不是这样了；不知是二叔不肯把这份儿热闹

带回家来，还是家里不要他这份热闹。大约人死之后鬼魂回家就是这样子，不管二叔也说也笑，不管二叔不住脚地走来走去，一家人都像没看见他、听见他、觉着他。就那么样孤魂怨鬼地游来荡去，也不怪他在家里待不住了。

记不得奶奶在世时是个甚么样子，反正如今二叔一回家，咱们这前后两进四合房子顶上便罩了一层黑云，爹和娘的脸、婶儿的脸都长了，连伙计也看我爹的脸色行事。就如同家里的狗、家外的狗，总是围着二叔跳上跳下地吼，除非为他身上老带着一股子人闻不见的血腥味儿，或许狗老见他收拾牲口，物伤其类地对他怀着深仇大恨罢？再不就是二叔自个儿说的："瞧我犯了天狗星啦！"笑眯眯地听任群狗绕着他周围吼叫。他说这话时，显得很兴头，仿佛犯上天狗星是桩光耀门楣挺体面的事儿。这就如同家里一个个都猜忌他，都没有好脸色对他，他一点也不懂得，照样吃喝，谈谈笑笑，似乎以为谁都对他不知有多好。

二叔这趟家来过年，顶面就为了那幅"槽头兴旺"小条对儿惹得我爹满肚子不舒坦。后来爹又重写一张"六畜兴旺"贴到青石槽头上。晚上上炕便和娘叹一阵子气，怨咱们家怎么就该招上这么个魔蛊星！他不家来倒好，一家来就惹得你凡事不顺和。

"咱们也是耕读传家，世代清白，前人也没作过半点孽，怎么就该出了这么个吃了大粮又走江湖的败家星！"

"那坏吗?"我娘说。忙年忙得两手面粉没洗净就上炕了。"吃大粮坏吗?走江湖坏吗?算盘可没人家打得精,老婆孩子往家里一撂,有傻蛋替养活嘛!人家外边赚一个,落一个,交给老丈人又置地,又盖屋,这明儿分了家,看人家的日子罢!"

爹闷着头,一袋又一袋抽着旱烟。爹上了炕就不抽水烟了。

"早晚总免不了要分的,劝你不如早点分了,少烦多少神,总不信!也不晓得护个甚么劲儿,护来护去替人家护了,没的让人数落你做老大的贪兄弟便宜……"

"有便宜落给我来贪?哼!"

爹把烟窝子就着炕沿儿,凶狠狠地磕,好像烟窝子里装的净是兄弟的便宜,得赶紧磕个干净,免得人疑心。

"落没落到便宜,你有十张嘴也说不清。"娘怀里抱着铜火炉,打开盖子让爹烟袋吸火。八仙桌上那盏油灯,把两个人的影子并成一个,照在后墙上。

"咱们也没歪心眼儿,"娘说,"也没贪过谁一根草截儿。早点儿把家分了,各立门户,谁也不沾谁,怕他哪个嚼舌头根的去搬弄!"

"明儿你就找着跟他提提。"娘见爹不作声,就又跟着催了催。

"挨挨再说罢,年根岁底的……"

"你这人哪,不是我说,凡事总这么害怠!你不趁今儿说个明白,等人家下一趟再家来,又是哪年哪月了!"

……

爹似乎没跟二叔提到分家的事。大年初一祭过祖宗爷,也不等过年初二出去拜拜年,二叔就又骑着他那口白叫驴,拉着月牙铲出远门了。咱们老家的规矩,出外谋生做买卖,不过年初五五路财神日,总不离家的。可是二叔走了,白叫驴后股上系着打成圈圈的粗络绳,天上飘着几星星儿雪花,群狗吵吵嚷嚷地吠成团儿,听不清他骑在驴背上弯着腰跟花头大叔淡淡地交代点甚么,脚跟磕了磕驴,就那样去了。

冬天一望无边的野湖上,仿佛只有二叔一个人在那里缓缓独行,远去了,远去了,真像个骑着战马、肩荷长枪的兵勇,一个落了单儿的兵勇。

直到河堤下的桦树林把二叔慢慢遮隐了,那可是最后一眼,二叔再回来时,不是骑在战马背上了。如若早知那是二叔在我眼里最后一眼呢?我会怎么样?婶儿也没怎么样;就在贴着"太平真富贵,春色大文章"新春联的大门前,婶儿抱着小七兄弟。婶儿见我望她发愣时,就昂着头,把眼睛移到门廊里的破燕子窝儿上了。

"今年小燕儿回来,就怕要重新搭窝儿了。"

也不知婶儿这是冲谁说的,好像不该靠在门口看她去远了的男人,得露出她只是在大门口闲站站。婶儿的眼圈儿分明红红的,是不是大红洒金的春联影照成那样子?地上是红的绿的爆竹屑，爆竹屑上落着雪花儿，年就这样空空地、空空地过去了。

过没有多久，就在二叔这人的影子淡到不大被人记起的时候，有个传说活真活现，不知是怎样传东传西地传开来。

花头大叔赶集回来，神色惶惶地把我爹拉到上房里，也把我娘惹了来。

我二叔是远近都知名的"秦兽医"，红花集上偷偷传他在独山寨附近干倒一个鬼子兵。

离城一二十里的圈子里，鬼子兵下乡掳掠牛羊鸡鸭该是常有的事。一个落单儿了的鬼子兵抓住二叔帮他上山捉羊去。那可是我二叔看家本领，老远地绳圈儿一摔，就是一只拖到手。鬼子兵可乐了，翘起指头夸赞他：

"你的挺好，大大的！"

二叔又把络绳调理了一下，活扣托在两手里，拉架子准备再亮那一手，还拿捏着东洋人的调子说：

"再来一只相交相交你的，好不好？"

"挺好挺好的，我的塔巴枯相交相交你的。"

那个鬼子兵把一支抽了两口的烟卷，打从马上丢给我二叔。就那一眨眼，络绳的活扣飞旋起来，套上鬼子兵的脖颈，一拉就拉下马来。二叔就纵上马，鬼子兵被他一路尘烟地拖走了。

爹听着听着脸都黄了。我爹却说：

白坟 065

"哪儿兴这等事！他那个窝囊废！"

爹不住摇头，口口声声不相信。花头大叔瞧着我爹这副神情，也拿不定自己听来的靠不靠得住了。

"说也是的时节，十里路无真信，谁晓得哪儿来的这些风书风雨时节……"

"他能有那一手？！……这事儿趁热听罢！"

我爹口里这么说，却有点沉不住气，走里走外的，坐也坐不安，站也站不稳，到晚上爹的口风就变了调儿：

"不怕一万，只怕万一呀！万一有那层事，鬼子能罢休吗？"

真的；要真像我爹说的，少不了有鬼辫子通风报信，谁不认识秦兽医？谁不知道秦兽医他家在哪儿？鬼子如若找上门来，那可真要把咱们全家杀个鸡犬不留了。我娘心地窄，一听爹这么说，愁得饭也吃不下，咒呀怨呀，二婶听不下去，收拾收拾想回娘家。

"不行！"我娘拦着，"要死要活一道儿受，谁也不是生来给人垫脚的。跑了肥猪，宰了羊还愿哪，有这个说么？"

我娘是个老老到到妇人家，平时没半点脾气，可也像着了疯魔一样，我是从没听娘说过那些狠话。外面只要一阵子狗叫，我娘一双眼睛立时就直了，指头点到婶儿鼻尖上，好似这祸都是婶儿闯下的。我给伙计连夜送到姥姥家去了，后来婶儿走没走得成，就没再听说。

在姥姥家住有半年，起初姥姥舅舅都揣着心系儿数日子。

姥姥得空就到处去上香求菩萨。也占卦儿，也摇签儿，坏的卦儿签儿，姥姥就说不灵，不相信。后来签儿摇得太多了，卦儿也占得太多了，上上的卦儿签儿也安不了姥姥的心。直到熬过三四个月，也没见甚么动静，这才姥姥把那些称心如意整叠的签儿搬出来，赶紧把个猪头三牲来还愿罢，菩萨灵验，有求必应呀！那些不灵验又使得姥姥愁白了头发的签儿，可都塞在泥火罐儿里偷偷烧掉了，只是说来也奇怪，谣传到处都是，难道就没传进鬼子耳朵么？

这年夏天，我可吃足了姥姥塘里的莲蓬子儿和嫩藕。吃着吃着，传说鬼子打败仗，一夜之间城里撤走空空的。兵败如山倒呀！大伙儿都走了甚么好运似的红着面孔这么说。可是谁都没姥姥乐，她女婿一家这算保下来了。家里伙计赶着骡车来带我，也接姥姥一道去我家，看看我大宝子哥长有多高多大多神气了。

姥姥、舅舅，连妗子可全都喜欢得擦眼抹泪的，实指望大宝子哥早完了，真是天上掉下来的喜信。姥姥就怨起来了：

"这憨蛋！到底晕哪儿去了？四五年都没音信！"

"不用找别人，还不是咱们那位二大爷唆使的！"

原来那一年，大宝子哥跟二叔到红花集上去看大把戏。碰上集上过军队，单巧又是二叔从前吃大粮的老队伍。这爷儿俩大把戏也不看了，硬是在营盘里泡了一长天，做叔叔的喝有个半醉，就跟侄儿说："我看你也不是种地人，也不是

白坟　067

读书人,十六岁不算小,当兵打鬼子去罢!"

大宝子哥可就兴头得甚么似的,枪还扛不动呢,就当了小兵,跟鬼子兵开过不少火儿,也挂过彩,如今当上班长了。

"这个该死的二混蛋,那也不该瞒着,也该跟家里说一声呀!害得一家人眼泪都耗干了。"

伙计却说:"大宝子说啦,咱们那位二大老爷也是用了心机的;一来嘛,怕大伙儿知道大宝子当了大军粮子,鬼子兵打过来,要找麻烦。二来呢,当了大军粮子,命就交给官家了,不如就让家里别再指望还有这个人。将后来能落住一条命回来,那是再好也没有;万一有个甚么长短,家里也都早就死掉那条心,情分淡了,也就不甚么了……"

说是这么说,没谁相信二叔情愿受家里冷落、咒怨,还把事情瞒到底。二叔从大年初一离家,除掉那个传说,除掉一个不相识的外乡人把他那白叫驴和月牙铲送回来,有大半年都没有音信。

大雁排成人字儿南飞,天寒了,塘里白茫茫一片芦花,山坡上桦树落光了叶,只见一株一株白里泛蓝的树干打着寒战。风里雨里二叔回来了,没有拉着那柄月牙铲,也没骑他那匹白叫驴,是躺在黑漆棺材里;四五十个护灵的,都是吃大粮的外乡人,一辆双马拉的篷篷车摇摇晃晃拖回来。可我爹因为二叔是凶死,没让棺柩进家门。

门前麦场上搭起灵棚,几根杉木架子上搭一张又一张芦席，雨水淅淅沥沥滴个不停，黑漆棺上蒙着一面湿漉漉往下滴水的旗。听说二叔是被叛变的军队乱枪打死的，身上中弹七八处。

护灵的兵爷们才回城去，又来了另一批，带来整匹的白洋布，重新扎灵棚，到处飘着白绣球，花圈挽联到处摆满又挂满。我爹原打算简简单单开过吊就下葬，官厅既要大办这场丧事，爹也没办法，发愁不知要开销多少来招呼这些官爷们儿。

灵堂里当面悬着二叔年轻时戴着平顶草帽照的一张大相片，混混的不十分清楚，面孔板硬板硬，才不像他平时那嘻嘻哈哈的样子。一对四斤大白蜡通昼通夜明晃晃照着满灵堂水渍渍的挽联。照片顶上的横匾，听说是一位军长题的，我看那字写得也不很强，有几画都洇了。那块灵牌真够大，有我娘洗衣服的两块搓板接起来那么长、那么宽。那上面刻着扁扁的老宋字，字和字上下都挤得很紧，分不出个儿，细的横、粗的直，接连成一个整的，咱们孩子认来又认去，认不出几个字，只听那些外乡口音的兵爷们满口"大队长，大队长"称呼我死了的二叔。

开吊的日子，雨下得很大，县里也还是下来不少体面人物，洋鼓洋号地吹打着，活到八九十岁的老年人都没见过这排场。我大宝子哥也请假赶回来，一直趴在灵堂里踩满了烂泥的席地上哭个没完，村上和外村都冒雨来了不少人烧纸哭

白坟 **069**

灵，不知道为甚么都那样子伤心。

夜晚总在我睡醒一觉的时辰，爹和娘还在叨叨絮絮地商量着甚么。爹说爹的，娘说娘的。爹提的都是钱的事，甚么官家给了婶儿足可买下二十亩肥田的钱，又甚么大约办完了丧事可以落几个，要跟婶儿怎么个分法儿。我娘是对灵棚上那些白洋布最心欺，不知道办完丧事，官家要不要拆掉带走，那些挽联可以送到染坊去煮青，还有棺上覆的那幅大红布，做条被面儿足足有余。总是这么些，在我似睡未睡的梦边儿上，檐水零零落落疲累地滴答着，爹和娘的声音远去了，蒙眬地想念着棺材里周身中弹的二叔；想念他眯眯的笑眼，他那赤红的脸膛，他那柄哗啦哗啦响着的月牙铲，那匹烈性子的白叫驴，和他调理牲口的斧头、尖刀、络绳，狗围着他吠，骑在驴背上他走了，去远了，不再回来了。我真不信那样嘻嘻哈哈干甚么都那么乐的人，肯让自己闷在那口密封严严的黑棺里，他一定还在别的一个甚么地方，那是我不能知道也不配去的地方。

二叔的坟砌在场南，对门老椿树的叶子落秃了，出大门就看得到。

下地的这天，又来了四五十个兵士，不到半天就把一座新坟堆得一座小山么高，上面插满了雪柳——友辈送葬时执着的灵杖。

伙计们当天晚上就跟我爹讨好，埋怨这么大的坟占地太多了，少说一年也要少收成上石的粮食。我爹没作声。晚上上炕时，却跟我娘说："官家要砌那么大，不能不给官家一点面子。来年春耕时，多弯两犁，多刨两锄，加上雨冲风吹，过不年把两年，你瞧还那么大不那么大。这些伙计都是傻卵！"

我娘正忙着点数一堆又一堆的挽联。灵棚的白洋布，官家没有拆走，都堆在外间。娘还在叨念着，疼惜那幅可做被面儿的大红布随着棺材下土了。

其实没用着多弯两犁，多刨两锄，也没用着风吹雨打；下葬第二天，成群的狗围聚在二叔的大坟四周，新坟土松，被扒出一个大地洞，黑漆棺头露了出来。

清早拾粪的花头大叔说，大群大群的狗，一条又一条轮换着跑着往上冲，用脑袋瓜子去撞那棺头，有的撞昏过去，直挺挺倒在地上，还醒过来再去撞。幸亏棺木上材，差一点的料子真就经不住要给撞散了板儿。

也不知怎么会聚集来那么多的狗，我们家的老黑也在里面，总上二十条，一个个眼睛红红的，见人也不躲，狗主去唤也唤不回。气得我大宝子哥开枪把老黑打了两枪。老黑的脑袋迸开花了，别的狗可还是吓不退，只是挪远了一点儿。

老年人的经验多，都说像这样的光景，要不是死者犯了天狗星；就一定就是棺木下土时，有人暗中使坏，用脚尖在坑边儿上点了点，狗是吕洞宾换过的土心，接着地气儿非来破坟破棺吃尸首不可。就是枪打炮轰也赶不走。

大伙儿不能不信这个，就照老人家的吩咐，调上一大缸的生石灰水，把偌大的一座坟浇上一个遍。

一夜过来是下葬的第三天，该是全家圆坟的日子。狗群果然散去了，一只也没留在那儿。伙计也没再动土，只把四周的坟基约略整整就算了。伙计可巴不得这么着。要不然，那样大的坟堆，培起土来可不是轻易活儿。

圆坟完了，婶儿和大宝子哥都又倒在坟上狠狠哭了一场，弄得满身都是石灰粉，连头发和哭得红肿的脸上也都是。

对门老椿树上"对我生财"的小条对儿早被风吹雨打不落一点痕迹了，就留下那么一座雪堆一样的白坟，我那再也见不到的二叔，就静静地长眠在那座白坟里面了。

一九六二·四·板桥

偷谷贼

天大约只有二更，村子早就沉进静静的黑梦。留下树梢上冷丝丝的风啸，和一两声闲散的猎猎犬吠。

村儿里，牛车路两旁夹着高大的树木，还不曾放芽，苍黑的密枝，遮去了天上微弱的星光。

牛车路的尽头，亮起摇摇曳曳的一盏红灯笼，左摆着，右荡着，看起来像是一只独眼的甚么妖精，打树行里向这边耸耸蠕动。从那里飘来妇人凄凄凉凉夜号似的叫魂：

"小龙嗳——快点回来罢！"那样的困倦、颤索，也像那盏红灯笼一样地在黑里栗栗发抖。

"回——来——喽！"另一个小姑娘家幽幽惚惚地应着。

"小龙嗳——快跟娘回家罢！"

"回——来——喽！"

……

这么样一唤一应地重复着，没有比这样更惶惶的夜。

红灯笼缓缓地游动，灯光里现出一双腿脚，扭呀，扭呀，扎腿的棉裤筒儿扭出些暗红的折绉。糊在灯笼上的红油纸有几处小小的破洞，裤筒上落印出一些斑点，自顾自地闪烁着，老跟棉裤上扭出的折绉合不拢，隔着一层甚么。这一双腿的后面，一把竹扫帚拖在地上，上面平放一件红色的小衣裳。

"小龙——快点回来罢！"

"回——来——啦！"

跟在竹扫帚后头挑着灯笼的小闺女，带着很浓的睡意应和着。灯笼顶端的圆口里，漏出一团黄黄的烛光，时不时照出这个女孩平平板板的一张脸，老被鼻子投射上去的阴影遮住的那双眼睛，直定定瞅着竹扫帚上的小衣裳，好像不敢放过，要看清楚那个走失的小魂灵怎样被唤回来，怎样一下子跳到竹扫帚上，就像平时把他放在扫帚上拖着玩一样地拖回家去。

小闺女似乎看到了甚么，眼睛突地发亮；对面路中央的老树底下，黑糊糊站着一个人，又肥又大的影子。灯笼晃着眼睛，看不十分清楚，她把灯笼挑高一些，想从灯笼底下看暗处是个甚么人。

那个人老远搭上话来："又怎么啦，小龙这孩子？"

低着头走在前面的妇人好似吃了一惊，"谁呀？"

"又作怪了不是？小龙这孩子？"

"我道谁呢，谷雨哥吗？"

"午间到你家逗谷子去，还玩得挺好呢。"

妇人撩一撩包头，叹口气："谁说不是呢？又发大热了，晚上饭也没吃。还不又是老死鬼回来疼孙子，也不知带往哪儿耍去了！"

"别信道婆那一套，规规矩矩还是请谁……请伏二先生家来瞧瞧，开服方子吃是正经。"

灯笼照出一个穿着泡肿的大汉，手里挂着一杆红缨枪。这位谷雨哥是村上的更夫，大约莫"谷雨"那天生的，起了这个名字。谷雨打更不带大锣，也不带梆子，拖着一杆红缨枪，不声不响地躲在黑地里到处串，村儿上有他打更，敞着门睡觉都成。

"骆大嫂，正经的，你还是送给伏二先生看看。"谷雨规劝说。拄着九尺来高，缀着红麻缨子长枪，枪头磨得亮闪闪。

妇人叹着气，仿佛一点也拿不出主意。

"不该我说，骆大嫂，小龙生的不怎么泼实，跟他爹那个体质一样，你就别太娇养；当条小狗喂着就行了。"

"唉！能像你跟前那几个哥哥姐姐，倒省多少神！"

"我就是当作小叭儿狗一样养。"这个更夫掮起红缨枪，缓缓走向那边的横路去，走上两步又转回头。

"叫一会儿，还是早点回去罢！"谷雨又站住说，"小龙他爹不在家，门户留神点总好。这两天，你知不道吗？南村儿一连几家都挨偷了谷子。"

"说的是呀,这两天风声不大好。"这妇人有个高挑身材,说话却像小姑娘一样嫩。

"有甚么事儿用得着我,尽管说。赶明儿清早,小龙要还不见利落,你就找大丫头来跟我说,我给你备个牲口,去请伏二先生。"

"怎好劳累你,打更守夜,通宵不合眼!"

"真是,你说这话!老大不是不在家吗?"

妇人叹口气,拖着竹扫帚要走不走的,"你说,谷雨哥,他爹回得来吗?"

更夫拄着红缨枪走回来,责怪地瞪着这妇人,"大正月里,你怎么说出这种话!大军粮仔拉夫子不是常事儿?送出县境总要回头的。"

这位骆大嫂让谷雨瞪得手脚没地方安放,耷拉着眼皮,回头看了看闺女。

"怕就怕呀,他那个身子荏弱,天寒地冻的,身上就只顶着件小袄头儿。"

"也没甚么,好在车子上推的也不是甚么重东西。至迟三两天,差不多也就到家了。"

黑里看不见人,谷雨走了几步,在那边横路上叹着气:"早点回家罢!家里没人。"

这母女俩望着暗处,愣了半晌,又照旧恢复那阴惨惨的叫魂：

"小龙嗳——快点回来罢！"

"回——来——喽！"

凉飕飕的黑风，正月里这天气不算最冷。红灯笼摇曳着，沉睡的村子里似乎只有这声声叫魂无告地颤抖着，寻找那样容易走掉的魂灵，似已飘去更远的远方，慢慢在幽黑里沉落，隐没。

在幽黑冷清的牛车路上，这位忠心的更夫袖着手，把红缨枪夹在胁窝里，缩紧了身子，脚底下拖一双羊毛窝。

夜愈深，寒气愈重。在那些温暖熟睡的家屋里，或有一两声老年人的咳嗽，婴孩的啼哭，听来不知有多气闷，有多遥远。除掉这些，就只有他轻轻的脚步声，沙啦，沙啦……只有这个陪伴他，从长夜走到天明。

这个村子只有四十多户人家，两条交叉的牛车路把村子分作四大块。林子中央的交叉口有棵古槐，树底下有块不知来历的大红石。更夫走乏了，便蹲到大红石上歇歇脚。蹲在这上头，守着一天迟一天升起的月亮，守着北斗星的尾巴从西旋到东，天河从东旋到西。在众人沉睡的时辰，清醒的更夫该是人间最寂寞、最孤独的人。

谷雨是个老更夫，尽管年岁只才三十出头。

过去有两年，谷雨出外吃粮当兵，一直都由黎三打更。那两年里，村上没有安静过。去年收高粱的时节，谷雨胳膊

偷谷贼

上挂了彩回来,村子上不由分说,又硬派了他出来打更。谷雨原不肯夺掉黎三这个饭碗。打更这个差事虽苦,一个冬天过来,逗得上两三石谷子,合上三五亩薄田的收成。他跟黎三都是一亩薄田也没有的贫户,靠着种村子上首户姜大麻子的田地过活。可拗不过村上大伙儿的意思,算是把黎三给得罪了。

打更是重阳到二年清明这五个月的事。一年中最冷的天气都在这五个月里。当了两年兵的谷雨,似乎更耐得风霜雨雪、寂寞和孤独了。

"有钱难买五月旱哪!六月连阴吃饱饭!"他跟自己重着这句老话。旧年恰正是五月里闹涝。一交六月,又打月初旱到底,注定了歉收。挨门挨户去逗更粮,就没法子逗得齐全。该出五升的,只收了两升,多半一粒谷子也出不起,允到收了麦子再出更粮。

这才只是正月底,春荒就开头了,到处闹着偷谷子,哪一天才偷到一个尽头?

从南村传来打更的梆子声:"唭唭唭,唭唭唭……"三更天了。这跟串村子卖香油的梆子声不怎么两样,深夜里听来却像给棺材敲钉子。谁家屋顶上猫叫窝子,猫那个嗓管儿里发出人声,能叫得人汗毛竖起来。

谷雨又一回坐到红石上歇脚,刚坐下来,一个黑影一晃,横穿过正前面的牛车路。赶紧持起怀里的红缨枪跟踪追上去。

连连赶过几家人家，差不多就是刚才那个黑影穿过的去处，谷雨蹲下来张望。人都喊他作夜猫子，怎么样乌云斗暗的黑夜里，风吃草动总瞒不过谷雨。或许他也并不全靠一双眼睛，或许像驴子一双前腿弯子里长一对夜眼那样，另外还生了一对眼睛。

那个黑影站在他家菜园墙外，手弯在脑袋上不知做甚么。过一阵儿，重又鬼祟地往东走去。

"你要挖窟子偷谷子，不能尽往东去呀！"这个更夫心里在说，"这尽往东去，就活该你没辙儿了。"

东半个村儿全是穷户，都是篱笆泥墙，掏挖不出窟窿。挖窟子小偷总得拣土墙或砖墙下手。

黑影停了下又匆匆地往东去。村子最东头，只有骆大孤门独户那一家。

骆大家里人口少，只有两间茅屋，外带一小间灶房。骆大的女人跪在供桌前蒲垫上。小龙刚刚安静下来，跟他姐姐睡在里间炕上。

供桌上，两只墨青土窑小香炉里烧着香。油灯只燃一根灯芯草，短短的小火焰，照出墙壁中间供奉的一张水印观世音菩萨。左首是张钟馗捉鬼年画，大红大绿两种犯冲的颜色，直直爽爽拼堆在一起。这两张画上下都用劈开的高粱秸压得很平，牢牢钉在高凹不平的篱笆泥墙上。菩萨右边供奉着祖宗牌位——长方一张喜红纸，上端两个角剪掉，上书"骆氏门中先远三代之神位"，贴在墙上。那两副木旋的蜡烛台，淋淋漓漓的蜡油上蒙一层厚厚灰尘。供桌两端一只又一只黑泥罐，里面装着菜种和腌小蒜儿。

骆大家的跪在蒲垫上，垂着头发怔，拿不定求谁才宜当——菩萨还是祖宗爷？再不就干脆求求鬼王老爷来吃鬼。婆婆在世时，疼的就是这个宝贝孙子，如今三天两头总是回来把小龙带走。

"老死鬼呀！谁用你来疼？该去哪儿托生，你就快去投胎罢！"

骆大女人咒怨着，好像听见篱笆门响。

"他爹回来了不成？有这么快呀！"女人从蒲垫上爬起，直着耳朵听。

"小龙可好点儿没有，骆大嫂？"

外边这么唤着，她可一时听不清是哪一个，望着墙上的红灯笼。

"是我，给你送点儿药丸子来。"

"谁呀？"骆大女人把房门拉开，隔着院子问。

"我呀，听不出罢？"

真的听不出是谁，心想也许是谷雨哥送药来。篱笆门打开，靠着屋里飘出的那点儿灯光，这才认出是谁，心里却疑猜，姜大麻子也是这种人？

"姜大爷，你这是……？"女人怯怯臊臊那个嫩腔儿，真是惹人怜。

姜大麻子走进屋子。"刚听你给小龙叫魂,我家里她说,还不是发烧!咱们现成的丸药,送几粒过去罢!"

说着放下个小纸包,去头上卷起驼毡帽子。个子太高了,碰上了矮梁上挂的棒子种。

"咱们家那个小的,也正发烧闹人,我家里抽不开身,要不她自个儿给你送过来了。"

口口声声的我家里、我家里,骆大女人口里千谢万谢,心里可就更疑猜。分明这天清早,他女人包裹着小的,带两个大的,手里拿着根避邪的桃枝儿,坐在泥拖上走娘家去了。

"来罢!"姜大麻子重又拿起药包,要教她怎么给孩子吃下去。骆大女人望着这位老板,心里很怵。高高胖胖的大个子,一脸黑麻子。她自己也不算矮,站到面前也好像一座山。

"要没有,就现烧一点罢!半碗水就行,见效得很。"

这女人没办法,总归种的是他姜家的田,住的是他姜家的地,老板吩咐怎么样,不能不听从,又为的是自个儿孩子。

"姜大爷,你这边坐坐罢,我去泥銚子燎点个水。"

"来,这儿有火!"

火柴硬塞到女人手里,两只手碰了一下。

骆大家的来到灶房里,人有点发傻,抓起泥茶銚,找不到水瓢。点着了油灯,还在找油灯在哪儿。搓弄着手,刚才被碰着的那一块,好像挨烫到了,老觉着有些火触触的。

姜大麻子跟进灶房里来，嘴上吊着一支没点火的烟卷，蹲在她当面。

"这天气一时怕还暖不起来呢！快惊蛰了不是？"

没话找话说，东一句，西一句地扯淡。

女人垂下眼皮，瞧着自己照在火亮里的一双褪色绣花鞋。泥炉子口里伸缩跳跃的火舌，把她那张白胖富泰的脸子染得一红一红的。

姜大麻子说："小孩子生病，那是常事儿，别发愁。没钱打药，你找你家大妞去跟我说，小意思。"一本正经地瞅着面前这个俏娘儿们。油灯照着半面脸，麻脸上的小坑窝儿，一颗一颗数得清，地上尽是干树枝儿，偏去骆大女人手里抽一枝来点烟，又着意地碰了一下。

"嗳，我说了，你家老大乍乍离开家，想是不想呀？"

浓浓的一口烟，喷到骆大女人脸上。

泥铫里装的水不多，不知怎么还这个慢法儿，好像烧有半年也不止，铫还没有半点动静。气得骆大家的扯上大把豆秆儿，结结实实塞进泥灶里。那座泥灶肚子小，口也小，反而闷熄了，急得低下头去吹火。

姜大麻子一下子贴过脸来，帮忙吹火，吓得她赶紧躲开。

火又重新旺起来，小小灶房里全是熏眼的浓烟，辣辣的，囔囔的。

"说的也是啊！乍乍的炕上少了那个人，抱一下空空的，蹬一蹬松松的，真不是滋味。"

说呀说的，姜大麻子就不老实了。女人只等着水快点开。

又一口浓烟喷到脸上。"你家老大身子可不怎么壮实，你也是够苦命的。"

女人着急得不知怎么处。

泥鳅子总算有了响声，那只手却又伸过来捏捏女人的脚，"真可惜了你这对儿俊脚，裹得多秀气！"

"姜大爷，你稳重点儿！"骆大女人赶紧蜷起腿，往后挪挪。手触到埋在碎草里冰凉冰凉的剔火叉。

总算挨到水开了，用火叉去把火按熄，一股子黄烟辣住眼睛，揉着搓着张不开。姜大麻子乘这个当口把骆大女人抱住，按在灶门前的柴火上，就动手轻薄。

女人想喊没有喊，被压在底下咬着牙猛挣，左右躲闪着那张喷着酒糟气味的嘴巴亲过来。"姜大爷！"女人央求着，"别让我喊出去，都不好见人！"

"听话，大爷不会亏待你，完了给你好处……"男的喘着，凉凉的一只手探进骆大家的棉袄底下。

灶房的风门喀喳喳一声从外面拉开，红缨枪那锃亮儿枪头伸进来，抵在姜大麻子正在扭动的脊梁上。

门外墨黑墨黑的，看不见人，只有这杆长枪伸进来，姜大麻子翻一个身，一把捐住枪头，眼睛直直地望着门外。

"谷雨，你可好大的胆子！"一时他还不便站起，衣着很凌乱。

外面的人不声响,也不收回长枪。灶台上飘飘摇摇的油灯,只照出那一双羊毛窝、一溜老蓝大布打着补丁的袍襟。

姜大麻子这才松开手,勾着脑袋约略整整衣裳。

"走开,这儿用不着你管!"

"话不能这么说,姜大爷!"外边那个仍只露出下半个身子,"姜大爷,谁都是有家有道,有妻有女的。谁能守住妻女一辈子不出门?骆大是你姜大爷派的夫子……"

"你他妈的滚不滚开!"

这位老板恼恨地卷着皮袄袖子跳起来,回头看一眼缩在墙角儿里蒙着脸的骆大女人,冲着外边说道:"大爷花的是大洋钱,有买就有卖的,要你外四路的吃哪一门子飞醋!"

"姜大爷,咱们可不能玷了人家媳妇儿清白。"

"你说你想怎么样?"姜大麻子撩起皮袍子,伸手到腰兜里摸钱,就便也把裤腰紧了紧,"要别的没有,哪,大洋两块,拿去花!"

两枚银元摔到那一双羊毛蒲鞋跟前:一枚平落地上,一枚贪玩地滚上一个转转儿才倒下。

"你别发火,姜大爷!"谷雨收回枪,踏过地上的两枚银元走进来,"咱们是哪儿见到哪儿完,担保一个字儿不说出去就截了。可是姜大爷,往后也该……也该疼惜点儿身子。"

姜大麻子鼻子里冲出一声冷笑,"好,你倒教训起大爷来了。嫌少,哪,再加你一块,你给我走开!"

"姜大爷,人吃的是米,讲的是理,钱不能把理儿买了去。"谷雨闭上眼睛,叹口气,"咱们穷苦人家,一辈子没落得一身,也没落得一肚子,当真连两口子炕头上,也不让咱们干净点儿?"一双眼睛恳求地盯着这位大老板,擤了一把濞子。

灯里油不多,就快要涸干,灯焰越来越小,谷雨阴沉沉一张脸围在棉套头里,人往后退着,拉着他的红缨枪。

"人家男人也是替地方上出夫子,早晚咱们总得多招呼点儿个……"

"谷雨儿哥,你就少说一句罢!"骆大家的顶着一头扯散的乱发,受不住寒似的抱着两肩求着他。

"你让他说嘛,他不怕,就让他说!"姜大麻子整完了衣裳,走过去拾起地上银元,临走跺一跺脚,"谷雨,我对你不错,今儿你跟大爷来这么一手,你留神着点儿!"

胖大的身躯从灶屋小门底下塞出去,隔着墙,听得见咚咚咚的一阵脚步声。

灶屋里这两个不声响地对着,静静听着远处犬吠,屋顶上的风声。

骆大家的默默擦着眼泪,"谷雨儿哥,你说,前生前世咱们是作的甚么孽?要受这么个折腾法儿!"

"别怨命!只怨人心!"

女人蹉着脚,抱着脸埋在膝头上哭泣起来:"叫我怎么见人！叫我怎么有脸见人！我没受过这个！"

"这是干吗啦！难道咱们被欺负了，还是咱们过错？"

骆大女人甩把漤子，眼巴巴望着面前这个更夫，"我死到姜家去！我到姜家去死给他看！反正我活着也没脸见人了！"

谷雨似乎发了脾气，"干吗？咱们该甚么罪？咱们该死吗？再说，我谷雨也是生着一张嘴乱说乱道的那种人？我说过了，哪儿见到哪儿完，刀口压着脖子，也不能说给别人家知道呗！"

灯光一直地往下暗，两个人都要对看不清了。

女人抽噎着："还有你，该怎么办？你这不要吃他大麻子苦头么？"

"大不了跟以前的孙疤眼儿一样——地不准我种，更不让我打，房子不让我住！"

谷雨顿顿手里的红缨枪，转身朝着门外。

"活不下去，我领着一家大小去逃荒。飞禽走兽，老天爷还养活着，好歹我有的是力气，能挑能担的，难道老天爷不给一份儿粮！"

这个更夫当门站着，女人泪眼望着他微微有些伛偻的背影，越看越模糊。灯焰陡然一阵儿亮，就熄灭了。

那双羊毛蒲鞋轻轻擦着地，轻轻走开，在黑凄凄的夜色里。

天大亮的时节，村儿上出了事儿，姜大麻子家的谷仓叫人挖出一个大洞,谷子不知道给偷走了多少。

姜家支使伙计黎三,领着一帮人往谷雨家去,一路上气势汹汹地叫呼着,早晨的雾气还不曾退净。

农户捧着热粥,等在场边拦着黎三探问。

"是啊,这得问谷雨儿去。昨儿白天才逗的更粮,夜里他就不管事儿啦!吃更粮,不守夜,这像话吗?找他娘的算账去!"

黎三真有点儿八面威风的气势,手里拖着一根小扁担,外一只手插在袍襟底下,不断地撒落一些棒子米落在路心儿。后面跟着一帮伙计。赶着看热闹的孩子愈来愈多,几十只腿脚,从路心儿谷粒上踏过去。

谷雨住在村子东首第三家,这帮人直冲进他家里去,然后就有其中的伙计,打后头喊着跑出来,从姜家谷仓,经过院落,一直到打麦场上,一路上撒着黄澄澄的谷粒儿。再往前数,不就通到村中央的牛车路上吗?

黎三把不曾清醒的谷雨拖到门前打麦场上,要他立时到姜大爷那儿去回话。

门前的伙计却喊嚷着:"地上一路撒着谷粒儿,这不是有鬼啦!"

"跟着地上撒的谷粒儿走,看看通到哪儿去!总不是昨天逗更粮撒掉的罢?"

霜还不曾化尽,霜地上撒着谷粒,断续地从谷雨家通出

偷谷贼 087

来,从麦场上,到村儿中央的牛车路,一路上深深的沙土,净是刚才这一伙儿人留下的脚印,沙土和脚印掩埋不住一颗颗亮亮的棒子米和小米。

大家都看在眼里,沿路上好事儿的数着路心的谷粒,人多嘴杂地叫唤着。

"这两天风声不大好,他谷雨怎么又疏忽了?"

家家门前,人一头喝热粥,一头议论着。

"这是从哪儿说起呀!不该有的事儿。"

"说的是啊,谷雨打更,向来万无一失!"

结果分外出人意料,路上这些撒落的谷粒,零零落落地直通到姜家谷仓墙外,通到那个窟洞口。一时之间,村儿上到处哄闹着,把偷谷贼和谷雨连上了一起。大家总觉着这就好像太阳跟月亮一道儿打东天升起一样出奇。

这可是怎样也抵赖不掉的,谷雨被架持到姜家大门前,身上早已挨上了几扁担。

姜家门口高石台上,姜大麻子叉腰站在那里,太阳穴上一边贴着一张红膏药,面带病容。

"不用噜苏,先给我绑到马桩上,揍他个半死再说!"

姜家三四个伙计撕撕扯扯之下,谷雨冲那个方向挣着身子,脸孔气得煞白,"姜大爷,你不能跟我来这一手!"

"甚么大爷大奶奶的!"姜大麻子把卷起的皮袍袖子一抹,"给我狠狠揍个半死,打出人命有我顶了!"说着说着眼睛笑笑，就转身进去了。

"姓姜的！你不能昧良心硬栽赃！"

谷雨吼叫着，被拖开，拉到那一排马桩的头一根前面，早有个伙计张起井绳等着，不由分说，把谷雨反剪着手，那么大的个头儿，从上到下结结实实绑到马桩上。

那一旁，黎三理着一根长长的车缆，一圈一圈折叠起来，挽到手里。

村子上，人从四处聚拢来，一层层围上。冬季里橘红色初露的阳光，照着那些攒动的困惑的脸子。人丛里传出抽打的响声，谷雨他女人孩子号啕着，大伙儿争吵成一片。

树上，草垛上，也都爬满了人，大新年里看会那样挤，一张张橘红色的面孔上却没有看热闹的喜气，一律透着气不忿儿，气他谷雨做了偷谷贼，也有气他谷雨给冤枉地诬害了。

门口那边的高石台上，姜大麻子又出来了，驼毡帽压住眉毛上，吊一支烟卷，皱着眼睛，老去按按太阳穴上的红膏药。

骆大女人抱着小龙，也匆匆赶了来，密密的人丛挤不进去，四处张望着，一眼瞧见那一张满是疤麻的大脸子，女人止不住一阵子惊慌，躲到人背后。昨夜里和这时节，同是这张脸，曾经挨得那样近，口涎滴到她领口。呼呼的热气夹杂着酒糟和蒜臭，还有烟酸，冲着她脸上喘，死尸一样重的身子，留长的指甲掐得她痛到心窝儿里。这张脸在灯亮儿底下是一个样子，在老阳里又是另一副神气了，怎么这会是一个人？

骆大女人心里恨着，不由得指甲深深掐进怀里小龙的小腿上，叫起来，她掐得更深，仿佛不曾听见甚么。

又一阵重重的拷打声，骆大家的脸色跟着煞白起来，咬紧了嘴唇，披散的发髻颤抖着。女人偷偷抹把眼角儿上眼泪，闭着眼靠到背后枣树上，好似要昏过去。

"你说出来呀！你怎么不说，谷雨！"这女人心里哀哭着，"你说罢！你说出姜大麻子怎么丑，怎么欺侮我！我拼着这张脸不要，也要跟他对质！"

可人丛里面只有谷雨嫂在那儿哭骂，孩子喊着爹，谷雨不曾哼一声。人丛里钻出个小伙子，高声叫着：

"昏过去了，打昏过去了，要闹人命了！"

遂又引起了一阵子哄乱。

小龙从怀里滑落到地上，骆大女人天旋地转地昏眩了一阵，觉着背后靠着的枣树大大地晃荡，要把她摔到地上。

"怎不肯说呀！你冤枉了！"女人蹉着脚。

身旁一个老妇人衣襟把眼睛擦红了，不住念着："造孽呀！造孽呀！"拍手打掌望着四处叫唤，老头子过来赶她回家去。

这边两个老人议论，怎么没有人去南村儿请伏二先生来调停。

"难道想把谷雨活生生打死！"骆大女人冒冒失失冲着这俩老人叫嚷，像是其中有一个就是姜大麻子。

"造孽呀！这个世道人心！"老妇人捽着鼻涕，衣襟不住地擦那一对昏花老眼，非要擦得更红才甘心。惹得她老伴像赶鸡子似的喝着："嚷嚷，嚷嚷，谁不知道造孽？净听你穷嚷嚷！赶紧给我回家去！"

"真是造孽！一点不假。"另一个干巴巴的老头喝光了粥，端一只空碗舔着。

"谁知道怎么把大麻子给惹啦？"这老人舔着黄胡子说，"门前我扫得干干净净，哪儿见到他娘的一粒谷粒儿？黎三儿他那伙儿走过去一趟，就出了毛病！"

"听听，造孽呀！谷雨甚么样的人呀？赖他！"

骆大家的止不住嚷着："大爷，你就该当去给谷雨申冤哪！光在这儿说有啥用？"女人带着哭腔。

"申冤！"这老人脸一扭，"瞧瞧，那边，还空着一排马桩。咱们不想种姜家地啦？"

"瞧着罢！话先说在这儿，又是一个孙疤眼儿！"

大伙儿纷纷攘攘的当儿，谁把那位伏二先生请来了。一个飘着灰白胡子的小老人，拉着一支高过头顶的长手杖，黄杨木做的，上面雕着老龙头。

这位看病的伏二先生，又老又矮小，却是健步如飞，声音出奇地洪亮，众人迎上去，争着告诉他这个那个。

"不行！这不行！"

老人察看了一下绑在马桩上昏迷过去的谷雨，急忙从人

偷谷贼　091

丛里走出来，大步大步往姜大麻子那边冲去。

"不行！你这样！"老人咳一口痰用劲地呸掉，"那么些眼睛看着你，凡事要服人！搜出谷子没有？"

姜大麻子冷冷脸，终又把笑堆到脸上，"这也用得着劳动你老人家，快家里坐！"

"我不要进去。到底怎么个长短？你快跟我说说。"

人比方才更骚乱，吵嚷着，好像忽然有了甚么希望。这样一片嘈杂声里，只见姜大麻子滔滔地说着，指这指那地挥着冒火的手势，不知说些个甚么。

灰白胡子的伏二先生听着摇着头，打手势制止说下去，却插不上嘴。

高石台真像座戏台，人像看庙会那样，远远地看着听不清的小戏。总常有这样的戏文，土地公公替包老爷办案子，台下听不清不要紧，总有老懂戏的给你解说。

这两个戏子唱完了一出，走下台去。听说要去看看谷仓墙上的窟窿。看戏的人众也都跟着涌过去。

前几天给拉差去的夫子回来了。

骆大的女人立刻清醒过来，四处张望着，一眼就看见她男人夹在围上去的人众中间，脖子上挂条上车辫子。

这几个夫子挤进人丛里，看见谷雨血惨惨的脑袋歪在肩膀上，昏昏迷迷哼唧着，老婆孩子哭作一窝儿。

"怎打成这个样？黎三儿，你也是人哪？"

"你伙儿知道个屁！"黎三瞪着眼，两下里争吵起来。

那个骆老大伸长脖子挤抗，直起眼睛打量这个绑在马桩上被打成这样的老邻居。

"我不在家，我家的谷子也不知道少了没有？"骆大自言自语地，转过去望望四周，指望谁能告诉他。

"要脸不要？"背后有人讥诮，"有几把谷子呀也有人偷？偷去喂小鸡？"

骆大给挤着转不动身子，掉过脑袋来瞪着背后，连带地嘴巴也歪到一边了。"操你的！处上贼邻居，谁能保得稳？他连姜大爷家谷子都偷，哼！"

好像有一肚子怨气要出出才行，便从脖颈上拿下土车辫子，横折一个双。很用不上劲儿，从人们脑袋顶上够着抽了谷雨一下。"操你个贼种！"随后红着脸挤出来。这个老实人只有被人欺侮的份儿，差不多这算是生平第一次揍了人，得意地臊红了脸。找到他女人，开口就炫他这一手。

"真是啊，想不到的！"老实人着意地比画着，扬起手里土车辫子，"气得我狠狠抽了他两下子！"

"大面瓜！真有你两下儿啊！"

蹲在地上的瘦老头，对他点头笑笑。他可发现到他女人沉着脸。"多能干！就该给人欺压一辈子！"抱着孩子一转身走开。弄得骆大脸黄黄的，看看周围，没有一张好脸色对待他。

偷谷贼　　093

这一场风波让伏二先生调停平息了。谷雨由老人领回来家里包伤。姜大麻子立刻差派了伙计过来，逼着谷雨搬开姜家的地。

"你这帮子狗仗人势！也要等人家拆蹬拆蹬！别他娘的墙歪众人推，破鼓齐伙儿擂！"

伏二先生挥起龙头手杖，把这一伙儿家伙骂回去。

"先到我南村儿落户罢！慢慢给你找几亩田种种。"

谷雨脑袋上裹着布，收拾种田的家伙往土车上堆放。"谢了，你老人家。天生天养，哪儿不是过活？"

"别由着性子，又不是真的偷了抢了，没脸见人！"老人虎下脸来，"到哪儿去？到哪儿去不得从头来？住近点儿，等着还有笑话看！"

"就是那么个直性子！"后来老人硬把谷雨的小毛驴先骑着走了，"我先回去，给你腾出间车屋，随手你就给我搬过来！"

前村后村隔不五六里远，破家值万贯，一搬就搬上大半一个整天还没完儿。

夜里，村儿上黎三敲着梆子打更，老在谷雨家前屋后转，存心苦恼这一家人似的。天刚蒙蒙亮，谷雨家里的怀里揣着顶小的，领着一窝儿没睡醒的大大小小。谷雨用他那杆红缨枪挑一副担子，一头柳条筐子里塞着棉絮被窝，上面坐着才学走路的孩子。另一头，净是些盆盆罐罐，上面盖着一只黑锅。

这个小小家族，就这么样一声不吭地走了。村头上站着些送行的，也都不言语地愣愣望着。

天空堆着乌云，慢慢地烧起早霞，云块一片片烧红了。夜来落过头场春雨，湿淋淋的光树枝给唱唱儿的山喳子蹬下几滴水珠，打落在湿地上，嗒嗒有声。

含雨的初春之晨，总是这样清凉里含着温和，打更守夜的人久没有这样一段儿时辰。今天有了，却又走了。谷雨没有回头，脸对着云层里的朝阳。

站在村头上的骆大没有留意许多人都红了眼圈，只看到他女人含着眼泪倚在门旁篱笆上，痴痴地目送渐渐远去的那一家人，嘴里咬着小龙风帽上红飘带。

骆大心里不能不难受，多年的老邻居。可骆大疑心了一整夜。出外只这三五天工夫，他女人陡然对他变了，思来想去，总不见得是为了他抽了谷雨那一下土车辫子。

"人走远了，还舍不得？"老实人，心里冒着火星。昨夜里，女人不让他挨近一点，试着伸过手去，让她摔开了。难道这个偷谷贼也偷了他家这朵花？骆大疑心地跟自己发誓："今夜你要再不……你瞧我的罢！"

可他自知并没章程降住他女人，心里越发又恼又气恨。望望远去的那一家，望望他女人，心中隐隐作痛。

那一家人愈远了，大路弯向左首去，密密的白杨树行里，偶尔现出那一绺红缨子，闪了一下，又隐没了。

早霞愈烧愈烈，人脸给烧得通红，好似这都是那一绺飘打的红缨子照的。

湿淋淋的光树枝上，还不时滴落一两点点清泪，山喳子唱着凄清的唱儿。

一九六二·三·浮洲

牧歌

这才大马奶奶躺进棺材里歇口气。理了一整天驼绒,真够累的了。

石砌大院子里,只剩下老马倌(牧马佣工)哈爷,一个人扫扫弄弄。又黑又浓的鼻毛上,固着精细精细的驼绒丝丝,眼睫毛上也都是。

北极风飞卷起黄色大浪,沙原之上黄蒙蒙的大陀螺似的旋风,一耸一耸地飞旋。风若是旋进了院子里来,就会把永远扫不干净的残余的驼绒扬上天去,那末哈马倌就得像捕蜻蜓的舞起扫帚,这里一遮,那里一掩,倚老卖老地不住咒骂,好像这些风风沙沙也都是些小辈儿,该听他的。他咒骂的那些脏话,也从不避讳女当家的。马家这一代,都是他看着长大起来,大马爷在他胳膊上拉过绿屎,二马爷专要他举起来够屋檐上的冻琉璃吃。他自己赤胆忠心为着马家,尽管三十来个马倌都找出借口先后离开了，独他留住不肯走。如今这一家人七零五散，这个难处，哈爷比谁都放到心里顶紧要的地方。

站在大门石坎儿上，可以看见街外那些火成岩的怪石，一座一座没伦次地翘立在迷眼的黄蒙蒙沙雾里。

"我说……"老马倌嗫嚅着。

他跟谁说，他自己都没个准儿。可下面甚么也没接下去，打石门坎儿上转身回来，问起了自己："要说甚么来，老龟仔子儿？"

棺材那边传来大马奶奶哼哼哼冷笑。那也许只合他听见一声咳嗽，一声喷嚏一样的平常。不光是冷笑，还时常不要命地哭一阵又笑一阵，一面说东道西地不住嘴儿。这些个，哈爷也只当它是这个风季里没日没夜贴着耳边儿刮的呼哨。

"捣他八辈儿的鬼名字！捣他娘八辈儿的！"他唠叨着说。

十字街给改了新名字——红旗街，这对执拗的老马倌，只等于"捣八辈儿"之类的意义了。要是一开头就被老马倌拒绝接受的事物，那就不用指望他会有回心转意那一天。他那个顽强的死心眼儿，哪怕是死去活来地轮回八辈儿，还是那个老样子。

"要是跟大马爷扎扎实实有那番恩情……"哈马倌瞅着停放在马厩房一角的那口白槎棺木，袖着手蹲下来，喃喃地叨咕："我说，别老恋着活！我是瞧准了你个可怜的娘儿们，除非死过后，魂灵绕回来，大马爷的仇，别报了！"

"我报啥仇呀……冲谁报仇呀？赶紧揞暖些罢……哈爷你不是淘过井？地底下那个冷法儿，窨子里多冷呀……"说着说的就又啼哭了，"叫大马爷怎么受哟……"

哈爷抓起手边的苕把柄子一摔："生就挨压的货，坤道家！"这是他跟自己咕哝的。

哈爷一双眼睛很衰弱，连瞅一会儿对面秃楼上的那片残阳黄辉，都像忍受不住似的。太阳贴着南天的地平线游动，一偏晌午，便只剩了颜色，热是没有了；太阳沉浮在浊黄的浓雾里，患着贫血，显得不知有多冷清。

疲倦的眼睛移回到马厩里，整垛子顶到盖棚的骆驼绒，不知为甚么，不给人一种丰收的喜感，几乎比歉收更让人丧气。明天这些货物就要愣听着皮毛统购局子来人点货，点多少是多少。

"没有，家里出事了，还行得起善？"他冲着外面凑过来的一个叫化子模样的家伙嚷着。

忽然老马倌觉得有更好的法子打发，"你站那儿等罢，等他们抓你去，装上铁闷子，送你上高丽国儿去打仗。"

老马倌就是那么地信得过自己，瞧也不瞧那个叫化子一眼，就折身走开。仿佛那家伙只要经他这一吓唬，便一定脚不点地地撒开蹶子奔。

或许老马倌平生再没有甚么得意的大事，除了他手底下调教出来的"银驹"。两年前那场盛极一时的集赛，常在他顶丧气的心情之下，打心底儿里往上翻儿。

"嘿！瞧银驹的罢！凭那付肌理，有半个伊犁种，落地我就说它是胎里走（生来不必经过训练，便会侧对步）！……"

刚才那个叫化子却挨到他背后，差不多是冒冒失失地招呼了他一声：

"哈爷，你老怎不认得大岭子啦？"

老马倌调过头来，张着嘴，愣愣地瞧着这小子。

"才两年，哈爷，大岭子那二十年没这么经熬，不怪你老认不出小的了。"

大岭子一脸的尘沙，可以用指头在那上面画字。老马倌真想把那一脸的尘沙扑落扑落，再认认到底是谁。

大岭子便觍着个泥脸子等着哈爷认。

"那么一说，这才想拢，敢就是那年赶集会，你撑的羊皮筏子？"

"筏子早丢喽！年前连人带筏子都给抓差抓了去。只是没到地头就让我给溜了下来。"

"有种，小伙子！我说，这大半年又是哪个渡口混的？混成这个赖相儿，啊？"

"没在渡口混。"大岭子四周窥伺了一圈，偷偷地道，"明是拉雇工，熟皮子的（制革工人），暗里听云王爷的使唤，二马爷的招呼，玩儿命！"

"二马爷,你说?"

"哈爷,这儿不是说话地方,咱们哪儿去躲着下。"

老马倌歪歪下巴颏,两人绕到驼绒垛子后面。满鼻孔膻腥味儿。

"那口喜材……?"大岭子发现到棺材一角。

"大奶奶睡着。"他瞧着大岭子一吃惊,摇摇头说,"别忙,是给大马爷备的后事,不能不备,就跟冲冲喜一样。可我说,是二马爷差你来的,还是怎么着?"

是二马爷捎的口信,今儿初二,就是今儿,二马要回来。当然,要不是为他老大劫牢,便一定是来接嫂子上翁衮山了。外面流言蜚语地风传,叔嫂俩似乎有一手,只有哈爷不信那个。别瞧着二马那个横横大大的个子,冲嫂子撒赖耍刁是常有的,谁也不能比他哈爷更看得清,瞄得准。

可那匹名马"银驹"是老二偷跑了的,没谁不晓得;大马就为这个,才被那位用了不少心思想能霸占银驹的姓廖的二毛子给下了牢。

那是个谎,哈爷得向外面瞒住,除了亲哥儿俩,只有他哈爷清楚。

"怪道的,"老马倌很安慰地叹口气,"手足之情,二马爷不能那么忍心。可银驹呢?依道理说,给姓廖的得了;牲口是人养的,没的为牲口伤了人命,大岭子哥你说呢?"

"敢情是,可又说了,把银驹送了回来罢,也难,二马爷那个性子，不是饶人的。能窜回来劫了牢，也是个办法。大马爷难道就没指望了？"

烟灰磕在地上，烧了点驼绒，又熄掉，一口焦燎味。

"两天前去探望了下，刑又重了，九斤大镣，拷着。死是死不了，我说，还不是逼银驹！"

"可还恼着二爷？"

老牧人点点头，不管甚么人这么问他，都得点点头。

"死是死不了，我说。"

好心的老马倌总是执拗地不肯承认大马除死没辙儿。当初东家哥儿俩不把他当外人，为银驹，扯了大半夜的皮，局外人都给瞒过，都说银驹是给二马偷了去的。只他知道内情。

那夜，主仆三个窝在地窖里。

"老二，你规规矩矩听我的……"

"还是那句话，我是坐定了。"

"你是黑榜上留了名的，迟早没好果子吃！"

老二给这些话重复烦了，炸栗子似的冒了火。大概是说话常喷唾沫星子缘故，嘴角儿常年总是白糟糟的。一旦冒起火来，那张嘴巴简直有风雨齐下之概了："少跟我来这一套！我死了鸟朝天，光杆儿一条，没牵挂。好不好，我放把火出溜出溜。出溜过了，走得掉就走，走不掉，我拉开架子跟他们玩儿命！你呢？老大？你玩得了这一手？"

"老大没比你扁了哪点儿。"大马喉咙里笑笑。

"你行,你可别忘了嫂子,忘了马家后代香烟!"

地窨顶上滴下蒸汽水,滴在大马手背上。他拂拭着,笑着:"我真没料想,你年纪轻轻的就提甚么香烟后代;咱们马家上百口的大族,也不指望你我哥儿俩传宗接代。"

二马纠成一摔的嘴唇像是结了冰,白糟糟地汪着唾沫。

"走,带着银驹投奔云王爷去。祖宗代代盼着自家马沟子里出匹大走。好歹我是一家之主,我叫你走!"

老马倌夹在中间,拿不定向着谁。哥俩儿末了准又非干开来不可。二马的拳头放在嘴边,一紧一松,呵着气。

"一起走!"

二马闷了半晌,闷出这一声来。这在另外两个听来,敢是动武之前的一个照会了。老二比谁都明白,一起走办不到。十一沟子马,白舍了不成?带着走,声势太撩眼,也不是到处可以放牧的节季。

于是二马跳起来,跨过一大步,跳到石阶上去拉门,准备出去。大马胖胖墩墩的个头,倒比老二还溜活,抢先拦过去,背抵住门上的铁拉闩。

门框上的挂灯跳着两只不明不暗的灯焰。迎着灯光,可以清晰地看得见亮晶晶的唾沫星儿打老二嘴里喷向大马:"老大,是你亲口说的,有没后代不打紧。我只问你,要没有嫂子这个人,你走是不走?"

"使不得,二马爷!"

牧歌 103

老马倌拦上去，不定就能窜出去，他准知道，老二一阵子横了心，甚么人都不认，甚么事都做得出来，一刀捅掉他嫂子，好叫老大死了心。老二是个欠把火儿的野家伙，老爷子在世的时候，就曾开心地骂他是个还没熟的生番子，甚么事都撒开手由着他干，反而对老大还有些儿不放心，怕挨人欺侮。

灯焰跳闪在二马油光光的龙长脸上，一排白牙透出一股寒森森的狞笑，那也许除掉他的兄长，谁也猜不出他又打甚么可爱的坏主意。

"哈爷，让你说，你是要哪个走？你伺候老爷子也伺候半辈子了，你做个主儿好了。"二马反而软了些。

老马倌也拿不定主意。倘若拼着这片家业不要，倒是留下老二混干一气得了。只是他相信大马爷有能耐护住这片家业，拼着跳油锅，上刀山，也不含糊——那怪他没有阅历过二毛子这样辣手的没人味儿。

这一场争执，二马意外地软到底，可又出人意外地先动了手。两下里打得鼻青眼肿，都恨不能把对方捣成一堆烂泥，给捆到银驹背上，打发上山去。哈爷夹在中间，拉是拉不开，抽空子掏了二马几拳，自己也挨撞上一家伙，肋巴骨痛上半个月。

哥儿俩，一个石阶上，一个墙角里，对着喘。

过了老半天，二马硬撑着爬起来，石壁上取下大响鞭，瞅着他老大，挥过去就是一鞭，门柱上的挂灯让鞭梢卷下来，落在石阶磴上。灯盘是木刻的，牛脂半凝着，两只焰子熄了一只。

二马龇着白牙，嘴里像是含块冰冻，摸不清那是笑，还是狠。他把大响鞭扔给老大，重又回到老地方，顺着石壁滑坐下去。

老大慢慢爬起，一路抹着嘴角上的血迹子，过去把牛脂灯那根熄了的捻子重新燃着，挂回原处，然后退到二马坐着的地方，两只手换着在灰皮袄上擦了擦，瞟他兄弟一眼，便抖起那丈把长的响鞭，唰——唰——连连两声，鞭子像吞火的长虫，两头灯焰子被吞去了，整个地窖子立时陷进黑暗里。

半晌，老马倌把火石打着了，点上挂灯，却发现在两支火焰之间，插着老大刚才摸黑投掷过来的一把小攮子。

当下二马不发一言，拉出银驹便备鞍子，趁月黑头，冒着风沙连夜走了。

跟着，二毛子软硬兼施逼迫大马交出银驹。

头一场过堂——所谓公审，就在街头的四蹄行集场上，家人也在场。

大马爷开口先就声明："我是马家的压堂子（养子），俩老的三十岁上还没有得儿子，抱来养的。"

大家伙儿连家人在内，都很诧异他马家居然有这么个不为人知的老底子。

牧歌　105

大马用下巴偏指着周身的伤处，"不瞒各位，这都是争银驹争的。老二是马家亲生儿子，家业都是他的，没话可说。不过老的去世时，交代明明白白，本产属他，利产归我。银驹是我打二十岁起，淘换了十四五年的马种，才淘换出来的，老二瞧着眼红，不止一次两次跟我穷磨蛊，要把全部本产换我的银驹。各位乡亲，或许有人挺愿意做这笔上算的买卖。可话说回来，我要是有心在祖产上动主意，远的不说，从老的去世到今，七个年头，少说也添上三五沟子利产。老实说，银驹拴在我炕头上，谁也别想打它的歹主意。可是事到如今，人是挨整成这样子，马是让他拉走了。我报了案，请过缉拿，今天我跟地方上要银驹，地方上跟我要银驹，两下都要错了主儿，翁衮山上是呼那盖（土匪）的天下，我单身独汉进不去，地方上野战军有的是，民兵有的是……"

左一场右一场的官司都没打赢，后来索性也不公审了，定的罪名是破坏人民财产，私通呼那盖，除非把银驹交还给人民。

接着就是朝鲜打仗，到处搜征牲口，大批的马群征走了。马家留下的十一沟子马——多少匹那是从来没有数清过的，赎大马爷就赎去了一多半，剩下的，连种马也都征光。只是到朝鲜去不知为甚么要走回疆西路。那个时候，从民族干部学校出来的那批毛头孩子，除掉振振有词地讲说汉人和蒙回统统都是猴子变来的，还负责给人民解疑，宣传地是圆的；

用拳头比画，如果朝鲜在大拇指的虎桠这儿，红旗街便该在小拇指那里，则往东也是到朝鲜，往西也是到朝鲜。人们攥起拳头来琢磨，往东往西都差不多远。然而不等大家伙儿觉出十分荒唐可笑，草原上已荒凉如传说里百年前那场可怕的马瘟了。

老大没能如老马倌相信的那样，把这片家业护下来。可这并不就减低他对大马爷的佩服。银驹有多么个神采，大马爷就有多么个能耐。就说那场集赛，开赛前，哈爷到处探听，愈探听愈惶，各路王爷以及各大户牧场的好马，大半他匹匹都相过。眼睛看花了，不唯哪匹马都不比银驹退版，马上的骑家也都很像不想活了一样耍拼。

马赛一开头，银驹就闹包子。哈马倌先已料到银驹太嫩，没有经过大阵势调教。黑压压的人众伸长了脖子嘶喊，银驹受到这样子四面临敌的声势一惊，咆哮着陡立起来，两只银红前蹄腾空地拼命价刨，似乎前头拦住一堵看不见形体的高墙，非要爬上去不可。大马爷勾着身子，简直是抱着一棵合抱的大树干，使劲儿往上爬。

四周围爆起可怕的一阵子哄笑，马背上的大马爷，发狠抖着皮缰，有把刀子在手边的话，或许会把银驹当场捅掉。

银驹只管发作那股野性，好歹不听主人的，这还不说，陡立了一阵，咆哮了一阵，落蹄便往回撒奔子，惹得千万人众又是一场热烈的哄笑。大马爷再沉得住气，也得发急了；

一个回旋陡煞，银驹险些扭折了后腿，瘫挫了下来。

可只一瞬间，人都没来得及看清那一对拧绞的后腿怎么能用上劲儿，银驹已经撒开毛蓬蓬的大蹄，人能看到的，就只有一股子连裹带卷喷撒开来的灰烟。那灰烟没命似的追踪着雪白的马尾和马主飞飘的鲜红的半身斗篷。

一圈不到，银驹的灰烟把落在最后的耶王爷的雪鬃埋进去，接连着，眨眨眼就是一个行情，灰烟把陶司杜喇嘛的黄风埋掉，把丹大户的乌云盖雪埋掉，把钱大户的白花驹埋掉，把土谢图汗次王的玉兔埋掉，各路名马一匹匹丢到银驹后面，从上万人睁大的眼睛里剔除了。最后的劲敌是云王府的火龙……由王府总管骑御的一匹火红的枣骝——一红一白，前后前后只差半个脑袋地并着挫动。人众反而一声不响了，也无暇注意到这种奇突的静寂。

第五圈顶吃紧的当儿，银驹奔在外圈已经很够吃亏，大伙儿可又发现那个王府总管的马鞭，老是抽错了似的抽到银驹的额顶上。

从奇突的寂静中，哈马倌瞅准银驹跑近来，冒出一声粗嘎的呼喊："右缰！紧右缰！"摘下耳护子挥动。立刻人们起哄了，连别家的响手也丢下铜锣牛角等等响器，跟着嘶叫起来，都在为银驹呐喊助阵。

银驹在上万人疯狂雷动之下，一开始偏向外圈，便落后了半个身子，随而一点点、一点点被火龙丢远，众人渐渐地不甚嘶喊了，变为一种争论或者不平之鸣造成的浊闷的嗡郁郁的声浪，像蕴伏中的沉雷，压制着一种可怕的力把。

骤然一声清脆像对空射击的小马枪似的炸响，从人丛里面挥进马道一鞭，长长的鞭梢正打中银驹后臀，从那儿冲出二马野犷而不知喊了甚么的鬼叫，立时银驹显得发奋图强，连连几个纵身，一阵尘烟卷过去，便越过火龙。

一时人群宛如潮水一样地涌动起来，好像是地面在涌动，盘转，把人群移东又移西。

银驹这才得到一显身手，一无牵挂奔放开来。干净利落而有一种动人节奏的侧对步，飞旋地盘划着、弹动着，前后蹄足足交出一尺多长，肚腹一下一下冲开蹄勾，冲着跑道压，所过之处卷动起一股裹着飞沙的寒风。人们欢腾得好像银驹是属于他们中间任何一个人的。

胜利的银驹喷着大团的白气，随着主人溜了两圈，收场受赏。主人面孔上有两道血赤赤的鞭痕子。

云王爷的火龙挂输了，可是酷爱良马的云王爷，腿也不瘸了，纵下那么高的台子，除掉原来备就的犒赏，还又临时添上一件贵重的上礼——宝壶，那是一家电影公司到关外来拍外景携带的热水瓶，让云王爷看中了，当作宝物，用十对驼峰换来的。而这个宝壶，总是交给他那位二千金调度照管。

集赛过后，云王爷得空便带着美丽的二千金，乘马或者轻巧地捋捋车来看银驹，那样百看不厌的味道，好像要把

牧歌　109

二千金——远近闻名的大美人儿,来换马家的银驹。二马爷一见云王爷的二千金就来了兴头,常时当着那么多的人,拱一次马肚,就换二千金一支歌。不是二马爷两家不能那么快地厮混熟。外人除了老马倌,没有谁不想着这两个势必成了一对儿。末了,二千金没有换去银驹,倒是做了大马奶奶,真叫人家诧异了,便捏造有凭有据的流言,不一定要败坏人,只因他们要答案。可只有老马倌懂得老二的用心;老二粗是粗,粗中可带着细,老二为要这个家像个样儿,赶快要个当家理事的嫂子。两个光杆儿一起共久了,恐怕就很急需这个了。

老马倌比谁都清楚,凭老二这个生番子,他要是对哪个姑娘动了心,别想他那样子费心思地充小丑,拱马肚子。从来都是那样,他喜欢的,他就硬拿,闯了祸,自有老爷子给他扛;老爷子去世了,还有老大替他收拾。

说起云王府的二千金,真是远近知名的大美人儿。一对大眼睛,瞧着总有点儿妖邪,有的没的,老是出神凝视着甚么。那张肥活活的,可又不显得笨厚的嘴唇,生来只会浅浅地笑,很少听她说话儿。她那种姑娘,正归正,还是配上大马爷,两人脾气投合,一样地沉稳,心思多,表面温吞吞不知有多无能呢!不似老二那么着,爆竹性子,动不动就崩了。这段儿别人见怪的姻缘,哈爷自有他一套,婚姻大事原是两个人前生前世注定的缘分。

"当年云王府的二姑娘,可不是如今的大马奶奶了。"哈爷冲着大岭子说,"如今整天价木头人是的,冷暖饱饿都不知道。哭一阵,笑一阵,除外就是闷在大马爷的喜材里,抱住大马爷家常穿的紫羔皮袍子,独自儿说东道西的!"

"那倒是个甚么劲儿?"大岭子叭嗒着汉玉嘴子的旱烟炊儿,老哈爷给他装的烟。

"坤道家,想不开,凡事还不是郁郁魔魔的,谁知道是个甚么劲儿?"哈爷像所有的老光杆一样,不懂女人,瞧不起女人,对于女人十分地不宽厚。

大岭子愣瞪着那口透风漏亮的白槎棺材,叹一口气:"能把这些驼绒脱了手,万一大马爷有个三长两短,花不上多少,后事也要办得像个样子——这话真不该我说。"

"唏!脱手还不容易?"哈老头儿的神情,凑上挨烟袋窝子里的生烟熏辣了眼睛,正好就是那种总不把小辈瞧在眼里的样子,"统购局子加五的大秤等着你冤种上门了!加五,你听过没有?我活这一大把年纪,也没经验过。加五,哏,加五!你别看不起这四块板儿,六百斤牛油,捧手白送人家一样,不是老街坊不收工钱,凭六百斤牛油,怕连这口瞧不上眼儿的小白槎子,还做梦也休想哩!"

"加五……"大岭子嘟哝着,仿佛也不很懂。

过下午,这是一天当中最让人不生指望的时候,到处都是一种固定的冷落和灰心。残败的淡阳弥留在秃楼堞子最高的一溜砖沿儿上,风势约略收敛了些,沙原上除掉零落的牲口蹄印子，尽是像安静的盐湖粼波——不懂得荡漾的粼波，绷硬的。

街头的集场散了。

下市的贩子、牲口，一行行地缓缓散去，在小镇周围的沙原上扯出几道从十里街蜿蜒伸展出去的线条，仿佛大风吹弯的蜘蛛网子轴线。

出决私通呼那盖的大马这个消息刚一传到零落的集场上，便同时有三四个人飞抢到马家报信，还有几个抢慢了一步，落在后头，也跟着来了，大概想看看马家得报后是个甚么情景。

谁也弄不清，大马奶奶简直显得神经质地兴奋了，好像盼望很久了，巴不得有这么一天。这情景叫老马倌瞧在眼里，疑在心里，相当于听见外边那些风传的不干净的流言一样地冒火。以前为没这回事儿冒火，这一刻为了发觉真能有这回事儿冒火。于是老马倌更有理由相信自己打这一辈子的光棍，一点也不亏了。

大马奶奶不管是认识的，还是不认识的，连大岭子在内，吆喝支使着大伙儿抬棺到法场去收尸。老马倌冲着众人直跺脚，甚么都说不出，然后气横横地摘下耳护子，三步并作两步抢出来，他不知道门前分别通向集外集里的两条路哪一条重要。

南面，集外那边，那些一簇簇偎挤在黄雾之中没伦次的火成岩石丛，所谓法场，习惯上就是在那儿。往东去，进街口不远就是监狱所在。近晚的尖风冷厉厉地刮着鼻头，老马倌戴上耳护子，选择了法场。

穿过街头林立的牲口桩子——在老马倌的眼里比平时多出一倍，碰头碰脸的，衰老而伸不直的两腿，难为他那么奔跑。心里可没法子接纳这个显得突然的绝望。或许是陪斩，许多出决的囚犯家属都会援着云王爷的例子，绝望里生出这种妄想。

陪斩罢，那会是陪斩的。二毛子要的是银驹，云王爷就是那样被胁迫交出了火龙。二马爷若能为他老大想，也该把银驹送回来；也许就是今天，二马爷把银驹送回来。也许来不及了。云王爷交出了火龙，照样还是领着家口子弟逃进翁衮山里去当大首领，那么些拉游击的，未必都有甚么大走小走的。想着家里面大马奶奶那么称心，哈爷又冒火了。"捣八辈儿的！大马爷果真有个三长两短，我哈老头儿也不甘心眼看你顶着大肚子现世！"

"哈爷，出甚么乱子啦？"

路上下市的贩子当中有个赶脚的招呼他。

"你休想！你休想现大马爷的世。"

老马倌回头瞪了那个赶脚的一眼，好像到处都是刺弄他的那个挺着大肚子的大马奶奶。他一气，下路走，漫抄荒儿岔往那些怪石丛的方向去。

落日飘浮在沙原的尽头，好像带着点浮动，浑浊浊的天空有一些要烧霞的意思。沙原上的晚霞一烧起来就炽烈得不可遏止。然而此刻落日是淡淡的惨惨的土红。

老马倌伏到一块颇像一只睡卧的绵羊的黑岩石上，这才忽然盘问起自己怎么昏头转向跑到了这儿来。

谁家的一只打野食（寻找死尸吃）的长毛牧羊犬，仿佛被人发现了丢脸的行径，很羞愧地瞅着老马倌，轻轻退进岩丛里去。

远远地朝着街里望去，街口往外吐着人，缓缓地涌动。

尖细的白色亡命旗出现了，在人丛的顶上蠕动。老马倌一阵子感到胸口里让甚么东西给壅塞了，热的，滚烫着人，又像是冰凉的，酸螫得紧弯着腰。

重又抬起头来时，他可发现亡命旗竟是两支，剪刀的两股刃子似的，一错一错朝天剪着甚么。于是哈爷拳头紧抵住心口窝儿，急促像打着寒颤地念着真主，念着他伊斯兰教的阿拉。但求是陪斩罢，我拼上这条老命也要上翁衮山把银驹拉回来。

人群在沙窝子里跋涉，一个个痴傻傻地直着眼睛，仿佛被一种甚么邪术催使着。他们不知道甚么，不懂得为着甚么，就那样木木地往前拨动双腿。

大马爷倒十分镇静，除掉脸上有些浮肿，和九斤大镣坠住脚，不得不拖着囚犯的步子。至于周身的腌臜破烂，以及两只赤脚上一直不收口的血赤赤的冻疮，这些都不能使他像个囚犯或盗匪——话说回来，这哪犯上一点点个死相不是！

老马倌至死也不能相信这样一个活生生的汉子，待会儿就会歪在沙地上甚么人事再也不知道了。一股老泪涌出来，不分颗儿，一涌便涌成好几行泪水。大马爷的眼睛碰上他，安慰地向他摇摇头，咬紧了嘴唇。

那个从私审、公审、判决、监刑，一直一手包办的姓廖的二毛子，踏在一块岩石上，比四周的人都高出半个身子，背后衬着惨红的云天，他在向挨家挨户邀来监刑的人民十分温和地宣布出两名出决犯的罪状。临了，舒出悲天悯人的一声叹息，并且忽然冲着那两名挟持着大马的公安兵愤怒地呵责起来。

"把脚镣提高一些！瞧，脚上冻疮给脚踝磨成那个惨象，你们眼睛瞎了吗？看不见吗？没人心的。"

人们望着这位二毛子，望着大马和他脚上的脚镣，一双双空幻的眼神，没有愤怒，没有怜悯。空幻的、家畜的眼睛，只有单纯的"看"的意义。

刚才那只打野食的牧羊犬忽从岩石丛中急急地跳出来，夹着尾巴，低吼着钻进人丛里躲藏起来，仿佛背后有人追着。那岩石丛里会有甚么呢？

"马老大，我的话到此为止了，你还有机会向人民赎罪，最后五分钟，请——"高高站在上面的人看了看马裤上的挂表，做一个礼貌的手势。

大马沉默地看着远天，不易为人觉察的一丝笑容把他的嘴角扯动了一下。他似乎看到人们不能看到的，邈远而又实在的，祖先、银驹、子孙们，以及就要发绿的大草原……

那也许是最后的一分钟了。

"大马爷……"

老马倌恳求地呜咽着，他一想到这是向垂死的人讨交代，就越发不能自已了。

"真主啊，你保佑大马爷只是陪斩罢！……"老马倌急切地咬嚼着胡子，祷告着。泪从他苍老的脸上流下，沿着胡子梢儿流进嘴里。他呜呜咽咽的，好像努力在吞咽着吞不下的东西。

火霞烧偏晚天。大马满面映着红霞，那密密的头发和胡须都宛似在燃烧，一种光彩的神韵，大家都似乎觉得大马爷给他们的十里街留下一件顶重要的甚么。

姓廖的是那么客气而温和，像是必须委曲求全似的："那末，家属呢？该也有个盼咐罢？"

大马的眼睛眯缝着，不为的是风沙，倒像是遥望一种出于深邃的心愿："家属么？整千带万，太多了，都不会不知道他们该当干甚么。"

姓廖的微笑笑，举起手来，不知道他要做甚么。突然一声当顶劈下来的枪啸，哗哗哗哗……一时辨不清哪儿响过来的，余音在沙原上滚划了良久良久。

"姓廖的，二爷要你死个明白，回过头来，瞧瞧谁家的爷给你送银驹来了！"

那边不远处，提起爆炸的狂笑。

姓廖的手只举起一半，整个人打了个冷颤似的哆嗦了一下。

又是一声枪响，沙原上震动得更远，更嘹亮。山岩上跳出一个背着火霞的黑色剪影，细长又紧绷绷的个条，眼熟的人简直一下子就看清那汉子一口雪白的长牙。

人群这才张皇地忙着看向姓廖的二毛子，只见那一双眼睛失去了原有的神采，眼神散了，手扎煞着，犹自恋栈地踏在黑岩石上不肯下来。他的手枪跌落到沙地上，胸腔里的紫血从指桠里分作两路涔涔地流出，把小皮袄袖口白色的羯羊毛染红了。在他挣扎着回转一下身子的时候，扭着扭着，人便直竖竖地从岩石上栽了下来。

"老大！算得准罢？老弟守在这儿老久了……"

打野食的牧羊犬仗着人势，冲着二马吠起来。

山岩上民兵的警哨都给撂倒了，战骑奔驰于荒原，分作三路奔向镇上去。

二马龇着一口整齐的白牙，像要咬他老大一口，"老大，你护的家，护得够帅的了，连性命差点儿都没护住。"

人众一下子蜂拥上来，一双双曾是空幻的眼睛突然活过来，都会笑了，会流泪了，就像从一种甚么魔法里给点醒转了过来。

做兄长的活动活动松绑之后的胳膊，挟持他的那两个公安兵正在十分小心地磕镣——难得从活人脚上磕去镣铐，感到很生手。

大马扳住老二肩膀，另只手握住银驹削竹似的耳朵，仿佛并不曾经过甚么了不起的意外。他瞥视远远的街里起着骚动和正在急速下降的红旗，那对他也似乎不足为奇。他说："护得住银驹，就是护住了祖业。他们只会改改名字，搬不走咱们十里街！"

"还有咱们大草原！"

老马倌抱着一刻也不能安静的银驹，不成声地又泣又笑，又笑又泣，苍老的脸上每一道皱纹都成为一道光熠，太阳似又当顶照下来。

从街里，大岭子那个家伙歪歪斜斜奔跑过来，老远就一路嚷着，却被一阵子乱枪和街里喧腾的杂声掩盖了。

"出甚么事儿来？"哈爷口里念着，远远瞧着大岭子那慌天忙地的神情。

"小子干吗啦？"哈爷迎上去。

大岭子直喘气，瞪大了眼睛望着大马爷，一面跺着脚，半晌才结结巴巴说道："谁……谁放的枪？刚才谁放的那两枪？"

哈爷指了指脸孔伏在沙滩里不敢见人似的那个姓廖的二毛子。

"我们……我们在街里头，听见那两声枪响，只说大马爷……"

大马爷笑笑，举举胳膊："难为你，我不是好好的？"

"可是大马奶奶她——"

在街头的集场上，为大马备办的棺木敞着口停放在那里。大马奶奶伏在棺材沿口上，一身的盛装；宝蓝镂金鬼子皮敞袍，外罩橘黄丝绒长坎肩，结着各色首饰的辫发垂进棺材里，血顺着项链饰物流下，且已凝结在上面，像是一根红绒线从每一圈环里一路穿下去。下半身的衣裳几乎已被下体的出血浸透了，黄坎肩的底下染成一片一片的赭石红。

棺材里头平铺着那件紫羔皮袍，靠头的一端，放着"宝壶"。佩戴箍袖嵌玉镯子的小手，犹握住一把血染的匕首，那是一直插在地窖子里牛脂灯上面的那把不足一拃的短刀。

大马木木地拉过妻子仍在紧抓住棺口边缘的手指，贴到自己的腮颊上，已经微微地凉了。那失去生命的手背，白里泛着紫青。

风沙吹打着，死者的长发热烈地抚弄着棺材沿口。街里是零星的冷枪，天空则是一片烧透的殷红。也就快到薄暮的时辰了。

初稿　一九五六·一·凤山
重写　一九六四·六·台北

也是滋味

火车鸣笛还不曾游动,两个孩子就等不及地比赛着喊叫:爸,再见!爸,再见!……孩子这样大了,似乎这是头一回当众给喊爸爸喊得这样手不是手,脚不是脚。少噜苏罢,进去,别挂在车门口!孩子当然又兴头,又神气,一个样式一个花色的新衣新鞋新袜,还有那许多足可一路吃到他们阿婆家的一个纸袋又一个纸袋,血淋淋的红龟,总叫人想起沾上人血治痨病的热馒头,人血未必那样鲜红。纸口袋都用镶白边的红色扁绳捆扎的。不觉又怜恤了,平时少有过这样丰富又近乎放肆的零食。板着脸也总按不住两个孩子的心花怒放。

小的就甚么也不懂了,背在他妈妈背上,恐怕睡着了。快满周岁的孩子,坠得他妈妈伸长了脖子,背带打一个大叉叉,把胸前那两个东西勒得不知像个甚么。那么样又开两腿左摇右晃的,孩子分明睡着了,用不着那么摇晃哄他,恐怕成了习惯。孩子一上背她就是那样子,女人可真不经老,三个孩子就拖成那样骨头是骨头皮是皮的,谁信她干撞球记分员时那种风光!看那两红两白的四个圆球落在她手底下那等溜活,叫东不西的。如今也是四个了,外面三,里面一;里面的那个倒还不大看得出。

不管多久罢,过了拜拜就回来,总得八九上十天。板着脸压不住孩子们的叫嚷,板着脸对付她,她倒吃这一套的;死板板的脸,在分手时,不管分手多久罢,女人没有不喜欢这样脸色的——男人少她就活不得了,少她就没奔头了。还要怎样呢?碰上谁也比不上我这样体贴,对那么一个骨头是骨头皮是皮的老人家。多带点甜甜蜜蜜的回娘家去,不想起那口子便罢,想起来总是那一副守孝的苦脸,心疼得紧;而恰于其时,男人就搂着另一个寻欢了。我是不会的;也不是发誓怎样便怎样。头一天晚上,帮她压住箱盖让她扣锁的时际,就像把她也给压进里面,锁她一个紧紧的了。那一头忙乱了的头发像是一种甚么欲望地涌在人鼻子前。怎么这么难锁呢?换我来压住,你锁!瞧那一鼻尖儿汗星星。你当然锁不住。箱子你都锁不住,还想锁得住你男人!当然锁不住,不管你费多大的心思,多大的劲儿。一头欲望的黄毛儿又涌到脸前来,熟悉的体臭,又腻又乏味。看缘分罢,或许等不到晚上,就有一个新鲜的稀罕,一个稀罕的新鲜,找来的,或是送上来的,问题不在这上。稀罕又新鲜的体臭,不一定就是芳香，说不出的刺鼻，要的就是那个。但我不是那种人，意识意识罢了，又没有过迫不及待地等着乱来，从没有过，从不曾馋到那样子一副奴才相。

挥挥手，跟孩子们只有这样不耐烦地挥挥手，也让她看一眼。让她觉得她走了，我就这么烦。倒没感到火车已经开动，而是站台不声不响地后退，好像不是她们要走，是我躲开的，神仙们腾云驾雾大约就是这样的味道，微微的一阵子昏眩。她眼睛那一闪，似又闪出当年那晶亮的红球和白球。很难为情了，心里掠那么一下，没有甚么，撇下一股淡淡的煤臭，淡淡的恶感。真的没有甚么了，作恶去罢。那一股淡淡的恶感，辨别不清是对谁的；对自己只怕更浓一些。这就不能不觉得很有些亏待她了。照她那样死心眼儿，一定还在痴痴地望着甚么，望着那飞快退后背向着铁道的后街，心里装满了我这张丁忧寡欢的脸，要把这些结结实实塞进她的小箱子里，锁上，带回娘家去反刍。火车只剩下车尾那个后门，偌长的列车也只剩那么一个小小的方块儿了，两侧似乎仍有可疑的头手探在外面，这就还要继续地挥手。有多忠实的手势！

手那样地忠实，而眼睛已像野马一样了；瞧这个咬着月台票的女人！送谁呢？牙齿真少见那么迷人，真甘心送耳朵给她咬。不知道她看了哪一个，太阳眼镜罩住，那样低低地丢一眼。男人穿甚么好的坏的鞋，都用不着担心，女人除非敌意地去关心另一个女人又新又俏又贵的鞋。她该知道我跟谁挥手，知道我多有资格放纵了，从现在起。

别瞧她那么干干净净挨都挨不上一点儿；吃那一行饭的，还不是许许多多都打扮得叫人摸不清底细？去那样的地方，钱花到了，要怎么都成；离开那地方，满街流的荡的，你就弄不清是谁家的少奶奶、谁家的大小姐，手面阔得很。就跟她后面出站去，跟上去，别瞧她那么高，底下有三寸是假的。

好像这就真的打算作恶了，钉人家的梢！一副奴才相，离了女人管束，就这么放浪了。其实我女人哪儿管得了我，在不在身旁都是一样，要是我不知自爱的话。这也没有甚么，走路总有前后；走在前面不一定就是带着谁，走在后面也不一定就是跟着谁，不能顶真。跟在后面也跟不掉她身上的甚么。这还要看看福气和运气怎样，艳遇也不是没有。要是送到嘴上来，一点不用费神，又何苦闭紧嘴巴！又不是吃药，用得着筷子硬撬？你忠实，你女人也未尽相信；你不，她也未尽疑心，就是这样的。

该要决定去甚么地方了。哪儿去？到甚么地方？一伙儿车夫带着问罪似的强硬，你嘴我嘴地招揽生意。到哪去？我真还不知道。旅馆的伙计倒替你回话了；来罢，先生，休息罢，房间漂亮……这样大天白日的，好像他就能在人家气色上看出刚刚送走了老婆。不忙，就算死了心要去作恶，也用不着这样子饥荒；没饿着，且还很饱，找那种又稀罕又新鲜的体臭，多的是，不是买甚么黄牛票那样吃紧。不过这吃零食跟饥饱又是两回事了。迎着车站前的繁闹，这后影，真会扭，想起那样的时候。自己也奇怪，这样的正经人，一下子就那样不正经了。也别说，城市的繁闹就是这样扭出来的，少不掉这扭。怪的是那张月台票，仍然含在那么逗人的牙齿里。糯米银牙，照麻衣相法那是主贱。那个迷糊的收票员，八成给她迷糊到家了，没有几个人出站的。可见动心的不光是我一个。

这女人也不是存心要带走月台票，出站没收去，信手就丢了。送走的那个人一定不怎么紧要，不然就尽可留下来作个纪念了。谁也说不定，谁知道她不是刚刚送走严加管束她的那一对眼睛！这样夸张的扭动，说不定就是有意招揽甚么的。

可见我也不是急于要怎么样，不的话，尽可喊辆三轮跟踪她。不能干那样的戆事，没把握的。倒是丢在地上曾被那排美齿咬过的落单儿月台票很逗人味口。捡是不怎么好意思捡，除非下作一点儿，蹲到那儿紧紧鞋带甚么的，犯不着。但除了我，谁也不知道这张被丢弃的月台票是个甚么来历了。就像冲着车站的花园中央那棵龙柏一样，没有多少人还记得它是谁在甚么时候栽种的，我知道，去年送我女人回娘家过清明的那天。那人姓甚名谁虽不知道，那副尊容真不易忘掉，在哪儿碰见都还认得，尽管那样的人到处都有的是，白软软的矮胖子，白软软的小胖手，戴一只俗透的白金戒指。大约

也是滋味　125

头一天就挖成的坑洞，树苗也是工人放进去的，新土的表层已让风吹干了。白软软的矮胖子不知有多笨地铲了两下土，填进树根底下的洞窖里，铲起的泥土怕还不到一捧，险些连人也带动得栽倒了。那只白金戒指若是戴在铁路工人的指头上，人便相信那是锡的了。时已一年多，树也居然活了。可现在究竟我要去哪儿？想跑的地方太多，反而有些走投无路。

该去探望探望的朋友老乡真的很多，想起哪一个，都该去看看。平时下了班总像赶命似的往家赶。赶到家做甚么？还不是发发老婆脾气，打打孩子屁股，没工夫看朋友看老乡，这日子真是窝囊。可是这么样不清早不晚上的，时候不是时候，看谁去？找一个不在，找一个又不在，不像个游魂么？不如就去老关的小店看看他生意做得怎么样。

老关这个怕老婆精，不该吃他女人那一套。没儿没女就没儿没女，三千块，往哪儿花不掉，买一个小养女来坠脚。买断了也倒罢了，那个亲爹常那么借口去看孩子，去一趟就借两文有欠无还的债，零零碎碎怕也借走不少了，还烟呀酒地招待。买那个丫头就和贪便宜买贱表一样，三天两头修表的钱，够买两只三只的。老关也是瞎精明，那个小店倒有多大出息！讨那样的女人也是债，够他还一辈子也还不清。

真的，年头怎么能不变？从前是多子多孙多福寿，现今真是成得起家，养不起孩子——这个断子绝孙的年头！老关哪，有福不知享，就不知道他这么一对无产阶级的小公母俩日子过得有多松快，他不看看我一年一个有多苦！打算买那个丫头做养女，跑来讨主意的时候，这些话都劝过他的。其实呀，讨甚么主意？压根儿他就做不了他女人的主。人真不能吃老婆饭，发老婆财。当初就图他女人前夫撇下的那份儿产。图得好！蝎子掉进磨眼儿里——有一螫（折）必有一磨。那份儿薄产也没当甚么，一场子宫炎便花得光光了。为人真贪不得便宜。夫妻，夫妻，不是福就是气。不过我可也没沾上甚么福边儿，比他老关少受点儿气罢了。

老关竟然迁居了，四扇拉门严闭着，上面贴一张不很新的红纸条，很赖的毛笔字，吉屋招租，一定搬走很久了，不知生意做砸了，还是发旺了，或者租约到期了，从来也不曾听他谈起过。

算算看，该有多久没碰面了……那个招租的招字，跟抬字分不清，正字儿没写成，还草呢！

算上半天也没算出，上回碰面是个平平常常的日子，不是甚么节气，也没有甚么相关的事体可以帮助记忆。大约不出三个月；这也靠不住，常常无意中碰见谁，快有两个月没见面了罢？人家就矫正你，或多或少，出入很大。

这总要问问左邻右舍一下才行。就是那么不喜欢跟素不相识的人交道，老觉着陌生就是敌对。看看左近的闲人，似乎都不是很和气地等着你去请教的街坊，生意又都很忙，犯不着堆着笑脸去打扰人家。经常地，为了问路，得买那么一

也是滋味

截紫甘蔗提着,最便宜的还是买包火柴。这附近,没卖水果的小摊儿。老关的小店搬走了,连火柴也没的买。天色还这么早,又该往哪儿荡去了?找关书礼不是?谁这么招呼。找这声音,原地整个转了一圈儿,是这几个围着摊子吃阳春面的家伙罢?中间一大碗黑糟糟的炒酸菜,另外一瓶剩不多少的辣椒酱。能有多点儿营养呦,吃得那么有滋有味,填肚子也填不结实,几个人都埋头吃得挺热烈,一个也不认识,一个也不像能腾出嘴巴招呼人的。坐歇歇罢!这才发现面摊子老板笑脸一直没收,等着我看他呢。

搬走很久了罢,看样子?凑过去,看他理起一把预先都备定了分量的半干面条,解一团绳子似的解开来,抖着。也有……翻着比他本身要老一些年纪的眼睛。怕也和我差不多的很没记性。那双眼睛要比他本人长十多岁的样子,肿垂的眼泡,要不是刚睡醒,就一定是熬了夜。搬走个把月喽!好像带点儿嘲笑——你们这是甚么不打紧的朋友,搬家个把月都不知道?老板那副似笑不笑的样子,似乎带着这味道。

生意倒挺好的!有甚么好?属小鸡儿的,刨一爪,吃一爪。老关也没说搬哪儿去了?好像老关谈过他这个卖阳春面的老乡,老家里只隔几里地。常挂在嘴上,花过上万块讨女人。面也没见,给人玩了。可惜没怎么专心听他聊,或者讲的是另一个,不是这个小生意人。但听口音,跟老关是一个县里的总没错。好像那一次老关找我过过目。一份申请烟酒配销执照的申请书，要我看看妥不妥当，便是他说的那个卖小食儿的小老乡起的草，也不知道是不是这个阳春面摊子的老板。

面在深锅里，翻着纱橱底下的抽屉，翻出一本大的和一本小一点儿的账本。那上面带着一支线拴的六棱子黄杆儿铅笔，不大长，顶下带橡皮擦子。擦子没了，嵌橡皮的箍子给咬得又烂又瘪。找甚么东西，也不知道。面锅噗了。坐歇歇罢，九路车到底，地点我来给你找。捞面的竹罩沥抖着还没十分胀开来的面条。纱橱里倒有卤得黑油油的猪头肉，和干子，没有鸭翅膀。有的话，就给他添点儿生意。

熟人熟世的，慈甚么悲？别打那样的交道，免得好像彼此都欠了情分。这样的素面真也没甚么味口，来盅高粱倒还凑合，他这儿也没有。

真相信他勒着围裙的肚子里时刻总有两盅压底子。酸红红的大侉脸，围裙是面粉口袋做的。我看他也是那种热心肠的人；这种人精力多半都很旺。看年纪自然是五十开外，锅底一把、锅顶上一把地忙。看着不怎么吃劲，体力差点儿真还扛不住。凭这样忙法儿，偷闲也偷不到，不光是工工整整给我写了一份老关的地址，还画下了九路车下车以后的路线。画着的工夫，为了辨一下方向，还试着转一转身，闭上眼想一阵子，认可地点点头：对了，走到这个丁字路口，往左拐，直朝前去就行了……

我真该来碗阳春面；花的不多，生意人嘛，进一毛钱也是生意，他这样子待人，真叫人过意不去。或许他是用这个招揽生意的。果真拍拍屁股就走，让人殷勤半天，落场空，多灰心，多怪你这人不知分寸！

但也别看扁了人，一片古道热肠，哪里离了买卖就不成事！或者他跟老关的交情不错，受了老关托付的；算了，吃他的甚么阳春面？让他把人情记到老关头上得了。

敬一支烟罢，该有的礼数，可又实在不想陪着抽。单敬烟，自己不抽，分明用香烟来酬谢人，似乎太现眼。陪她们娘儿几个候车的那三四十分钟里，一支连一支地点烟，口腔里像给盐腌过一样地发木，嗑多了五香酱油瓜子也会这样子。反而他敬起我烟了。不了，不了，走了！这怎么成？打扰了。再不走就不识相了。

别看他锅上灶下水深火热地忙，也是个劳苦命。恐怕是个老光棍。要是没记错的话，给人坑去上万块，老婆影子还没见，真不是滋味。像这么样厚墩墩的热心人，不管怎么样，恶拳不打善脸，居然也就有人忍心剥他的荷包，小本儿生意，倒能有多大的出息！还是该给他添点儿买卖，就算是没胃口，当药吃也该照顾他一碗阳春面。这也和萍水相逢差不多，他姓甚名谁，我姓甚名谁，彼此不相知。东倒西歪的小篱笆院子的日子，已把人心挤得扁皱皱的，都是红着两眼睛看人走运，笑起两眼睛看人倒霉，谁也不以为人间还有一点甚么也不贪图的好操行了。这倒也罢了，有这种古道热肠，很叫人乐观。也是受人白眼太多了，受不得人一丁点儿的好处，受了就想赶紧报答；如同受不得人一丁点儿的窝囊气，受了就非要立时立刻地报复不可。

心地这样狭了，都小器得心里盛不下一个拳，小人！要说必得吃他一碗面才算是酬谢他这半晌的殷勤，面也不是下雨下下来的，不要本钱吗？又油又盐又葱花，炒酸菜辣椒酱尽吃不算钱，都要下本儿的，外加起五更，睡半夜，工夫在里头，将本求利，酬谢甚么？把人看作化子了。

也不能老怪自己小小器器的。这个世道，冷脸子多，热脸子少。挨惯了冷脸子，碰上个热脸子，就使人急急忙忙地图报，连孩子们都染上这个毛病了，有新的穿，有甜的吃，爸爸爸爸喊得那么响，等不及火车开，就比赛着喊再见。

看看手里这张地理图，画得还真不赖，有条有理，晒蓝图也晒得了，那么顺手画的。多谢了，劳你画这张图。

真亏得这么一张有条有理的地理图，按图索骥，没费劲儿。要不然，多少巷多少衖多少号之多少，那么曲曲拐弯的门巷，三轮车也得多转几遭儿，除非额头上贴邮票。

奇怪！你怎么找到的？顶面老关就来这一手，半惊半喜的，好像他搬到这儿来，居心就想叫人找不到。

你是躲账来着，搬到这么个鬼地方！

谁不想住西门町，衡阳路？看他衣帽整齐的样子，手里握住一把对号锁，好像要出去。又似乎不是，隔着一间外厅，

也是滋味

对房里不是他女人吗？嫂子忙着甚么？我可要扰你一顿晚饭啦！这房子不怎么像样，倒够宽敞的，两房一厅。你认错人了！老关忙不及探过头来望望对房那边，慌张地笑笑。我真还不打算服气认错儿，当真看走了眼？真冒失，亏得没冒出甚么荤玩笑。我当是那边一间也是你的。看那后影可真像。烟把他一只眼睛熏得睁不开。哪那么阔！就这，还四百块呢，外带三千押租，外间跟房东两家合用的。他还是抽的这个牌子？这可跟他为人那么死揸一样。嫂子呢，带小养女出去了？对房那个只看到大半个后影的女人大约在熨衣服，只一只胳臂在那儿一来一往地动。你说像不像，打这边看。还怪我认错了人？老关吊吊嘴角，那也算一种嘲笑。回去拜拜啦！不屑地笑笑，抖一抖身子。好像是说：咳，妇人家，净这些噜苏！真拿她们没办法。这又有甚么呢？回娘家嘛！我可猜准了你；他用纸烟点着我：一样，也给摔下来了不是？我这是神机妙算，要不，你也想不起要到我这儿来讨饭吃，请都请不到的。那你就请罢，你不是打算出去？他还握着那把对号锁。出去修五脏庙啊！我请你吃海栗子去，大嫂不在家，多储点儿荷尔蒙等着。你还是那一口土腔？甚么海栗子！老关紧紧裤带，大概他真饿了。海栗子就是海栗子罢，你用闽南话，噢啊，还不是土腔！走，别噜哩吧嗦的！

　　锁门的工夫，女人转身向着外厅。煮你的饭吧！招一招头发，靠到门框上。身段儿虽像，脸蛋可比老关的女人俏多了；

鼻子眼睛生得那么鲜活。人一离开老婆，恐怕看甚么样的女人都鲜活。

来了朋友，我还是出去。老关可也舍得把嘴上香烟拿下来。那又何必呢？够吃的，没甚么菜就是了。不了，找你的麻烦！真是的，添双筷子添只碗还不是！

谢了又谢地走出来。对门是个修理皮鞋的，巷子真窄，若是出门告辞，虾个腰点个头的，稍不留神多退一步就会一脚跟踩到那只浸麻线的小盆子里。我没踩到，可碰到了，溅些水到袜跟上。房东太太还在"真是的！真是的！"地叹着，不知有多遗憾的样子，又招了招头发，她有那个毛病，怕是；老要招招头发。瞧那下嘴唇水晶晶的挺肉感，还带点羞似的。但是很使人不安，使人觉着她该是老关的甚么人；为朋友义气，能不多看一眼就不要多看一眼。

倒挺热烘，这样的房东可以多要两个。哼！老关莫名其妙地冷笑笑。多要两个，咱俩一人一个？不是我说，老关，你这个人毛病大了，人家一片好心关照。喝，你安的甚么心？老关擦一根火柴，双手捂住点烟。你哪儿知道？烟和话一道从他口里喷过来，出了名的；我搬来以后才知道。真有点后悔，不行啊，租期一年，三千块押租摔在人家手里。吓，算了罢，我心里说，装你的甚么孙子，你可不是偷嘴的猫！老婆一走，还不要开啦？门当户对的。真是憨人有个憨福，今夜他就比我热闹。不是吗，那片水汪汪的下嘴唇？老是招招头发，恐

也是滋味　133

怕不是毛病，有个甚么用意，打暗号的，也说不定。

你怎么样？老关大概看我半天没作声，猜想我打甚么主意。甚么我怎么样？我跟他装糊涂。横直我又不去跟嫂子告状，你放心。笑——话，你把我老关看成甚么样的人？甚么样的人？我把你老关看成阴阳人，照你那口气！敢情你不是阴阳人喽？那简单，今夜我去你那儿借个宿，你就住我这儿罢，一百块是公定的价，小账加两成，伺候你舒舒服服的，可只一条，大嫂要是知道了，饶不过你，也饶不过我。得了得了，我冲他腰眼儿里给了一锤，别那样吓唬人，干脆就说你舍不得，不就截了！我那口子饶不饶人，用不着你老关提心吊胆。倒是嫂子不那么好说话。你也别撇得干净，还不是害怕门对门太近了，早晚总会把风声走漏了——那个罪可不好受，伙计！没的话，担子太重了，压得直不了腰，谁还有那个闲情！弄得不好，惹一身的病，不是玩的。这都是借口，装门面的话。或许老关真的存戒心，怕我在他老婆面前卖了他，真是过虑。其实孤男怨女的，瞒得住谁？怕病也不成理由，盘尼西林还有这个素那个素的，不比从前了。这么装模作样的真有点煞风景。不过呢，单嫖双赌，那玩意儿总是各行其道的好，不必你拉我，我拉你。老关是个爱死掯的家伙，这也难怪。说不定还真的不解风情。这就不由得撩人起点儿妒心。若是我那儿，门对门有那么不规矩的女房东，那可用不着一送走老婆，就东走西荡游魂似的找不到去处。难道这也是天意不成！要的，没有；不要的，反有了。这么样地吊得人嘴馋！

　　真的，咱们吃过了海栗子，我到你那儿去。老没闲聊了，有包烟，泡杯浓茶，就行了，难得这么清静。是喽，难得这么清静，平常不是忙老婆，就是忙孩子。我口里这么应付着，心里可就老大地不舒服，有些后悔不该来找老关。头一趟扑个空还不算了，又追到他这个新居来。没意思，没意思，如今想甩开他也不成了。谁又想到他女人凑巧也回娘家了！该想到的，其实，要是为这个埋怨自己，那便更加没意思了。也许呀，哼，他已经怎么过了，见我来，装正经给我看。嫂子是甚么时候回去的？我得问问清楚。三天前就吵着要回去，要回去，就是那么个急性子。听那口气，好像不知有多气恨他女人。三天前就要回去，挨到今天才走啊？这还算急性子！喝，还能挨到今天？昨晚上就走了。要是把她留到今天，恐怕她能把我吃掉！好啊，老关这小子，怨不得他装得起正经，他还想住到我那儿去，将来好在他老婆面前给他出个证明，替他洗个清白。没那么便宜的！原来嫂子昨天就走了？那你昨天怎不想到要去我那儿聊天来着？这其中定有文章，等我慢慢儿来摸他的底！

　　他倒是现成的理儿：别提了，她娘儿俩，忙着洗澡赶车，换下来那一堆衣服，洗到十点多钟，快半夜了，才上床。久没自己洗甚么，弄得腰酸臂痛，还想出去走动走动？说实话，今儿晚上,你还没来之前,我倒真有意思想去你那儿看看,骗你是孙子!

他这个理儿就不十分可靠,谁知道呢?唯一的人证就只有那个又风情又俏皮的房东太太了,不过又该找谁给她做人证?古怪的倒是他老婆,平时把老关看得那么紧,如今住这样的地方,又是这样的一位房东,居然她能放心大胆地拔腿就走了。拼着不做拜拜也不能给老关这种方便的;或者即使非要回娘家不可,也该把那个小养女留在家里,小养女说大不大,说小也不小了,好歹总是个眼线罢!单从这上看,他女人也是白精明。

不成,我得出出老关的丑。嗳!我说,我可懒得回去,跑老远的路,不如就近回你那儿休息算了。我是想住他那儿,我倒要好生察言观色一下,有没有那一手,瞒不过我。那女人吃的是那行饭。若是有过甚么交道,更没忌讳。方才那种眉来眼去的光景就很惹疑。

咱们吃过海栗子再商量好不好?瞧他吞吞吐吐的,这么简单的小事儿,还要商量?可见心里准有病。等等我把他揭穿了,那就好办;只兴他老关玩得,我就玩不得?那片水晶晶的下嘴唇!装甚么孙子?揭穿了,谁也别看谁的笑话。老是那么招一招头发,打甚么暗号!一百块钱加个两成,小意思。咱们就心照不宣,他也别告诉我女人,我也用不着跟他老婆去告密,彼此方便。

不知道老关怎么对海栗子兴趣这样浓，我可吃它不下，本就滑油油的，又加上黏咭咭的太白粉，老觉得是些半生不熟的脏玩意儿。比起来，米粉的味道虽不怎么妙，总还能把肚子填个饱。这样的好东西你不吃？真没口福！老关把我的一份也拿过去干光了。得空我就吃它一盘两盘的。真不知他疯的甚么劲儿，吃得满鼻尖的汗珠珠。干掉罢，还再来点甚么不？他举起小半杯的生啤酒，不听声音便一口吞下去。嘴上挂着沫儿，还说只喝一杯呢，两大杯也光了，咂着捏过卤鸭翅的油指头，一离廊下这个摊座儿，他就等不及地说，原先不也还是吃不惯？没办法，医生说的，多吃点海栗子，我还有希望。怎么说？有甚么希望？倒是头一回听人这么说。怎么不要希望？总不能单靠咱们那个小养女传宗接代罢？

这事倒很新鲜，吃牡蛎居然跟子嗣有关系？真还没听谁说过。但又似乎忽然想通了。这呀，这不是年轻时好事行得太多了？这咱子恨病吃药地进补？别混扯了。老关贴近我耳朵说，牙签把我腮帮子也戳痛了。咱哥俩交情快十年了，我可从来没跟你露过——甚么人我也没露过——那年住院你是知道的，说是割盲肠，哪那回事儿？我是给她弄得立愣着眼睛。其实啊，手术动过了，没用，反而更坏事儿。

我真一点儿也不晓得。不光是你，除了我女人，谁也不晓得。所以她要买个孩子来抚养，你想我还有啥鼻儿可擤，借的利息钱买的那个小丫头，你听说有过这种事没有？我摇摇头，不光是表示从没听说过这种新鲜事儿，也觉得这种情形真是想也想不到的。

咳，最近倒有点起色，听那位医生的话，倒还真的有点儿灵验了。就只是要点儿耐心，老毛病，不是一年半载好得了的，眼前总算有那么一线希望了。

真的，我倒一点儿也不晓得，要不是你这么谈起来……我这么重复着，好像到今天才知道他这份不幸，感到很抱歉。苦啊，你不知道这滋味有多苦！果真心里不想嘛，倒也罢了！偏又不是那回事儿。

原来他老关那么怕老婆，是有道理的，那就怪不得了。那么一说，我那些疑心真是边儿也沾不上。他老关虽不一定就是君子，我可是以小人之腹在度他，实在不应该。

这该跟你道喜了，大事！吓，还早，等我请你吃喜蛋时，再来道喜也不迟。这也怕要两三年以后。喝，方才还跟我正经呢，甚么怕惹上病了……别提那些罢，我可没打算告诉你，念在咱们哥俩儿不外，我才说出这个！去他的，还不是喝多了！我才不领这个情。

这不是挺煞风景！那片水晶晶的下嘴唇，那个小蛮腰，老要招一招头发……也没甚么罢？鲜活虽鲜活，我总还不该老在老关面前谈荤的，造罪呢！再也不要提它了。

但你老关走了十个老婆也不用慌张，我可不大沉得住气。今夭自然是完了，明天不知怎么样。

好苦的老关！我心里感慨着。不过也难怪，如果他这个病是玩儿出来的呢？是否也该多多地同情？我倒有些迷惑了。果真那样的话，同不同情是一回事，该怎么管管自己也是一回事。这几天的日子就不知道该怎么打发。

要不要买二两茶叶？香烟我身上有。生意不打算做了吗？望着他，望着他拖在马路边上几条深浅不同的影子。生意总得做啊！不过那种门面生意也着实累人累得紧，改行，我做做别的，那个小店倒折腾了一点钱，加上得了个末会，或许还有运气给我抖一抖。

门从里面插上了，这么早。老关没有立刻去敲门，两人就靠在屋檐底下，傻傻地对着望。大约他是害怕房东上了客人。屋檐遮住巷口的路灯，屋檐的黑影齐着脖子把他脑袋吞下去了，香烟的火头悬空吊着。

不行，我得回去，一竿子衣服还在院子里。这是借口，我怕他房东上客人，夜里睡不好觉。这天，不会变。老关走出檐底，望望天色。天上满是星斗。我倒不是担心天变，担心小偷。咳，一竿子衣服能值多少？也别说，值是不值甚么，丢掉一件就得重新买。走罢，还是到我那儿聊去。看出老关酒后很困倦，我倒希望他不去了，就此甩开他。刚得点儿自由，别又给他剥了去，事先真有些欠考虑。我是懒得再去你那儿了，听我说，别奔波了。他用手指的骨节去敲门，敲得很清脆。她们娘儿四个该到哪个站了？不知何故，又顺便念了她们一

也是滋味　139

下。低头看看，表上的时间使人很吃了一惊，这才想起中午忙这忙那，忘掉上劲儿了。进去总要进去一下，对对表，我可还是要回去，不比你这儿，家里没人不妥当，单门独户的。越想越觉着该把老关甩开。

门从里面打开了。外厅没有开灯，靠着这边那边一些不吃劲儿的余光，那个面目和身段儿，真不甘心。一百二，不贵，当然便宜也没好货。对对表，会不会是老关跟我扯了谎？不相信他有那种暗病。管他的，时候不是还很早吗？站到巷口这儿，又有些犹豫。

那一竿衣服，真该回去收收才行，老婆嘱咐又嘱咐过。又是那种烦人的碎碎琐琐的杂事，心就沉沉的不是滋味了。回去罢，明晚上再来聊！话一出口又不舒服了，净惹这些牵绊，管他！如今是断线的风筝了，飘飘看罢！人怎么会这么空空荡荡的？

还是回去，没甚么意思，找点儿管束也好。其实也并没有主意要怎么样。女人在家，嫌烦；不在家又嫌空。想要点儿甚么来补充，就是这种感觉，不饱不饿的，看甚么都馋。许久都没有走这么多路了，站在十字路口，一时决定不了要怎么样，真想摸出个角子碰碰运气，其实又有甚么事可以由人来做主？就只这么一点点、一点点的淡淡的欲望，可强可弱的欲望。几盏有远有近有东有西的灯光，把我这个孤独的影子四下里投出去，看哪个影子最清楚，就朝哪个方向去，这倒公平,我就是这个主意了!很赖的主意,说不定也是个很好的主意,数数看罢……

一九六三·一一·板桥

黑狼

流星拖着长尾,悄悄地把黑夜划出一线亮光,旋又熄灭了。

山岗那边,狼群断续地发出痛苦的长嗥,飘落在无际的春夜里,夜空遂往下沉。

有一个踉跄的黑影,突然跌在景家的红石院墙外面。蜷卧在景家嫂子炕前的黑狼,翘起头来。有一股酒糟气味刺戟着他敏锐的嗅觉,他试探地贴着墙壁绕过来。

屋门虚掩着,黑狼发现一个人穿着肮脏的制服,摇晃在院心。这人手扶在石磨上,想稳一稳身子。

黑狼看得清清楚楚,无法压制的冲动使他咆哮着窜上去,他那细长的身躯直立起来,前蹄扒上这人的肩头,下死劲咬那温热的腮颊。他的脑袋用力甩动着,随着那人跌在地上。锋利而饥饿的牙齿,终于扯下一块鲜肉,连同一件带有脑油恶臭的东西。黑狼像已获得了甚么,窜出那一扇大开的柴门,舒开身躯，习惯地沿着饿狼沟一路北奔。

越过第一座山岗，黑狼把步子慢下来。他可以直接回到他那傍着山泉的狭窄的石洞，可是昏乱地多绕了一个很大的圈子。

距离石洞还有一箭远，他停在一块翘立的岩石上，耸立起一对尖耳，听见一阵极其微弱的啼声，渐渐使他辨明了方位，他有些亢奋，微微昂起头来。

更远的地方，依然飘来狼群的痛苦的嗥叫，黑狼不再迟疑了，他摆动着衔在嘴巴上的猎物，欣喜地表现出一种自我的优越感，四蹄轻轻地弹动着轻快的舞步。他多年轻啊！只有四岁，正当精力旺盛，不管肌肤由于经常的饥饿，已经极其瘦削，但是先天的体质给了他一身结实的筋骨，一切的迫害都不能摧毁他那锐敏快活的天性。

他见她正在吞食着胎衣，强烈的占有欲使她含怒地瞪着黑狼，露出了白牙，制止黑狼再前来。

黑狼放下嘴里的猎物，鼻尖贴近地面，试探地嗅着，唯恐惊动了甚么似的，仿佛这样有助他易于去了解那一堆盲目扭在一起的小东西。这些陌生的小东西并不使他感到敌意，相反地竟给他浓烈的趣味。他尝试着想用触毛去挨近他们，但几次都被她警告的吼声制止。这许多日子以来，黑狼始终被一种不明所以的力量驱使着，顺从她，讨好她，给她打食，现在她有了这一堆小东西，似乎更威风，更有权发号施令了。

黑狼退后两步,咧着嘴,拖出长长的舌头,舌尖滴着涎水,他十分清楚,在黑暗里,那一对发着绿色磷光的眼睛始终放不下心地监视他,但他舍不得把凝视的目光从小东西的身上移开。

许久许久,这才转向她,侧着头,微微摇摆他那粗壮的末梢微下垂的大尾巴。而她仿佛需要品味或者很为难似的,许久才把那黏湿的胎衣吃下去,然后安适地躺下来,闭上眼睛,世界上再没使她牵挂的事了,狭长的红舌伸出来,一遍又一遍地舔着长嘴角。那些小东西愚蠢地钻动着,跌跌爬爬地偎在母亲怀里,闭着眼睛,又饥又渴的,碰到甚么就极其兴味地啧啧地哑吮。

黑狼把猎取来的那片肉块衔了过来,送近她的嘴边。那片大半个耳朵连着腮皮的鲜肉,她只把舌头一卷,就吞下去了。黑狼自己并不是不感到饥饿;这一天当中,他只嚼下几只蚂蚱,刚才在景家喝了一点刷锅水,再就是景嫂子掰给他的半个山芋粉包着洋槐花的黑窝窝。

这样苦难的悲运落在黑狼的身上不是一天了。

去年夏季,黑狼随着他的主人——一个率领着部队作战的郭营长——进驻到这傍山的村落。他们住在村梢的景老爹家里。那时景家是老少四口,日子平平坦坦的,好像天塌了地陷了,都无关乎他们那种地久天长的好日子。但只有一点缺欠,景嫂子自从过过门来快有五年了,总不肯生养一儿半女,景奶奶想孙子想迷了,捡起一颗落花生,也会叹口气:"能有这么大一个小孙子,也不枉世上转一遭了。"

自从郭营长驻军到这里,景家这一家人凭空添了一股新鲜劲儿。兵士们里里外外地忙着筑工事,闲下来时,景老爹就跟他们拉呱儿。兵士们把结余的军粮卖掉打牙祭,便拖着景老爹一家四口围着碾盘吃喝。景奶奶尽管年岁高了,说怎样也不肯来,景嫂子年轻,更是扭着躲着。

更逗引这一家人兴致的还是黑狼。他是一条经过预备训练的军犬,黑脊背覆盖着奶油黄的粗壮的四蹄,正赶着茸毛褪净,周身光润润地发亮。他能够接受简单的口令,表演这,表演那。景家老爹在麦场上忙活儿,他把挂在牛桩上的旱烟炊儿衔给景老爹,乐得老人放下牛缰绳,抱住他,然后逢人就夸黑狼通人性。黑狼成了景家的宝贝,他那些善解人意的机智,把这一家人的空虚填满了许多,景家奶奶简直觉得黑狼比落花生那么大的孙子要中用多了。

过不多久,部队开拔了,就在当天夜间遭受到敌人的袭击。敌人一层层包围上来,愈战愈多,整整苦战了两昼夜,郭营长阵亡了,一营的兵士和军官被两个支队的敌人大部吃掉。

黑狼急切地绕着主人的尸体打转,舔他主人血迹斑斑的面孔,骑在主人的身上,近乎性行为那样地抖动着,使他达到了悲痛的顶点。他一刻也不肯停歇,固执地要把主人从他所不了解的死亡当中拖回来。

但在这持续的绝望的努力中，忽然他参悟到一个新的希望……

他偏视着主人以及同样命运的战士们，血腥的气味只有使他厌恶。气压低，气候过分地恶劣，这使他只想一口口吞下大把大把的青苗，刷一刷翻腾的肠胃。可是遍地尽是血腥，隐隐的腐臭，以及刺痛鼻管的强烈的烟硝气味。他压制住痛伤，跑开了。并不是恐惧地逃避甚么，或者背弃他的主人，他不顾一切地埋头狂奔，不断地从敌人包围的空隙处秘密爬行，从被毁的桥梁下面泅水过河，从小的溪流上奔跃过去，在黝黑的原野上，他只管逃命似的撒开四肢狂奔，只有一个企图，他要向景老爹家求援。

周身的毡毛湿透了，一天的行军路程，他迅速地跑完，炮火远去，耳畔的风声遮去了那些摧残神经的枪响。他跑进景老爹的村子，迫促地喘息起来，差不多要瘫倒，再也抬不起蹄子。粗壮的四肢在平时好像有用不竭的精力，但经过这一程长途的奔跃，疲倦得似已不是自己的筋肌，地面绵软软的，蹄子好像远离开地面，一踏一个空。

沉睡的村落也异乎寻常了，它不该睡得如此死寂；除掉附近洼地的蛙鸣，村子里像是空了一样。黑狼向村里潜进，谨慎地戒备着，偶尔有甚么草木摇动，便缩回拖在外面的舌头，屏息聆听，直到判断情况安全，或者窒闷得忍受不住，才又重行咧开嘴巴，呼呼喘吁着。

黑狼　147

夏夜闷热的空气里，有一种恶臭强烈地刺戟着黑狼。这是极其突兀的气味，他鼻尖划着地面，一路追寻过去。这气味愈来愈使黑狼不能忍受，恐惧中充满着杀机。终于他发现一张钉在土墙上血淋淋的皮，那白底黑斑的尾巴是他熟悉的。他瞪视着，鼻尖在空中划动，嘴唇掀动着想要吼叫，却警觉地没有吼出来。他继续搜寻，三天前还在一起追逐戏弄的友伴，尽都这样悲惨地被处置了。他痛苦得直要嗥叫起来，急急地奔向景老爹家去。

黑狼的神经开始紊乱了，日来的一切杀戮，一番连一番不容他抵御地打击着他。他不是没经过战火，不是没见过人们的残杀，但是没有过这样地使他伤痛、绝望。

景家的情形也变了，也包藏着可怕的敌意。在爬满葫芦秧子的凉棚下面，地下横横竖竖地躺着些陌生的兵士，他胆怯得不敢打从他们中间通过，焦灼地只管在景家门前徘徊。猪圈空了，他走进去，又急促地跳出来。天上一颗星也没有。

饥渴的想念，饥渴的求援，最后还是逼使他溜着院墙的墙根，溜向堂屋里去。中途绊着了一向用来喂饲他的瓦罐，使他抬起的一只前蹄，许久许久不敢落地。他一个个嗅过去，独独少了景老爹的儿子。他坐到景老爹的炕前，这才发觉老人瞪着眼睛，一动不动，轻轻在叹气。冰冷的鼻尖触到老人搁在炕边儿的一只手，老人一骨碌坐起来，惊惧地停住了呼吸。

黑狼伏过去，下颚贴到炕上，高高地挥动着尾巴，喉管里乞怜地呻吟着。葫芦凉棚下面的鼾声尽管带着监视似的威胁，黑狼却忘掉理会这些敌意的陌生人，他攀上老人的膝头，尽性地扭动起身躯。

景老爹慌慌忙忙拔上鞋子，把黑狼带出来，从屋角的走道里转到宅院后面的桑园。老人蹲下身子，也不管他脖子上刺人的"狗卫"，紧紧抱住他，身上传过来一阵阵颤抖。

景老爹把他当作个懂事的孩子，轻声问长问短。他只听得"黑狼黑狼"，其余全不明白。只是他确定了老人差不多像他一样地恐惧不安。

"去罢！黑狼！"最后景老爹伤感地说，"老爹这儿留不得你，谁家也不准有狗，不是老爹不留你。"黑狼似已领会景老爹不能帮助他去救回他的主人，甚至赶他离开这里。但他缠着老人，不肯离去。老人推他，打他，把他摆脱掉，就急忙回进去了。

黑狼站在桑园里，摇摆着的尾巴渐渐放慢了，心里尽是委曲。景老爹龙钟的背影终被一堆麦穰垛遮住。

他尝试着向前挪动，还想挽回一线希望。他不相信景老爹就这样绝情地不理他。

良久良久，黑狼目不斜视地凝望着，仿佛可以望出一个景老爹来。果然，从红石累砌的后院墙上，老人探出头来，他欣喜地窜上去，扶着墙壁直立起来。他纵身跳跃着，努力想跃上高不可及的墙头。努力的结果，使他绝望中突然想到

黑狼　149

要绕到前面去，屡次跑到中途又折回来，怕又失去了墙头上的景老爹。最后，从那上面丢下一个冷馍馍，他衔起来，就看不到景老爹了。

东天边已隐隐放白。他伏下来，冷馍馍放在两只前蹄中间，没精打采的，还不甘心就这样地走开。

天微明了，村落仍是死的一样，听不见鸡啼和犬吠。

起早的农人来到井边汲水。早黄的湖桑叶子一片片飘落。田野间的高粱砍倒后，只剩下满目半黄的大豆棵，三五里内，一眼望去，空旷得一无遮拦。

田野里有荷枪的小行列走动。黑狼油然地生出强烈的希望，不自觉地摆动起湿漉漉的尾巴。他原是伏在金针菜的墩棵间，试着站起来，意欲迎上去，仿佛这些拎枪的会带他去寻他的主人。

汲水的农夫无意中发现了黑狼，惊讶地呼喊着。他友善地向他们摇摇尾，低下头看一看面前的冷馍馍。

那个给他带来希望的小行列，眼看走近了，尽管都很陌生，却和他主人的兵士并没有分别。他迟迟疑疑向他们走去，警觉地竖起耳朵。

猝然行列里一个人喊嚷了："马虎子[*]！打马虎子！"随即向他举枪。一见这情形，黑狼扭身便逃。立时就有一枪打

---

[*] 马虎子：胶东一带，颇多地方忌讳言"狼"，以"马虎子"代之。

过来,弹着就在前面不远,扬起一股尘沙,他拼命奔驰,本能地觅取遮蔽。背后是喧嚷的人声,前面横着一道长沟,待他纵身跳越过去。但他灵机一转,随即跳进沟里,沿着沟底直向北去。直奔到头一座岗顶上,才敢停住往回看,拖在嘴巴外面的长舌头,直滴着汗水。

农村晨霭袅绕,鲜红的朝阳刚升上来,又走进堆积如山的云层里,隐约的几道橙红的光芒从那里四射出来。黑狼痛苦地坐下,大肆喘呼。

这是他最悲苦的一天,一切都要害他,都跟他作对。强烈地思念着主人,他要去寻找,可是必须通过景家的村子才找得到去路。

这一天,他捕食了两只青蛙、一些蚂蚱,饮下两回泉水。他发现傍着山泉有一个又黑又深的石洞,里面没有留存可疑的气味,就躺下来,放心地一觉睡到天黑。

黑狼决心趁这给他一点安全的黑夜,去寻找他的主人。他潜行下山,远处凄怆的狼嗥,使他像是迷失了方向一样,不知怎样坚定他的行动。景老爹的家又使他留恋了。景嫂子亲着他,为他偷偷地调拌了一盆碎馍馍,放进一把干蚕蛹,他饥不择食吞下一顿润人的饱餐。景嫂子搂住他,抚弄他,问他:"郭营长是不是不在了?"他只感觉到被沉厚的温馨覆盖着,他纠缠着景嫂子,脑袋拱进景嫂子的胁下,脖圈上密密的钉子刮着粗硬的布衣。凉棚下面依然躺着那么多生人,鼾声一刻不停地威胁着他。许久,景嫂子推开他,偷偷地跟他私语:"乖,走罢!明儿夜里再来。"他不肯走,卧在她的炕前,直守到快要天明,才溜出景家,从那条长沟回山。他很快就明白了,昼间,山下已不容他去了。

一天一天茫然地过去;黑狼白天在山里捕食野物,甚么都猎取,青蛙、蚂蚱、兔子、斑鸠、雉蛋、雏雉,甚至小山獐。他渐渐娴熟了捕捉的技术,懂得把后腿特长的獐子兔子拦截到山巅上,然后残酷地戏弄它们,欣赏它们艰困惊惶地下不得山坡。他懂得寻找野雉的窠巢,全凭嗅觉去搜寻雄黄气味。有一回他吃下一只被狡猾的老兔子撕伤了的苍鹰。

每到夜间,他总想去寻找主人,也总是到了景家,就流连彻夜,天明再回到山上。一天,黑狼追赶一只狡兔,后者深知自己的弱点似的,打着圈子不肯上山,黑狼努力地到处拦截,眼看接近山巅,不想一只精瘦的小狼突然出现,截住了他的猎物。黑狼愤怒地咆哮起来,向她直扑过去,那一眨眼的工夫,简直要把她当作食物了。然而真正地赶到跟前,那种埋藏在他体内的天性,使他的凶暴迅即软弱了。

对方露出狰狞的白牙,但她紧闭着尖尖的耳朵,娇小的身躯畏缩地坐在地上,向下弯曲的后股紧紧夹住尾巴。黑狼自信居于优势了,大胆地挨近一些,又挨近一些,嗅她的周身上下。她低吼着发出警告,鼻子打出皱纹,忽然鲁莽地跳回头来袭击他,咬他的颈项。这一口竟使她自己痛嗥起来,打着转转。脖圈上的长钉，把她的颚肉刺破了，可怜的小狼畏惧得后股索性贴到地上，龇着锐利的牙齿徒然作无效的抗拒。

黑狼开始绕着她的周围轻快地跳动，他不全是把她当作弱者欺弄，他把鼻尖探到小狼的尾根底下，急切地嗅着舔着，那润湿的部分喷放出诱惑气味。于是他继续地绕着她轻快地舞蹈，几乎是一种讨好的媚态，双方的鼻尖接触到一起，但她不容他过逾挨近，缩腿缩蹄地跑了，又被黑狼拦住。

黑狼大大地摇摆起尾巴，极其苦闷。

但是在山尖的棱线上，不知甚么时候出现了一只粗壮的大狼。也许早就耸立在那里，黑狼一直没有发觉。

他愤慨地扒动着前爪，准备一场可以料得到的剧烈搏斗。

小狼开始偷偷地移动身体，他不得不回过头来，强制她趴下。

他轻轻舔动她那埋藏在白色茸毛里嫩红的乳头，一面勾起上唇，向那只渐渐匍匐过来的大狼示威。

歪过山头的落日，把大狼长长的黑影送到他面前，这一对敌手挨近了，更挨近了。黑狼不得不撇开他已制服的小狼，面对强敌。

双方开始呼啸，开始使自己气壮。两下里仿佛相互学习似的伸开四肢，垂下头，脊峰的毫毛根根逆立起来对视，这样相持下去，好像都不再知道还该有甚么样的下一步行动。但是对方终于猛烈地攻击过来，对方的牙齿有钢一样的锋锐，

黑狼　153

血红的长嘴巴在他眼前只一闪动，那股子冲力使他险些儿倒下。但一如刚才的小狼一样，他那钉窝项圈被咬中了。对方懊恼地、疼痛地跳开，嘴巴里涔涔地流出鲜红鲜红的血液，舌头舔了又舔。黑狼乘这个机会，猛袭向对方的喉管，一口咬下去，像是铁锁一样锁进了那个致命的要害，接着左右地大肆摔动，公狼倒下去，拼命地使用后蹄抓踢黑狼的肚腹，直到尖利的蹄爪把他撕扯得忍受不住，他方始松口，猛地跳到一边。

大狼喉管下面的毛腋让紫黑色的血浆黏得一片模糊，痛楚得脑袋歪侧到一边，仇恨地睨视着黑狼。可并不服输地反过身来，再度向黑狼攻击，咬住黑狼的后腿，再也不肯放松，仿佛这样就可以得救似的。灰扑扑的山影扩大了，两个扭扯在一起，在山坡阴黯的一面且打且滚，大狼的持久的兽力渐使黑狼处在下风，后腿始终被咬住不放，尖利的牙齿嚼进了黑狼的骨节。黑狼的嘴巴被血浆和泥土黏糊住了，气力好像要换不上来，被压在下面，傍晚暗蓝的大天空在敌手的背上打旋转。争斗在胶着。但失败仍属公狼，在黑狼猛烈的最后反击之下，敌手的喉管差不多被他啮断，他的后腿也恢复了自由。可怜的大公狼，身体已经失去平衡，肚腹显得奇异地扁平，打着晃，仿佛被飓风从侧面袭击，歪歪斜斜地后退下去。那一对原是灼灼发亮的眼睛成了灰沉沉的颓废的茶黄，血液滴滴答答地沿途淌着。

黑狼舔着腿上的伤口，胜利使他忘去了愤恨和疼痛。他残忍而戏谑地重又冲过去，把惨败的敌手冲倒，却装作没有那么回事儿，轻快地跳跃着走开。

可是那只小狼逃走了，黑狼到处寻找，向丛山里翻越过两个山头，却发现她跟随在自己的后面，她不畏惧，也不甚抗拒，接受了黑狼。

起初很使黑狼不习惯，小母狼偎从着他，紧跟着一步不离，他到哪里，她尾随到哪里。人类使家畜自乱伦常，原野上的鸟兽却仍然遵循造物主的法则，保留下原始的、也是高超的从一而终的爱情。

然而黑狼总算不再孤单了，从他失去了主人以来，他只有在深夜里潜进景家讨点温馨。在这满目异类的荒山上，他开始钟爱这个伶俐讨喜的小妖精，他需要不寂寞。他们打闹着，嬉耍着，合同猎取他们的食物，直到一个多月后，她的行动渐渐迟钝，不再那么活泼，老是慵懒地贪睡在傍着山泉的石洞里，并且冷酷地拒绝他去挨近她。

可是黑狼分外地对她关切，甘心把艰辛获得的猎物尽她果腹。这时正值春浓，原不应该再像冬季里那样地常时遭受饥饿。但小母狼懒得不肯出洞，呆笨得无能于追逐奔跑，胃口却相反地与时俱增。同时景家的食物愈来也愈稀少，甚至好几次他都是白白地待上整夜，一无所得地回来，尽管景家一家三口对他的抚爱依然如故。

黑狼不常想起郭营长了，人类的记忆和情感，也不一定比黑狼更强、更持久。但当他这一夜在景家一时激愤闯了祸之后，他已明白他不能再去那里。若不是她给他生下来这一窝新奇的小东西，牵制了他的思念，他会为他和景家行将隔绝而苦闷彻夜的。

黎明时，地面上腾起晨雾，黑狼伏在山头上，俯瞰着山下朦胧的村落，他几乎忘记巡猎。这一夜他不敢再去景家，他守在饿狼沟里，并不明白要守候甚么，守到五更天的时分，终又回到山上。他感到失落了甚么，急于去寻找，又不能去寻找。

第二夜仍是这样。隔上不知多久，这一夜他忍受不住那种渴念恩情的煎熬，潜进了景家。可是也悲痛得乱转，找不到景老爹，找不到一心要抱孙子的景奶奶。景嫂子光赤的双足，离地一尺多高地悬吊在厢房的当门，冰冷的脚，僵硬的脚，这就是景家了。

他跳起来，去扑景嫂子垂下的双腿，可他几乎扑了个空，跌在一只倒掉的板凳儿上。那双腿悬空地摆动着，在他的上面荡来荡去。

他真的感到他已失掉了一切了。景嫂子那张高不可及的面孔低垂着，仿佛在看他，一如往日那样地对他问长问短。然而远去了，那一切从他的面前活生生地远去了。

屋子里遗留下浓烈的酒气，景嫂子的枕头歪斜在炕沿边儿，那上面属于一种特异的脑油恶臭，忽然引起他的某一个记忆，这与他前些时在这里从那个人的头顶咬下的帽子同是一样的气味——那个恶臭的帽子仍还在他的石洞门前。

　　黑狼依旧绕着不肯从上面跳下来的景嫂子。他焦灼地走动着，一无是处地坐下，舔动那双冰凉的脚心。舔着舔着，一阵子他像疯狂了，拼命向上蹿跳，咬扯景嫂子的衣裳，撕扯着，责备景嫂子这样地对他吝于施爱，他长声的哀号，如同人们常听得的狼嗥，凄厉中带着狰狞。在夜里，在黎明前出奇的寂静中，这嗥叫传得极远极远。

　　不知道他怎么会有这股精力，支持他不止息地发疯，可是天快放明，村民被惊动了，执着锄头扁担赶来。嘈杂的人声使黑狼猛然觉醒，他冲出来，从柴门一眼望出去，他吃惊会有那么多气势汹汹的人群。便转身从高高的红石院墙上跳出去，跑开了。

　　仓猝间他听见背后有人惊叫："黑狼！黑狼！"黑狼跳进饿狼沟里，流弹从他的顶上呼啸着掠过，他的一只后腿软了一下，险些儿跌到，他不能不拼命了，不顾死活地向前疾奔。可是他已不能像平时那样神速，那只后腿不知被甚么拖累住，使他的身体老是向一侧倾斜。

　　村子里的人涌出来，为首的一个瘦子提着盒子炮，脑袋上缠着绷带，连耳朵也包缠在里面。

　　这个瘦子有一对快腿，在翻掘的耕地上飞奔着。

黑狼　157

布谷鸟散播着朝露一般清新的鸣叫，远处的蓝山驮在近山的背上。枪声引起山谷里一片响应，黑狼依旧遥遥领先，虽然看上去，他是很费力地向前挣扎狂奔。

山坡上刚始吐芽的灌木丛依然是稀疏的，人与犬在那里穿梭追跑。那瘦子一双快腿显出累乏了，好像为了应付谁似的不得不那样追赶。山下的人正在替黑狼慢下来担着心事，凭空却又出现了一只小兽，从粗大的直直的尾巴上，人们认出那不是一条狗。

橙黄的晨空飘着一两朵污脏的云块，衬出如剪裁一样的山峰的棱线。那奔动在棱线上的犬、狼，和人，都成了剪影。山下的人们分辨不清在那上面究竟是犬追人，人追狼，还是狼追人。两只刁狡的动物努力在分散那人追逐的目标，前后兜着圈圈，猖猖吠叫。

那瘦子处境似乎渐渐地困难，前前后后照顾不过来，急切地向山下挥动臂膀，呼喊着求援。

众人都为黑狼焦急着，能看出有一只后腿老是着不得地，尾巴老是夹着。他好像失去了反击的能力，只顾挣扎地奔命，脑袋也不像往时疾驰时那样地平稳，却是一昂一昂地在帮助四肢扒动。

忽然那狼随着一团蓝烟倒下去了，随即是一声响彻山岳的枪声，但是她又跳起来，顶着烟硝的气味直窜上去，咬住了那人的小腹，在枪托急骤的打击之下，她咬得紧紧的，紧

158

紧的，身子悬坠着软了下来，人与狼的剪影合并成为一个了。但是紧接着，黑狼掉转回头，尾巴拖直了，疯了一样地狂奔突袭。他直立起来，扑到那个痛得伛偻着的人影肩头上，嘴巴紧噬住仇敌的咽喉，四肢一阵子撕扯。于是犬和狼和人，扭作一团。

山下的人只看到他们扭作一团，再分不清谁是谁了。不多一会儿，他们倒下去，从山峰的棱线上消失了，滚向了山峰的那一面。

这场战斗结束了，也许并没有结束。

在山窝里，那个僻荫的石洞里，一窝初生仅只十来天的小生命，闪着一对对碧绿的眼睛，他们无知地钻动着，悲啼着。在他们旁边，山洞口上，有一顶说不出是甚么形状的布帽，上面满是泥土和油垢、油垢和血斑，那红色的帽徽上凝着夜露，水晶晶的。

一九五四・二・凤山

失车记

一街清晨的阳光,一街水淫淫的雨。

都市建筑物的投影铺往一个方向,铺一街几何图形潮湿的补丁。多少晶莹似尼龙质料的雨线,匆忙在这些补丁上千针万线地缝纫。

匆忙地赶着甚么?

然而都市犹在沉睡,梦里数着双龙抱柱青一色。

轮转机高速地转出印字的纸,偷一样地转出来,在都市沉睡的时候。

高速地转动,补了胶皮的单车轮子在潮湿的补丁上高速地转动,人在几何图形的光和影里穿进又穿出,一阵子金人,一阵子灰人,碰断晶莹的尼龙线。碰断时,千针万线便在人的衣肩上缀出点点的针眼。

单车抖出破烂的喘嗽,抖出一份份印字的纸;仿佛车上载着鸽笼,一只只信鸽飞出来,飞进朱门,也飞进蓬门。

吃的是这行饭,不错的。不穿绿衣的邮差,一样送的是信息,轮转机转出的印字的纸卷,一只只信鸽漫墙飞进各式各样的门巷。

真要当邮差去,不必再骑这样坏的单车。而且不是自己的单车,随便那么拉来的,如同那辆菲利普给人随便拉走了一样。

若当上邮差,就不必被人喊作甚么送报的,有的是公家的绿单车。

"送报的!"

甚么送报的送报的!该你们做女人的喊吗?

"送报的,买份报!"

念着恼着,偏就有人喊,而且是女人,一大清早。

喊甚么?买份报?

"没有!"

平时不订报,几个大钱?联考发榜了,才赶着买报,这么好事?没有就是没有。

当然总有得两份剩的,多了没有,两三份,碰巧三五份。喊你送报的,也没喊错,人家良家妇女,未必就懂得那个荤意思。

剩了也是剩,多卖一份,一块二,总是钱哪,老爷!

剩就剩。喊老子"送报的"?整得你直叫,别不信。

说不卖就不卖，君子一言。

剩的么？剩的宁可回去糊墙。

这雨！出太阳下雨，跟喝阴阳水一样不畅松。

别提那面墙了；透风透亮，不糊也不成，不糊就不敢在屋子里换裤子。就有那么敞亮！

糊了也不成；糊着糊着，撕了撕了，没教养的鬼小子，手不知有多贱，骂又骂不得，赊人的房钱，屁都不敢放响的。一对娘老子都是护犊子货，欠他们房租就得容让一点个，真是没道理。

破单车颠跳在不是行单车的窄巷子里。

颠跳倒不大妨事，就只是不能遇雨，一场阵雨，这条又长又窄的巷子就成一条溪河，单车就得跟着扮作一条小艇，水陆两用的。车轮上飞溅起泥水，切线而抛物线。

也是人住的地方？还装阔订报呢！

靠岸了！靠岸了！水陆两用的小艇连人斜靠在湿渍渍的篱笆上。报纸不能丢进去，想来里面的小院子也成了一方养鱼池，报纸夹到竹篱笆上，附带地还得直起嗓门儿吆呼一声："报来喽！"

这是甚么倒霉的行业——送报还兴吆呼的！

不吆呼也行，若是给人打外边顺手提溜走，明儿准备老老实实地补报罢；哑巴见娘——没话可说。

小溪河里映出两岸的竹篱笆，荡荡漾漾地各有各的款式。

失车记

若是天天天天来这么一场开门雨，得，单车也该报废了。

好在这辆单车也不是自己的，能骑几天都难说。不是借也不是偷，顺手拉来应应急。报总得按时送到。不信用，立刻就有人来顶。

钱难赚，屎难吃。

一阵子恼起来，这件雨衣也该丢，脱胶脱得到处青筋暴跳的。也不知道它倒有多么渴，见水就猛灌。外面雨停了，里面可还下着大滴大滴的雨。就只一桩好处，慢说没人偷，丢在马路上也没人捡。

只说那辆菲利普也跟这件雨衣一个样；居然就有那么下作的贼种。偷了去也卖不成钱，没人要那种破烂家伙。

雨是弱得多了。单车折回头，险些儿没能转过来，碰上贴着根治性病广告的水泥电线杆。

褪了色的广告，原是红纸，褪成一副惨惨的病容，凭那样的广告也能取信于人？这年头还拿性病吓唬人哪！这个霉素那个霉素的。

若是专治癌症，那还差不多——那个可怕的病。

不知甚么缘故，这家红漆大门从没见开过。

喷石水泥的平台门楼，该爬一些紫藤，该挺出一两株紫荆花梢，粗粝与纤细的宗教画的组合，然而一样也没有。

于是朱红门叫人想到血。

该说它是阴宅。二十巷二十八号，阴宅，或是凶宅。

见月收一次报费,老是那只贫血的干手,求救地漫过红漆大门顶上伸出来,先取回收据,然后卷一卷票子递上来,从按电铃,到接到报费,得耐心地等上三五分钟。

那干瘦贫血的指尖上,黑黑的烟垢。递上来的票子和硬币,也都仿佛染着辣辣的烟垢。

这样的雨天,报纸不好漫着红漆大门上面丢进去,得叠作巴掌大小,塞进信箱里,麻烦!

雨天,就这么多的麻烦。初升的太阳,影照在这水淫淫的红漆大门上。

那个水淫淫的鬼婆娘!

改行也罢了,强似给人喊:送报的!送报的!

其实甚么送报的送报的?送信的还不也是不进门就往里丢?除非挂号信。唯一的好处,公家有车子,绿的单车,绿的摩托车,不怕偷。

可万一丢了恐怕要赔的,扣薪水。

偷去也难得脱手,除非喷一遍漆。怕也不方便罢?

对,顺手拉来的这辆二十六吋平车,顶好拉去喷喷漆,免得一眈眼儿就给人家认出来了。

二十六吋平车,蹬起来还真别扭,两腿老伸不直,骑小儿三轮车——等于。哪比得上高头大马的菲利普?别看那么破破烂烂的,除了车铃不响,到处都哗啦哗啦响得热闹。

其实又改得甚么行?这家前天遭了小偷。除掉蹬车子送

失车记　165

报,哪来别的混饭吃的能耐?

干着罢,熬着罢。

车子千万别上漆。上了漆再叫人家认出来,那可赖不掉,不是存心偷的也成了存心偷的。就这个老样子的好,万一碰上车主认得,只说甚么……只说一时粗心嘛,看电影寄车子嘛,给人拉错了嘛,"那个看车子的家伙可恶透了,叫我痛骂一通。"这要咬着牙根骂才是味道。"错了就错了罢,七成新的菲利普,也赔不起,你难道剥他的皮吗?"口吻就要带着同情和为难了。

总要赔两句好话的——好话也不要花甚么本钱。

说甚么好话?本人的单车还不是给人偷了?

要偷嘛,罄偷了,他偷我的,你再去偷别人的得了,偷到最后,都有得骑,好车子坏车子当然是另一回事儿,看各个人的命罢。

只要不是偷去卖,不带着职业味道,甚么你的我的他的?一样。免得去惊动警察老爷们。报警有甚么用?屁的用!也未必追得出贼;纵使追得出,哪年哪月哟,饭碗得丢。

你瞧,多迷糊!米店的一份忘了,赶快折回头去。雨可也算停了,剩下点儿雨星星,破雨衣还是褪掉罢。

车子破不破,对付得过去。脚刹车不大习惯,倒是真的。车铃居然还很脆,阁铃铃铃,阁铃铃铃……别这么招摇成不成?回去把坐垫提高一点,腿就伸得开了。骑惯了菲利普,真不习惯日本鬼子的矮玩意儿。

只怕不等你习惯，早就给人认去了。

好在也不要骑它一辈子，骑马找马，找到那辆菲利普，孙子才要这个矮家伙。

这家怎么一大清早就把收音机开这么大声？四邻都该给吵醒了。别老是偷不偷的，天下为公嘛，小道之行也嘛。

那个不知道是不是姓王名八蛋的贼种，反正偷去那辆菲利普也卖不成钱！要真是抓住了，不抽他贼筋，也砸扁了他贼头。不是他个贼种，怎害得老子也犯了偷！

要说是占了便宜，没占到别的，占一个能响的车铃。其实车铃响不响都是多余，横竖车子没到，哗哗啦啦老远就听到那动静，用不着按铃，省事得很。

只说破旧到那个地步，上不上锁都没有关系，丢在马路上也没人推，倒贴钱也没人要。结果还是给偷去了，你说无聊不无聊！

恐怕还没有三分钟的工夫，进去收个报费，你看要多少时间么？没听见一丝儿动静，就给拉走了。该它哗哗啦啦大响的时际，反又不声不响了。才无正用。

当然也难说，区公所门前拉来这辆没上锁的破平车，跳上就蹬，车子像心一样地抖，似乎比摩托车的动静还要大，心虚嘛，那声音能响彻半条街。

敢情偷走它菲利普的那个贼种，那节骨眼儿，也是抖得

失车记　167

够瞧的，哈哈！老菲利普抖起来，怕有火车头的动静，响彻半个城。够那小子惊慌的了。

惯窃犯嘛，有甚么好惊慌的？

不要再去想那些恼人的臭事了。倒是买一罐子磁漆，回去漆一漆；或是逗逗旧车铺，也未始不是个办法。

也是道理，找他们专收黑路货的，赶紧脱手。卖不成钱，那是想得到的，至不济，三两百总也卖得，照生铁卖嘛。卖掉三两百，再添三两百，对付一辆六成新的，这个主意不错。

那可千万别再忘掉上锁。

房租只得再拖它一个时候，拼着老脸愣看房东一男一女那两张没好颜色的冷脸。

再就是老着脸给房东一男一女瞪眼睛看。其实也看不痛的，强似骑着贼赃满街跑，不是办法。

这天气真是拿混穷的开玩笑，再给五六分钟，这几份报不就送完了么？

雨丝在阳光里越发透明透亮地闪耀，也有的人家披着睡衣推开窗子，好美的雨啊！真该到庭院里淋淋，想必比淋浴新鲜多了。可惜这些光会想象的爷们儿，老会赞叹，却没那份福气，睡衣是干的。

可淋湿了衣裳的人空着肚皮，送报给披着干睡衣的爷们儿吃早饭。

那就等等罢，等下午送完了晚报就去找门路，旧车铺多的是。

门路也不定就好找，找上便衣宪警那才有得好戏看！

就算找上门路，怕也拿不下脸，人家拿你当甚么人？哪来的黑路货？

"哪来的黑路货？你说！"

干吗咕咕唧唧的咕唧出声音来？言多必失，老爷！

这家人居然订四份报，莫名其妙罢！

普普通通的人家，不是机关，订四份报。篱笆墙，扶桑花生满了白介虫，也不撒点虫药。看报过日子，不看花。不看花又栽花，懂得他是甚么意思么？

懂得哪一家专收黑路货么？当是当不掉的，当车子不单要看身份证，还要看车照，老菲利普就住过当铺两个月。

怕脸子难堪，那就算了。

其实谁认得谁？一手交钱，一手交货，调过脸去一走开，谁也认不得谁是老几。总比骑着贼赃的好。骑着，骑着，不定一阵子霉运顶上来，给白盔一把抓住，咔嚓一声，那可好看了，平生手脖上没箍过手镯之类的东西，除掉手表。

就是手表，也有两年多没有戴了，看太阳表过日子。

不行，越骑这二十六吋的平车越不舒服，心里也越惶。要脱手就快着点儿，打铁趁热。不是一天两天可以将就，除非改行；一天送报，一天就少不了。老骑着这辆破单车，一准要倒霉。

失车记　169

找不到门路，是真的。这种黑买卖，售赃货，还不能明目张胆地跟人打听。麻烦！

但也不是绝路一条。凡事开头难，一回生，两回熟。

这话从何说起？一回生，两回熟？想当惯窃了不成？你可知道只可一，不可再？正经的送你的报罢！

也没有甚么，用不着这么没出息，胆儿小休想成大事。

大丈夫敢做敢当。就说是花钱买的。花钱买车子该罪么？笑话！也不是在车店买的，买的私人的。其实买谁的，谁也管不着。你们警察老爷买东西也要问清楚卖主姓甚名谁才买么？没道理。

那不就截了！凡事不必过细去想。就像那码子事一样，三从四德，玩得看不得，摸得闻不得。

四德有了，但不知三从是个甚么说头，真是缺德！

不是聪明才智的人，诌不出那些俏皮。只是聪明才智用到这些邪门上，屈费了。

当然不是那个鬼婆娘诌得出的。还不是打哪个客人那儿听来的！

那个鬼娼妇，不知是打哪个那儿听了来，拿来糟蹋老子。

怪她不识相，吃那行饭的不懂得识相，不挨揍还有鬼呢！老子正满心生着窝囊气，看脸色也该看出来。起先还当她痴笑个甚么劲儿呢，抿着嘴憋红脸蛋儿笑，笑甚么？有甚么好笑？胜败兵家常事。老子下回带个小玩意儿来整你。笑，叫你哭都哭不出。

"带甚么也没用,你这个送报的?"

喝,以为她认得老子呢,记不得哪儿见过。

"甚么送报的?这年头你别瞧不起送报的,行行出状元。老子有的是钱。钱哪!你认得么?钱钱钱!"

该死的那个鬼女人,只管笑啊笑的,猛笑没完儿,硬是在床铺上打着滚儿笑。

"有笑病吗?"

"笑你……笑你这个……笑你这个……"

真他奶奶的,笑得喘不上气,还笑。给她笑糊涂了。聪明一世,糊涂一时,笑到那般地步,还没明白过来。

"笑你这个真就是送报的——没进门就丢!"

还恼羞成怒地揍人呢,像话么?

甚么都别怪,只怪没缘分,少见有那么一个好水色的。

那码子事也讲缘分呀?别把人门牙笑掉了罢,怪不得你要惹那女人发噱了。

果真人能把门牙笑掉了,那可不大雅观的。好处是拔牙省了花钱。

老子生的一嘴坏牙,这上面吃亏不少。暴牙,一年比一年暴,真是对不起人。

勉强闭紧了嘴巴,可不多一会儿工夫又忘了。不忘也不行,人总不能终日不说说笑笑。

失车记

没尝到那么好的水色，说是没缘分，那太顶真了。没福分倒是真的。那，这个福分不够，恐怕就是坏在这一口坏牙上。

不过俗话又说了，贵人无正齿，有这个讲儿罢，似乎是。

好一个贵人，跪着人！所以说：愿生屄命，别生屄相儿。凭这副爷爷不疼、奶奶不喜的绉相，除非发笔横财。

这家住户真不甘心再往里面丢报纸，一个月三十来块钱的报费，拖着欠着，从没爽快一次。没钱别订报罢，看墙报去——对着街墙罚站面壁去。

发甚么财？横财不发命穷人。

可是你可知道？人不发横财不富，马不吃夜草不肥——还有甚么，人不搽夜粉不白，好像。都有点偷偷的味道。

得了得了，发甚么横财？顺手牵羊弄来一辆破单车，就吊得这样坐卧不宁了，要是发笔横财，还愁不得神经病？

规规矩矩的，送完早报，快把车子还给人家，原来放甚么地方，还给人家放到甚么地方去。

规规矩矩的，单车丢了嘛，正道儿还是去报警，有的是车照，有的是户口，该怎么办，就怎么办，心安理得。

要好，谁不懂得？晚报怎么送，撅着屁股跑？晚报订户虽不多，该跑的路还是一样长，紧接着又是明天早报，就算再怎么早，也得五点半钟左右才分得报，跑着送罢，靠两条腿折腾，够折腾到十点钟也送不完。

人家出钱订报，看你的午报？歇歇罢，到一边凉快去，不出三天，人家跟别人订去了。

不出三天——话是这么说，有的性子躁一点儿，一天就成了，还等得你三天？等你三天又该怎么样？警爷们也没跟你订合同，约定三天内把单车找回来交给你？

除非半夜就起来，马不停蹄地送到七八点钟，或许送得完。

这不是梦话吗？哪家报馆半夜里出得出报？

老兄，得了，别仁义道德甚么的，安安稳稳骑定了，管它是借来的、偷来的、顺手牵羊拽来的，骑定了。谁要是敢来认，谁替老子把那辆老菲利普找回来换。对，就是这个主意。

不过明年办牌照又有问题了。

明年？远着了！你这个傻鸟，别的事上眼光干吗没这么远？想那么远干吗？离明年还一大截日子，这八九个月里，你保险不撞车？不坐牢？不得肝癌？

人无远虑，必有近忧，这话是有的，但看远虑在甚么事情上。

那是黄老世伯的克难屋山，怎么脱掉那大的一块水泥？唉，人老了，没儿孙照顾，真还不行。

黄老伯老是那句话挂在嘴上："今晚脱掉鞋和袜，不知明朝穿不穿。"念着念着，穿着穿着，七十多岁古稀高龄，怕真穿不多久了。

送份报给他老人家戴老花镜子看，送的是刀刃儿上。别的怎么去孝敬呢？一年下来也不过四百出头，孝敬甚么都不

失车记　173

如这个，一年两节的，出手百来块钱的东西，实在看不上眼，也拿不出手。这好，日日拿起报来，看着念着，这小子不枉我把他千山万水带过海来，仁义人。日日看报，日日念我这个仁义人，有恩必报，日日念着，和念着"今夜脱掉鞋和袜，不知明朝穿不穿"一样地挂在嘴上。

仁义人，黄老伯老这么夸赞，逢人就夸赞。哏，仁义人偷人家的单车送报。

别把话说得这么刺耳。放在谁身上，谁也吞不下这口气；老子骑得好好的单车，自己血汗钱买的单车，破旧虽然破旧，不错的，总是混饭吃的家伙，你小子偷了去，等于敲老子饭碗。送报的，听来刺耳，好歹也是正当职业，自由职业，新闻事业，传播媒体，好好儿干，谁也敲不掉你这个饭碗。可你小子不是人揍的，硬敲老子塑料饭碗，不碎，可敲瘪了，害老子干起偷车贼，恨你个死！老子咬牙赌咒，抓不住你便罢，抓住你非抽你的筋不可，不是瞎发狠。

敲不碎老子饭碗的，敲罢，馨敲了不是金饭碗，不是铁饭碗，却是塑料饭碗，贱是贱，敲不碎。老子还不是照样骑车子送报！别扭而已。

得进去看看黄老伯了，好久没来看他公婆俩，户口在他老这儿，最近户口检定甚么的，少不得用着我去跑跑腿。

但愿俩老人家别留意这部车子。

留意也没多大关系。真正地要问起来，一句话就回掉了；

譬如说……

不大对，那是怎么回事儿？……

门里出来个白盔老哥？

亏得晚一步，不然就碰上个正着，险哪。

一只腿着地，单车来个急转弯，二十六吋的车子就只这个好处。

听那老伯母吆呼甚么来着？那么大的年纪，嗓门还那么高："是啦，是啦，您再稍候候，待会该就送报来了。"

不理她。

会能是甚么事？警察老爷找上门来了？

这年头没道理可讲，真是没道理可讲……

生平就做一次小贼——小贼也谈不上，顺便拉人家一辆破车应应急嘛，居然惹得官厅的人找上门，不公道！

真也是怪事，怎么找到黄老伯这儿来了？

"老人家啊，打扰了，请问这个人户口在你府上么？"

敢情白盔老哥开了名字给老两口认了。

"户口是在这儿，人哪……"老伯母说话要噜苏些，"半夜三更要赶去送报，人是仁义人，自爱着哪，怕我老公母俩为他起来开门关门的，门户不能不紧着点儿，世道人心哪，不比往年了，他就搬去小南门，跟人家合伙租了间火柴盒大的小木房子，混饭吃嘛，咱们老家作户（佃农）的儿子，人是往好学呀，乱世嘛，带出来一个是一个……"

失车记　175

要是由着她老人家细说根由,怕值勤的警爷要换班儿来听。敢情由不得她老唠叨下去,警爷要问了:"这人现住哪儿,劳驾告诉我们一下……"

"我说他爷爷,你把小甚么他地点开给人家……是怎么来着,出事儿了不成?这孩子命也够苦的了……"

天哪,警察老爷,啥事都好告诉她老人家,千万可别——

"他偷了人家的单车……"

"说甚吗——?"

老伯母眼睛怕要直了。

"这孩子不是那种人,您千万别诬赖了好人,不是那种人,老老实实的本分孩子,万不会……这孩子会那么糊涂?我不相信……唉,老实人嘛,或许一时糊涂也难说……"

那可怎么好,老两口若是知道了这桩歹事,我哪还有脸见人?

这个屄世道,哪儿还有好人过的日子?老子的老菲利普给人偷了就没人管,刚拉过一辆二十六吋的破平车,立刻就找上门来,好人还能活下去么?

我看哪,一句话,这些吃冤枉粮的警察鬼子,专门跟老实人作对,说不过去。收拾老实人,就这么神速,这么快当,真正的破案就闹阳痿了。

人家不是说吗?干警察的就靠着保护男盗女娼吃饭的,这话假不了。老实人早晚犯一次法——谁存心想犯法啦?老子那辆菲利普若是没失窃，孙子才打过偷人家单车的歹主意呢！

老这么冒雨往前跑也不是办法罢，到哪儿躲躲雨——躲躲风险呢？

黄老伯那儿是去不得了，丢人现世的！

不去也不是办法，总不能永远不上门去罢？要是老不去打个照面，就更撩老人家见疑了。

干脆，这辆破平车就暂时放在这个街廊底下，先去老伯处探探风声，装不知道。问起车子来，丢了，照实说。今儿报纸送晚了些，就为了车子给人偷了……

车子暂时放在这儿了，也用不着上锁，谁拉走谁就拉去，赶回头来看看，要还在老地方，对不起，再骑下去，这个赖主意倒不赖。

如今只剩三份报了，除了黄老伯的一份，还有一处订户，剩总是要剩个份把两份的。

方才卖给那个妇人也就算了，人家可不急等着查查儿子女儿可曾上榜了么？这一点你可不够厚道了，不该这么做人的。

谁让她平常不订报来着，又不识相，送报的送报的喊着。

言者无心，听者有意嘛，干吗呢？

巷口两旁，一边爱国奖券，一边公卖局的烟摊，台湾，这就是。

黄老伯的门前没人，白盔的家伙该走远了罢。

失车记　177

"买一张!"

买甚么一张？正倒霉的时节，买也是白费。

跟黄老伯公母俩扯个谎罢，不扯也不行。老甚么仁义人不仁义人的，倒霉人倒是差不多。

瞧这小路多烂！到处积水，到处摆些踏脚的砖块，人走在上面左曲右拐的可像跳的甚么舞，扭着扭的。巷子里的住户就甘愿这么扭，真真的要他们拿那姿态扭个甚么舞，怕又拿不出了。

那位警察老哥少不得也在这条烂巷子里扭过了，可更够意思。

再瞧这竹篱笆门罢，不敢惹它，不就等于散了么？得轻轻端过去，端着端着，怎么小心也挡不住一根根的竹子往下滑。可怜没人照顾的老年人，抽空来帮忙收拾收拾才是。

"真是哟，前脚后脚的工夫!"黄老伯母还没见她人，就从屋里一路喳呼出来了："刚刚刚刚才走，派出所的，赶忙去派出所罢，报纸摆这儿行了。你瞧，戴着雨衣怎还淋成这个样儿，快进来换换衣服，换你伯伯衣服去。不要冻出毛病来了，你们这些年轻人哪，就是不知道爱惜身子，仗着年轻，不是我说……"

这样的时候，就只有垂手立站，等她老人家打开消火栓一样，涌完了她那喷洒不息的庭训，才有得插嘴的工夫。

"派出所怎么又来找麻烦了呢，您老？"

"你瞧瞧你这迷糊劲儿，不是我说……"她老人家也不管人浑身湿渍渍地站在雨里——尽管只剩牛毛细雨不怎么淋人了。"你伯伯不是起早到坛上打太极拳了吗，这两天小偷不怎的那么盛，想去买个菜，不等你伯伯回来，我哪敢离开一步呀！偷也没甚么可偷的，就这些破烂，可是破家值万贯哪，给你破脸盆提溜走，就得两手捧着水洗脸，不是我说……"

"派出所……"

"别提派出所了，你还要问？你心里没数儿？"

这可把人问惶了，心里怎没数呢？苦处跟谁诉去。

"你车子呢？自行车呢？你这个迷糊！"

果然没料错，车子的事。跟老人家装糊涂装到底罢。

"谁的自行车？"

"你的呀，还会是谁的？"

"我的丢了，给哪个贼种偷去了，弄得我……"

"可不就是了！人家给你找回来啦，找你到派出所去领啦，还在这儿问这问那，不是我说，这么大的人还不知道照顾自己……"

听着老人家没完儿没了的唠叨，提了提贴在脊梁骨上的湿衣裳，真不大敢相信，居然两部车子了，可那一辆总得尽快还人罢，算老子运气不坏，连带着那个失掉二十六吋平车车主也脱掉了倒霉运。这日子似乎还不错，还挺有指望的，

失车记　179

去认我那辆老菲利普罢。

我这是干了甚么啦？黄老伯母可还在噜苏没完儿没了……

一九六四·一〇·浮洲

本日阴雨

雨扫湿骑楼底下半边个沿街,孩子们拿粉笔盖房子——多大的黑板!教室里得不到的放肆。

总之天又变坏了,又飘雨了。

天一变坏,就使人绝望于太阳又将长久地陷落。入冬以来,太久的阴雨把人们弄得心寒。

孩子们的房子也被雨扫湿,且被泥脚和许多泥脚践踏,一双行走不稳的古董小脚也加入这种践踏。

半个世纪前迷人的脚,和今代三围一样地风靡的三寸金莲,已是如此地难行于士敏土的街道。当它们风靡的那个世代,属于帝国时代的光荣,那时没有如此平滑的路,然而现在它们已经不良于行在这平整得多的人行道上。

在我们的时代里,我们承袭了帝国的嗜爱,号称这个号称那个,号称三寸金莲而其实是四寸七分,或者五寸。

那是铃记关防形状的木锭子给钉在脚掌心的高跟鞋，又和今代的高跟鞋各异其趣。且不必费心去远瞩半个世纪以后的鞋样儿罢，同样只沾极少极少的泥土，总是强调了臀与性之类的扭动。然而这一代的扭动痛恨那一代的扭动。

古董印过孩子们营造的粉笔线，天气总之又变坏了。在雨扫湿的骑楼下半边个沿街，载于四寸七分金莲之上并非号称九十度的那九十度的伛偻，背一又三分之一甲子那么沉的时碑。九十度之下悬有一双无礼品的圣诞袜，雨淋不到的，雨也无兴趣于那一双干瘪的袜子了。我们的脚气被迫穿不到的那棉质且易打皱的袜子。

九十度的伛偻（第三象限的罢？）就只能使一双无礼品的圣诞袜有个避雨之处了；然而也不，还有一副赤金耳圈，坠长了耳眼儿，很奴隶的记号。曾是帝国时代的风靡，帝国远去，风靡远去，九十度的伛偻只能察看第三象限所限的那一些，只能从地面辨别天候了。曾经凤冠霞帔金钗银钏的头颅，离葬地更近，天和云更远，下视黄泉的视界里还剩甚么？记忆里已无擦响蓝色黑板的云朵了，属于擦响的那些日子。

就只为这些缘故罢，伛偻至九十度的老妪必得风雨无阻，当每间隔十天的另一个十天里，这老妪必得每日每日从这沿街的骑楼底下躬行过去，而后躬行回来；再躬行过去，再躬行回来。十天一轮流的两个孝儿餐桌上的食客，躬行过去的时候，兜去一只打皱的空肚囊，而后填塞一些食物回来，伛偻的背上，鞍一样披一片破旧而至于污脏和硬化的塑胶布，鞍的破损边沿，滴落着属于雪檐的冻琉璃上滑下的冬泪。拄一支纵坐标，一支高出伛偻许多许多的竹棍；那是手杖么？人以为那是天线了。

大房家里有可以拉长又可以捺缩的电晶体天线。这也不稀罕，楼上还竖有王字天线。然而啊另一个世代了，九十度的伛偻只有一张舌比牙多的瘪嘴嗷嗷待哺，所有周身的孔窍都已不需要这个世代的声色和其他，只有食物，只待哺于大房二房十天一轮流的食物，在冬季的坏天气里，驮着塑胶鞍，兜一只打皱肚囊，尽管装进多少卡路里仍然松皱的口袋，在风雨里装填满了，回到二房那个无楼的窝里。

在冬季的坏天气里，风雨里，总要穿过两道十字路口，要机动车辆停下来；红灯和喇叭，一如电视和电晶体，九十度的伛偻不需要这些了。即使在她下视黄泉的第三象界里有孩子们营造的房屋，也只不过是粉笔画出的白线。

孩子们被雨水困在骑楼底下营造他们的房屋，丢出一块瓦片，蜷一只腿跳跃他们的建设，一栋一栋地盖起了高楼大厦。泥脚打屋顶踏过去，并有单车打屋顶上划过两条重了又分了的电线。都市类的平面图样。

泥脚和蛇体电线写出今代这样的都市，字里行间有老妇高跟鞋的句点，最短最短的句读，不是朱砂或白芨圈圈点点，也非红蓝铅笔或战后兴起的球笔，那种笔该叫作甚么？舌笔

本日阴雨

吧？文具店里那个兼做应召女郎的店员会告诉人，叫作签名笔。这是个签名为业的时代；然而我们不是的，我们仍然沿用老妪那鞋底下的木石印章，白石为凭明月为证，有凭有证，我们在别的上面不要求凭证的，我们很久以前也不用印章。

一定要说这老妪无非是倚仗那比打皱的肚囊还打皱的子宫的功劳，而十天一轮流做儿子餐桌上的食客吗？一定要这样说不可吗？且不必为这个咨询而慌张，看在老亲妈妈那副赤金的耳圈儿份上，子宫的功劳算得甚么？曾是似昊天罔极，如山高水深之恩的一对圣诞袜也不算得甚么了。

只剩那一副金耳圈儿，奴仆的标记。金耳圈坠长了扎孔和耳垂，且因九十度的伛偻，耳已坠扭了，变形了。金耳圈儿不坠在颚的弯骨那里灿烂，而失色于两侧的颧骨。但总不免仍然招摇得很，招摇在儿与媳的眼睛里如锣声之金光闪闪、耀眼和悦耳。

纠纷原是不必要，两只耳朵，两只耳圈儿，适巧两个儿与媳。似乎当初便以为只为两个正好，没敢再养第三个，免得纠纷。或许这也不十分对；该只生一个儿子才宜当。若是只生一个，又何须这样的坏天气里，淋过一个十字街口，再淋过一个十字街口？即使踯躅于骑楼底下，破损的塑胶鞍仍然淋淋漓漓、淋淋漓漓，淋漓过孩子们营造的房屋，孩子们的大眼睛给淋漓得更大，眼睁睁等候这驮鞍老妪迟钝地淋漓过去。

若有这样淋淋漓漓健旺的眼泪可流,或许尚可捞得回一点甚么,哪怕捞回甚么也不当用的点点儿记忆。

不也是有限的那么点儿留不住的梦和泪——一生里?然而这老天哟,就也阴不老,淋淋漓漓健旺的泪可要成江成河了。当积水超过下水道流量的夏日豪雨的那些鬼日子,街河泛进骑楼底下的沿街店铺也不足为奇了。涂一种洪荒颜色的无鱼之河泛滥了,货架底层顾客们退还的调味和饮料的空瓶,一路吐着气泡成群结队游进街廊,鱼泛的季节,然而缺乏丰收的欢悦。渔产之家的店伙们湿半截裤筒沿街捕捉五毛钱一条的玻璃鱼。

九十度的伛偻依然出现,令人不能相信地出现了。拄那支长长的船篙在玻璃鱼群里撑船,为了赶去大房的楼里就食。

伛偻的脸贴近了洪荒颜色的街河河面。要仔细察看玻璃鱼背上谁家出品的商标么?认得那番邦的文字么?算它番汉对照也认它不得的。卖给本国同胞的本国货,漂满了街河番汉对照的鱼,老妪撑撑船篙渡过这些鱼群,洋奴们制造的鱼群滞泊在无鱼之河上,便适巧配上老妪所撑的无舟之篙,那手杖已不再是天线。

湿的肥裤筒给水裹紧了,你才知道那一双腿究有多枯,你才知道绣龙绣凤的华盖里撑着一根细竿,老妇人那宽而肥的裤筒实在也只是两顶华盖那个样子而已。

也好像这天老是作对,总赶着饭前饭后瀑布着大雨。"唉,老天，住一住罢！"故意叹给老二和二媳妇儿听。也望着天色，非分地巴望老二和二媳妇儿留住老妈妈，等着那一声："这大的雨啊，别去那儿赶饭了罢。"多非分呀！听听孝顺的儿子和媳妇儿有多孝顺："这天真该死！害你老人家又要淋着雨去了。"

就只好淋着雨去了。

等把打皱的肚囊填过了，可又瀑布着大雨。"唉，老天，住一住罢！"故意叹给老大和大媳妇儿听。也望着天色，也望着脸色，非分地巴望老大和他媳妇儿留住老妈妈，等着那一声："这大的雨啊，妈就搁这儿住夜罢。"多非分呀！听听孝顺的儿子和媳妇儿有多孝顺："这天真该死！害你老人家又得摸黑回去。"

没有甚么可说，也没么可怨；该怎么就怎么。

该轮到老大那边十天，老二总无准备，该这样的。老二真的那样说了，且带着叹惜而异常憾恨："早知道这么大的雨，也替你老人家准备饭菜了。"没准备么？没准备么？真的没有准备，没给老妈妈一点儿打粗的饭菜，属于老人所喜爱的清素。趟水去罢，开航罢——撑起那支长长的船篙。庙会里玩旱船的那一伙儿玩家便是这样，撑无舟之篙，划行在无鱼之河，去就食无肉之餐，如是而已。

也总算天无绝人之路，冬季里从不制造街河。如若不然，岂不把那两条枯腿冻碎。

老大有大房子，二层楼，楼上竖起王字天线。也怪不得老大和大媳妇儿那一家子呀，生就那样，害怕像破旧的塑胶布那样污脏而发硬的老妪留在他们洁癖的楼房里。

老二的房子小，孩子也小，难为他俩夫妇孝子孝媳留住老妈妈承欢膝下呢。老二那一窝小娃子，一年一个，一年一个，年有新猷。每一个娃子不会下地走路的时期，总是坠在老祖母怀里，或者骑在老祖母背上。坠和骑，一年一个地接力着坠和骑，老妪的身体乃在第二象限里从纵坐标上渐渐落到横坐标而至于九十度的伛偻了。

还不止于坠和骑；还不止于此。当小娃子试步那个捣蛋的时期，老祖母不受坠和骑了，却要挪动那金莲，尾随着伺候，而总是尾随不上那双试步的新腿。金耳环以外的一点儿价值。背起破旧的塑胶鞍，还是风里雨里去赶那一日两餐罢，冬季里拄那支天线，夏日则在泛滥里撑那支船篙。老二教的是数学那一门，该懂得第二象限里那轨迹。当天又变的第二日，骑楼底下孩子们经营的房子尽管依旧给泥脚和许多泥脚踏过，给蛇体电线网络着，然而在泥脚和蛇体的字里行间，中午而至于晚间，不再见那双圈点句读的木印章。

没有句读，读得下去么？

老妪跌在中饭前，也是跌在老二的大门前。

好险哪，没有跌在马路上和老大的楼里。老二媳妇儿早就备齐了一副完全一样光泽的金耳圈赝品。谁敢说那不是赤金耳圈儿!

殡仪馆的尸车那副笨相,多像盘克夏的种猪!开过来,开过去,撅起长嘴巴停在门前了,受气的样子。然而老妪仍还恋栈呢,又复活了。然而路已经走完,不再淋雨和趟水,不再受坠、受骑和追踪了。曾是尸床,而又恢复病床的床前,那一对已准备泣血稽颡的孤哀子也恢复只孤不哀了。商磋结果怎样呢?老妈妈行不得了,两儿子一个出钱一出力,谈妥了价钱,划算划算都很觉得讨了一点儿巧。"亲兄弟明算账嘛!"用这个遮羞而毫厘必争。老妈妈摆在老二家里养息,老大承担了全部营养和医药费用。

在恶劣的坏天气里,在十字街口上,在骑楼底下,九十度的伛偻死了,再也看不到了。

在第三象限里,九十度伛偻死了,再也看不到了。

在泥脚和蛇体电线以及孩子们的营造等等那些都市平面图样之上,九十度伛偻的句点也死了,再也看不到了。

在王字天线下面的楼房里,九十度的伛偻也死了,不必再十天一轮流地供养那一日两餐了。

即使在老二这家里,除掉那张病床不是尸床,除掉从营养和医药里赚得一些,九十度的伛偻也已经死了,见不到塑胶鞍出去,见不到载着一鞍的雨水回来滴湿了屋里一遍又一遍的地板。

然而毕竟还是活着,曲折在病床上,戴一副赝品赤金耳圈儿。

那一副赤金耳圈儿总之比那一对无礼品的圣诞袜更能提醒儿子们感觉着老妈妈的存在。

当守灵的夜晚,那一副耳圈儿引起儿子们和媳妇们的争执。

老大贤伉俪主张一房一枚分了做纪念,永留去思啊,不是么?——孝子。排队排到二十五孝。

老二贤伉俪执着地主张陪葬。——孝子。排到二十六孝。棺椁在笨如盘克夏种猪的灵车上,灵车在细雨里,九十度的伛偻在棺材里摆不平,虽然头下脚下垫了不知多少石灰包。

那一对赝品该在密封的黑里摇曳。

再度的赝品,守灵之夜终又给老大的媳妇换去。

乐队奏起《风流寡妇》,节奏缓慢些,一样地也备极哀思。

不自陨灭啊,祸延先妣啊,儿子们为那在密封的黑里摇曳的赝品分外地哀伤了,呜呜地泣血,加上咚咚地稽颡,金耳圈儿如荣誉董事一样地荣誉陪葬了。而乐队哀哀地重复着《风流寡妇》。丧列很长,按照讣闻上面的秩序排列,大不孝,次不孝,大不孝媳,次不孝媳,不孝孙和不孝孙女,乃至不孝重孙,然后是成群结队哀思状的族谊、亲谊、世谊、姻谊、乡谊、友谊等等遵礼成服了。三轮车队载道士与花圈,和尚苦行着,然而袈裟太短,遮不住溅湿了的达克龙西裤。雨里旗幡挽幛垂垂的绉绉的,鼎惠恳辞来的今之古人、德配孟母、懿范足式、驾返瑶池种种水袖,备极荣哀的仪仗,比平交道

本日阴雨　189

红灯还阻拦了更多的车辆和行人，满街头的伞，雨里花艳的毒菇。遥遥的、长长的仪仗行列，在交通警的口哨里缓缓地蠕行。

在哀乐里，孝子孝媳们被挟持着哀思而至于将近九十度的伛偻。天是晴不起来了，天也哀哀地垂泪。帝国遗风里又少去一对曾是风靡的金莲。然而本日虽然阴雨，本日电视节目里的篮球赛将不受影响，这城市里已营造完竣一座全天候球场。交通警吹出裁判的调子，吹的是老大失去两分么？还是老二犯规？棺材里摆不平的伛偻，那一双金莲总之不必再为十天一次的交换场地在风里雨里不良于行了，总之这老妪——这被踢来踢去的足球，被传来传去的篮球也已全天候了。

天这样又一变坏，太阳势必又将长久地陷落，下罢，你这使人心寒的阴雨！

　　　　　　　　　　一九六五·八·二三·内湖

鬼母

吊灯在犇犇背后。

灯也不是立意要吊在犇犇背后；那盏电灯曾在继母娶进门的时候，换过紫红绉纹纸的灯罩，灯的位置不曾变动过。犇犇就此不喜欢迎着灯光，多奈何不得这个矫情的孩子！

灯已去掉紫红绉纹坠着穗穗的罩子，灯把犇犇的头颅投影到他面前的描红簿子上。

这么样一个歪斜的、变形的头影，这么样落在他自己面前的两只臂弯中间，仿佛便等于怀里揽住自己的头颅——被割下来的，淋淋的鲜血，滴落着，滴落着，滴出满纸毒毒的红模……犇犇便会沉进一种自虐的快感里面。

犇犇喜欢这个；郁郁的孩子没有甚么别的可以取乐，一如他喜欢别扭地背着灯光，笔尖在灰蒙蒙的阴影里摸索、找寻。

笔尖在血染的红模字笔画上犹豫着走动，用黑墨涂饰自己头颅里滴落的血迹，一笔一画，一笔一画地描黑。

若能将脑袋搬下，若能搬下来揽在怀里把弄，该有多好！——谁都不能够的，而他能够。

犇犇喜欢做别人不能够做的；他能把两片眼睑轻易用指头一掀，便折叠上去，眼睑里层那血赤赤的鲜肉翻朝着外面，眨也眨不落的，视觉上仿佛罩着一顶红色透明帽檐。别人不能够，而他能够；能把那些小女生们惹出一眼的憎恶和鄙夷，犇犇便乐了。

算不得甚么的；犇犇能够每一颗牙齿缝子里夹进一枚废剃刀片儿，夹上七枚八枚，一口的利齿，对锉出金属的狰狞，张大他闭不拢的发酸的腭骨，东追西追吓那般胆儿小的女生尖叫。常时地，总会被锋利的刀刃割伤了牙肉，或者唇肉，犇犇自己总能觉察得到，尝得出血的咸和腥味。而那样的时候，被追逐的孩子们，眼神里便会有更使犇犇满足的一种惶惧。

犇犇扯绽了线的口袋里，常时装着母亲生前撇下的一只精致的空粉盒。一拧开那血红镌有金花的盒盖儿，母亲亲他的气味——自然不是子宫癌末期的那恶臭——便好像粉扑儿那么毛毛茸茸地扑他的面庞，扑他一个通身。

母亲的微笑便是毛毛茸茸那么的感觉，而空粉盒里面，装着亮的针、锈的针、长的短的针。母亲生前就用这个粉盒装针线。母亲用针钉纽扣，犇犇用针穿刺自己的肉，精心地从每一只指头箕斗上的表皮下面缝过去,不会出血,一只指尖上一根针,也用这个去吓人。

似乎是许久许久都不曾找到新的甚么取乐了。本就是个快乐的孩子,母亲病重的时期,把快乐病掉了,剩下痛苦和孤独。病和死的痛苦如今淡去,孤独可更拖长了尾巴。犇犇在这尾巴上找寻着,找寻那些自虐的快感,就不管怎么样罢,总是安着取乐的心。

所以若是能够搬下脑袋来,如同面前这颗变形的头影一样揽在怀里,捧着去吓人,追那些小女生到东,追那些小女生到西,追他要找寻的快乐,必定追得到不可胜数地多。

凝视着这颗头影,梦的翅翼打起盘旋,螺状的盘旋,偌大的房屋静得可恨。不错的,家之外那些庞杂的市声仍然闹着失眠,这个失眠的都市总要兴奋到很深很深的夜……无从辨明的市声,机械的,叫卖的,敲击的,喧嚷的,电器的……而唯独这一栋空旷的房屋,这个叫作家的所在,能听见落针在地。

不如说整个房屋里都存留着母亲的死亡。曾在亲着犇犇时,那只微凉的鼻尖抵在他的面颊上。而那只鼻尖在一阵抽搐以后绵软地塌落下来,死亡就是那样的记号,母亲就不再呻吟和咒诅,没有甚么能比死亡更其沉默无声,永恒地沉默无声。这房屋便有如棺椁,装进扎扎实实的母亲之死,尽管犇犇不乐意相信死亡能把母亲消灭得那么彻底。

抓着打着，龈咬着，撒泼地呼号着："不要！不要！……"都留不住母亲。经过晕天黑地的厮闹，觉得遍身遍体都被哀恸肿胀了，累乏了，孩子对死亡让步了，"妈，甚么都不要了，只要你眨眨眼睛给我，眨一下，多容易呀，妈……"微启的一双眼睛蒙一层定定的灰白，父亲烟黑的指头捺在上面，唤母亲的名字："新兰，犇犇用不着你记挂，闭上眼罢……"换过殡仪馆化妆师的指头，也没使母亲的眼睛闭拢。而犇犇已经生不出哀恸，在挂满了挽联的殡仪馆的灵堂里，多少鲜花编结的花圈，没有禁止攀折花木的牌子，犇犇摘下一朵雏菊，又换一朵白大理花，偷偷插在胸前麻布的稀疏的织缝里，过不一会儿再换一朵更大的黄菊。犇犇让一只不甚熟识的汗手搊他走在丧列里。轻轻抚弄着胸前的大朵菊花。"妈多可怜，我一点儿也不想哭她了。"轻轻跟自己说，怕人听去，会骂他没有心肝。

轻轻抚弄着大朵菊花，轻轻地责备自己。哀恸还是有的，只是凑不足再哭一场，多么无可奈何？多么无可奈何？描红簿子上描画了一朵花瓣儿四射的菊花，犇犇实在不知道自己在做甚么，仍在一瓣儿一瓣儿加画周围的花瓣儿。

轻轻的脚步，轻轻地从背后走过来，在这么一幢空旷的房屋里，纵是猫的脚步也瞒不过人。

影子从背后送过来，漫过犇犇肩头，落到他面前，和他自己的头影重叠了。

犇犇立刻护住画了菊花的描红簿子，上半身整个伏在上面。

"犇犇，还早吗？"背后伸过一双手来，抚在孩子耸缩的肩膀上。"妈给你挂好蚊帐了。"

犇犇耸一耸肩，要躲开这只涂着银红蔻丹的手。妈不是这样涂着颜色的手。

"你非要把眼睛弄坏才甘心不是？"

手从犇犇的肩上移到头顶，一下下抚弄，要把翘在他三个顶穴周围的头发抚弄一个熨帖。而母亲的手不是这样温热，滑润。那是一双有时冰凉冰凉又有时毛刺刺的手，每当继母为他熄掉床头开关，在黑暗里无须等候多久，母亲的魂灵就会綷縩縩綷地来到床前，伸一只手到蚊帐里来，抚爱犇犇的脸，听他诉说这个、诉说那个，然后轻轻地拍他入睡；但总是冰人酥骨的手，或者刺人的毛手。

鬼魂的手就是那样的罢！

然而并不是每夜每夜都是这样，母亲常时来，也常时不来。

然而不管怎样，不管那只手有多使人恐惧，犇犇已经习惯了。

——那才是我亲妈：你不是，你是晚娘。

犇犇再次躲开涂着红蔻丹的手，摆过头去躲开。

仿佛立刻振作起来，重重地放下毛笔，扯去画着菊花的这一页纸，揉作一个小团儿塞进嘴里。

"你这孩子呀,怎么可以——吐出来!"

涂银红蔻丹的手兜到犇犇嘴巴前面等着。

"快吐出来,一定要吐出来!"

一只白嫩而纤细的手,掌心向上地等在犇犇口边。但是犇犇坚持不肯吐出那个纸团儿,并且开始咀嚼,闭紧了嘴巴咀嚼。

"你再不吐出来,妈就要——"这个纤弱少妇一下子就急出满眶眼泪丝儿,"我也管不了那么多了!我要狠狠打你一顿——你还不吐出来!"

"我也管不了邻居人家说甚么闲话了,就算我是个狠心的继母……犇犇,你这样淘气,叫我怎么办?"

——怎么办?你走开!犇犇心里叫嚷着,索性把黏黏一团烂纸浆咽下肚子里去。——你敢打我?你只好一次又一次发狠,吓不倒我的。

犇犇一直都不发一语,只管在心里和他这个瘦弱的继母辩嘴。

"你就这么作践自己罢,"继母抹去悬在眼角的一滴泪。"等你扰乱我,扰乱到没办法的时候,犇犇,你想会怎么样?你爸爸早打算过了……"

——当然,早打算过了,打算送我到外婆家。外婆是母亲的晚娘,但她只能对母亲使坏,现在有舅妈护着我。

"不用我说了,你都知道,教养院那边的情形,妈不忍心送你去。"

犇犇这才抬起头来，定定地看着他的继母。一张清癯的艳妆的脸蛋，为甚么看在犇犇眼里总是单薄和寡情？犇犇就敢紧紧盯住这张脸蛋，盯住那一对单眼皮的凤眼，能够忍住涩痛而不眨一眨眼睛，总是要盯到继母的眼睛先从他的脸上移开。

——你敢么？你不是不忍心。你怕人家说你是晚娘。

犇犇常时偷听父亲和继母的私语。每当爸爸半个月或者一个礼拜回来一次的时候，孩子就强烈地需要从他们那里刺探一些甚么。

宁可放弃和母亲的鬼魂亲近，有时忍住夜寒，偷偷穿过客堂，跕起光脚摸黑到西房门外，耳朵贴到木壁的缝隙上。

白天父亲问他要不要去特殊儿童教养院，并且告诉他那边的情形。而在夜里，继母责备了父亲。"人家要怎么说我？特别是犇犇他外公。背地里说甚么，我不在乎，他外公那副生就的训导脸，就能当面指着我鼻子教训的……"

父亲说些甚么，犇犇就很少能听到。那种嗡嗡的低音，滚过天边的沉雷。继母尖锐的嗓子无论怎样抑制罢，总是烁烁的电闪，乌云里痉挛的金线，金色的龙须菜。

不知道父亲最后的意见，但是犇犇十分放心他们不会送他去教养院。

要把偷听来的急急去告诉母亲的阴魂。等罢，等罢，许是母亲已经来过，总是等到眼皮沉重得张不开了，把失望带进梦里。恍惚在梦里梦外仍然最后地安慰着自己，明天晚上母亲会来的；明天晚上……一定……

——送我去外婆家，你也不敢。不用说送我到教养院去。

犇犇一直瞪着坐在书桌一侧的这个继母。在那张浓妆的脸蛋儿上——这是夜里，她涂抹成这样的艳——犇犇能数出多少不肯饶恕的怨恨。父亲就是迷上这张描眉画眼的脸蛋，不肯守在家里，当母亲病笃的时候。

"不如早死了罢，省得碍着他们……"母亲在病痛的挣扎里，跟姨妈咒怨着，跟所有来探病的亲友一律都是这样的咒怨——除掉钱阿姨，母亲的同学。

母亲给病痛折磨得呼号惨叫的时候，犇犇能够怎样呢？他不敢进到母亲的卧房里，即使在外间，守着一堆做幌子的功课，也忍受不住和那种刺耳的呼号惨叫一样难受的刺鼻的恶臭。那样的时候，犇犇不明白自己身上哪一部分给揪紧了，给打击着，只管迫切地需要狠狠地咬住甚么、抓紧甚么、大肆破坏一些甚么……那样的时候，孩子狠命地龈咬自己的手腕，针刺自己的指尖，咬那锋利的刀片，排着顺序咬进每一个齿缝，尝那刀片上铅笔粉末的苦，尝血的腥咸……

父亲依然保持着半个月或者一个礼拜回来一次的老例，有时也带回钱阿姨——现在的这个继母——她和母亲都是外公的学生。

"犇犇交给你，我就闭得上眼了。"当着钱阿姨的面，母亲就绝口不咒怨那些——不如快点死了罢，省得碍着他们俩……

可是父亲和钱阿姨前脚走出去，后脚母亲就拉住姨妈哀哀地哭泣。

"大姐，我还赖着做甚么，当初妈怎不刚生下就捏死我……"

母亲咬住被头哀哀地哭泣，她的嘴唇和牙肉都已蜡白蜡白的了。

屋子里漾着恶臭，漾到外间的客厅。外婆很少来，早晚来看一趟，总是捏住鼻子进去，捏住鼻子出来，多伤母亲的心！只有姨妈一个忍得住那气味，终日终夜厮守在那儿。

当间歇的病痛恶潮过去时，母亲有絮絮琐琐嘱托不完的后事，也有漾着梦吃一样的娇嗔，在她仰望着姨妈时，那张憔悴的脸容上，漾出一丝儿懵懂乳婴的憨笑。时光倒转的慰安，恍惚在姊妹俩骨肉连心的幻觉中摇荡着，沉浮着，梦着。

母亲在絮絮琐琐嘱托的后事里，在懵懂乳婴的憨笑里，有大度的宽恕，直到下一波病痛的恶潮涌来之前，母亲没有咒怨。

而犇犇永不宽恕。

咽下一团嚼烂的纸浆能算甚么呢？针穿刺了十个指尖也算不得甚么，咬一嘴的刀片也算不得甚么，除非搬下自己的头颅，如揽在臂弯中间的这颗歪曲变形的头影——你就不敢送我去教养院那样的地方。即使送我去外婆那里，你也不敢。

——就算你敢，不怕外公指着鼻子责骂你，也不在乎说闲话，妈可会替我报仇，用她冰冷的手，或者刺人的毛手，把你捏死！

母亲的魂灵回来时，犇犇急切地抓紧那只凉手，急切地诉说不完。

"妈，他们一定不敢是不是？"

"他们敢吗？妈？钱阿姨只说不忍心，她说假话，她不敢送我去教养院是不是？"

母亲不会回他甚么，鬼魂一定不会说话。母亲来时只把一只手交给犇犇，从不言语，然而曾有过抽泣，非常非常细微的抽泣。

"不要哭，妈，钱阿姨其实待我好好……"犇犇也曾这样安慰过母亲。不知道自己说的真话，还是假话，不知道用甚么才能安慰母亲的魂灵。犇犇常是自己哭着，劝解着："妈，我好快乐，你不要哭。"

母亲的鬼魂来在犇犇的梦里，当第一次那鬼魂回来的时候。

梦里那双冰凉的手抚在犇犇睡红的脸颊上，梦里犇犇没打一个盹儿地就梦见那是一双手。母亲鼻尖抽搐着歪倒了，死临到母亲的眼睛上，和手上。死是个冰冷的东西，在母亲的眼瞳上结一层冰，遂使母亲的手也凉如冰冻。曾抓住冰冻的手不放，要留住母亲在死亡的这一边。怎样昏天黑地的哭叫也留不住了，而母亲悄悄地来在犇犇梦里。只说母亲已被那样长的钉子钉牢在棺柩里，被那样厚重的泥土压进地层底下，和混凝土封固住，一丝丝气息也透不出，母亲还是破去那一层又一层的木、土和水泥，来到犇犇床前。

"妈，死是不是很冷很冷？……"孩子蒙眬握住抚在自己面颊上的冰手。

一定很冷；棺柩里铺进棉被，人们给母亲穿上长袖衬绒旗袍，托进棺材里。那是亚热带八月的天气。

然而母亲的手不曾温暖一些，依旧冰得澈骨澈髓地冷。

犇犇抓紧这双冰手，知道这是梦，紧急地告诉自己，这是梦，这是梦啊，抓紧它罢，万不要松开，万不要松开……于是被犇犇抓住了，抽不脱了。

"妈，真的么？真的么？"

隔一层罗帐，迎着对面窗口那种都市上空特有的微红的夜天，犇犇看见床前这个黑影的轮廓，学校里剪纸手工的剪影——犇犇从不用剪刀，总是用手慢慢撕他的手工图案——其实这个不甚清晰的剪影，也真不是剪成的，应该就是手撕的剪影，看不甚清楚那轮廓，但有一束长发披垂在肩上。母亲病中头发似乎很长，可是没有过这样长至双肩。

鬼魂一定要是披头散发的么？人死了头发仍要不停地长么？阴间没有剪刀，或者没有梳子可以把头发梳上去么？犇

鬼母

犇确实有些儿怕害，放开那一双扎人的冰手。

"你是不是妈？是不是？"

犇犇喑哑地探问，声音里有恐惧的低泣。对方却不回答一个字。那影子似是而非地点点头。

客堂里挂钟敲响了一声，又敲响了一声，又接着敲响下去……孩子不敢分心去数那好像没完的敲击，却又为这响声介入到他们中间，似乎有助于他壮起胆来。

"你会不会害我？不会罢，妈？"

面前这个模糊的黑影，似乎微微一震，急促而又轻悄地退去，就那么消失了。

孩子跪在从身上滑落的被子上面，恐惧被失望替代了，失望像这个黑夜，无边无涯儿包围着这个失恃的犇犇。

失望像这个黑夜，真像。但是有窗外那种都市上空特有的微红的夜天，那该是黑夜中的微光——失望中微弱的盼望。

犇犇不知道自己盼望着甚么，似乎也不需要知道。不过这孩子在盼望，当第二天夜晚躺在床上的时候，当第三天夜晚、第四天夜晚，孩子一直盼望着，那么地心焦。

孩童们很少会失魂落魄到那个样子，总是独自一个跌进深深的沉思，犇犇是个出名的顽童，居然连连地几天不笑，不玩，不跳跃也不说话。

"是不是身体不舒服，犇犇？"这个继母——孩子的钱阿姨发现了，钉里钉外地追问。

"来,换上鞋子,带你去看医生。"钱阿姨试了犇犇的额头,又试了犇犇的手心。

"换鞋子去,乖!"

"我没病、我没病、我没病——!"

犇犇给钉急了,乱跺着脚叫喊。犇犇恨死了继母,连让他安安静静好生思念母亲也不准。

——一定是做梦的了……失望像陷泥,犇犇想把愈陷愈深的双腿拔足出来,便这样安慰自己。可又不甘心,也不肯相信,明明那么真真实实鲜活的景象,不能够抵赖那是一场梦。

而继母不给他片刻安顿,走里跟里,走外跟外,就寝了,她坐在床前不肯去。

给犇犇削一只梨,一圈又一圈蛇样的梨皮,一点点长下去、垂下去,削出又白又酥的梨,多稀罕的水果!

犇犇不要吃,只要继母走开,只要等妈妈的魂灵来。

梨给送回有点儿生锈的冰箱里去,这个钱阿姨仍然回到原来的藤躺椅上坐下来。犇犇不用去看,就知道继母瞪着他。

犇犇侧转身去,背向着继母。听见她微微的叹息,也听见自己喃喃地说:"噢,她知道妈要来看我么?为甚么守在这儿不走开!"

继母又在外间叮叮当当调奶粉,端来一杯牛奶劝他喝,担心犇犇晚饭只吃了那么一丁点儿。

"我不要！不要不要不要——！"犇犇把被子也给踢光了。他那个"不要不要不要——",喊作"标标标……"坏脾气的孩子都是这样地喊叫。

漂浮在失望的大河上,载沉载浮地漂进梦里去。而醒来时,继母睡在他的床边上,身上只穿一件家常穿的半长绿外套。

母亲死了,父亲来不及地把这个钱阿姨娶进门。钱阿姨挑上西一间房做卧室,叮叮咚咚来不及挂上她和爸爸的结婚照。东间房,母亲生前的卧室,犇犇独自一个睡觉的屋子,壁上依然挂着父亲和母亲的结婚照。东间也是新郎,西间也是新郎;新郎是一个,妈妈却是两个。

钱阿姨来不及地钉结婚照,来不及地要带犇犇睡到西间房里来,那里铺一张单人床,来不及地要把犇犇当作亲生儿。

"不要不要不要——！"犇犇跺着脚,"标标标——！"

"犇犇！"爸爸一身新郎的新,对着犇犇瞪眼睛。

"不打紧,"姨妈赶来打圆场,"这孩子认生,不要怪他,慢慢儿就亲了。"

可不是需要慢慢儿来么？真慢,慢得没尽头,犇犇和他继母一直离皮离骨地不肯亲近。继母没看见过这孩子有笑脸,这孩子只有在学校里翻起红眼睑、咬一口的刀片,或者十根指尖穿上十根针地追着吓唬小女生时,才会笑得甚么都忘掉。一声回到家里,那些属于顽童的快乐便顺手丢到家门外,从不带进家里来。

顺手把快乐丢到家门外，顺手把那些刁钻、矫情和别扭，统统带进家里来。

"走开走开，我不要你睡我妈妈的床……"

犇犇推着睡在床边上只披一件绿外套的钱阿姨。电灯光照着满屋陈设的静物，隔一层纱帐看去，有出太阳落雨的味道，热不是热，冷不是冷的。

"犇犇，你是甚么一副心肝！"

继母像个孩子，怄气地用劲抖一抖外套披到肩上，瞪住这孩子。

眼睛瞪眼睛，犇犇从不躲开的，不用说继母背着灯光，眼睛遮在阴影里，盲了一样。

犇犇睁大了眼睛，一点也不像刚醒来的样子，嘴唇紧紧闭作一条线，犇犇就能用这一对睁得又胀又酸的眼睛，赶走这个无可奈何的钱阿姨。

接着另一个晚上，母亲的鬼魂出现了。

不算是很深的夜晚，家外的那个都市尚在失眠着，偌大而空旷的宅第里，则已在寂寥里提前沉进深夜了。

属于死亡的静寂，可以听见针掉在地上，可以听见眼睛眨动。把眼睑翻上去，由着它落下来，轻轻地，脆脆地，用玫瑰花瓣儿纠成一个小气泡泡，拍在额头上，就能拍出类似的响声。母亲活着时，常从花插上摘下就将败落的玫瑰，花瓣儿纠成一个又一个小气泡泡，拍在犇犇的额头上，叭儿一

鬼母　205

个响,叭儿一个响,母亲抱他在怀里,母子笑扭成一团。然后母亲抚一阵亲一阵孩子那个溅上玫瑰汁香的额角。孩子生来就是那么往前奔着的大额角,母亲揽住孩子摇着唱:

下雨人愁我不愁,
人有雨伞,
我有奔额头……

反复那么唱,那么乐。母亲告诉孩子,就因他生就的奔额头,便你也喊犇犇,他也喊犇犇,反把外公替小孙儿取的名字丢掉了。有多骄傲哟,日子却已滚过那样遥远。叭儿一个响,叭儿一个响,没有人再给他拍玫瑰花瓣儿,只有翻动眼睑儿安慰着自己……

于是綷縩粲粲微弱的声息,在门旁那一遍黑阴里响动,孩子吞咽下一口渴望的唾液,支起半个身子渴望着这个恐惧。

圈一方都市夜天的窗口那儿,出现了,出现了发长披肩的母亲,那鬼魂的身影。

她僵直地走过来,滑过来,歪在床上的犇犇不自觉察地往后挨了挨,喉管里一下子干下来,咽一口唾液会涩涩沥沥地痛。

手伸进帐里来,纱帐给绷现出几条密密的绉。

许久,犇犇向前挪移了一点,觉得满头的头发发直。孩子终还是伸直一只手臂,够过去,摸黑寻找那双又亲又惧的手。

触到那双扎人的冰手,仅仅相触了一下,犇犇就连忙缩回来。

"妈——!"随着发这个字音的张大的口,怎样努力也闭不拢了。"妈——!妈——!"空洞的呼唤,冲着一口深井喊出的回声又回到张大的口里。母亲的身影遮住了窗口,黑——蒙扎在犇犇的眼瞳上。

死,是静寂的,也是黑的。

冰凉的双手箍到犇犇的脖子上。

死也是冷的。

而冰凉的双手一下子搐紧了,捏住孩子的咽喉。

"妈——"被捏紧的喉咙,只喊出哑哑的声音。孩子一下子挣脱开来,就势滚向床里去,背贴在后墙上。

"妈,你要捏死我?为甚么?要带我去?……"

孩子感到浑身都在战栗。但是母亲的鬼魂一阵风就退出去了。

——我该让妈捏死我……真的,那就和妈在一起了。

——多么可怕哟,鬼!怎么办?

这是一条双股子绳,从头到脚缠住犇犇,睡到继母那边去呢?还是等母亲的鬼魂再一次来把他捏死?

孩子显得失魂落魄的恍惚,犇犇是个强梁的孩子,宁可

鬼母　**207**

打着颤抖团缩在被窝儿里出冷汗，也不甘心觍着脸躲到钱阿姨的屋里去。他曾拒绝过这个继母，拒绝她所有的施舍。怎么可以跟仇人低头呢？

然而犇犇不是没有非分的妄想，虽然觉得自己多么可卑，那份妄想仍然挣扎在自我的克制之下——你顶好还能像上次那样，睡到我的床边上，盖那一件绿外套。我一定不赶走你。

一夜一夜，在团缩的颤抖里熬过，恐惧淡去了，失望可又一步步地跟上来——妈不来了，妈不来了……如同眼睁睁看着母亲装进棺材里的时候，犇犇会跟自己叨念着：再也看不到妈了，再也看不到妈了……

但是当犇犇的恐惧和失望都已淡去的时际，母亲的鬼魂重又出现。

一样的又是那样的时候，家外的都市尚在失眠着，偌大而空旷的宅院则已在寂静里提前沉进深夜。

孩子在朦胧的梦之边境上被一双毛手拉回来。

不再是一双扎人的冰手抚在他脸上，孩子惊醒过来的时候，毛茸茸的甚么，轻轻在他的脸颊上扫弄。隐去已久的恐惧一下子窜咬住犇犇，觉得自己像一只燃放的爆竹，嘣地爆炸了，把自己爆炸到床的一角。

扯绉的帐门那里，那发长披肩的剪影一动也不动。

一股股寒气迎面袭来，孩子忘掉自己一身单薄的睡衣抵不住这个袭人的夜寒。

"妈，你还要捏死我么？还要带我走？"

犇犇看得很清楚，那黑影摇摇头，摇散一肩的长发。

"不骗我么？"

黑影的头部蠕动了一下，敢情那是点头罢？孩子依旧躲在床角里，脊背紧得不能再紧地贴在墙旮旯儿，要把自己嵌进墙砖里面去。

僵持中的时间，没法儿计算。鬼魂轻轻地飘走了。

一连几夜，母亲总是按时来到孩子床前，甚至坐到床沿儿上，但总不说话，也不让犇犇挨近她，除非那一双毛茸茸的手找着过来抚拭在犇犇的面颊上。

死是无声，黑暗，冷，和毛。孩子给自己这样解释。

母亲再没有甚么敌意，给他的只有温柔的抚拭，感到那抚拭里千种百种无可奈何的母爱之饥渴。死的界线严酷地划在幽明两界之间，确实是无可奈何的想思！在犇犇稚嫩的心灵里，该是同等的感觉。

孩子于是娓娓琐琐地和母亲的鬼魂絮语那些死别之后的光景。"妈你还痛吗？妈你现在住在哪儿？冷吗？我会写信了，写不上来的字，就用注音符号，妈你看得懂的……妈你看得见吗？坟墓里很黑是不是？你吃甚么呢？……"犇犇有诉不完的心事，探问不完的困惑。然而母亲从不回应犇犇一声。

如同富翁深藏他的财帛，犇犇深深地把这秘密藏在心的最里层。他不敢跟谁透露，生怕这样一来，便永远失去了这笔财富；藏东藏西一面用心地伪装自己多么贫穷。然而也为这笔财富默默地自喜，别人不能够的，而他能够——和鬼这样子亲近。

对于钱阿姨，他的继母，最不可原谅的乃是她不肯像一个晚娘；真的，她为甚么不肯像母亲的故事里那些晚娘？为甚么不肯像外婆坏待母亲那样？她有多么不该！多么不对！母亲讲到外婆苦待她的时候，就还涌出泪来。

没有办法报复继母的不该和不对，就用尽违拗和矫情。自我虐待和破坏，让继母怎么样急得蹉脚，他便怎么样地快感。上课的时候，犇犇总是一双手躲在课桌底抓挠绷紧在膝盖上的裤筒，或者拉扯袜子，指甲用力地刮着鞋带，以便它们三天两头地不是破了，就是断了，再就是扯一个洞又一个洞。用这些那些去苦恼不该和不对的继母，惹她发脾气，骂过来，打过来，也好结结实实地恨恨她，爸爸回来时就有的状可告了。

然而这些努力总是可恼地落空，犇犇为这些落空所激怒，便越发地顽劣得离了谱儿。

继母给犇犇用钩针钩出一顶毛线帽子，给他过新年，当夜犇犇就把帽子尖儿上龈一个洞。

"啊，老鼠咬的，一定是……"继母没有发火，连老鼠也不曾骂一声，就去配上合色毛线，一针针补那个老鼠咬的洞。

在夜里，犇犇就会得意地告诉母亲的鬼魂。"钱阿姨是个傻瓜，真就相信那是老鼠咬的呢。"

"妈，我替你报仇呢！"犇犇一直那么固执地认定母亲死了，都是钱阿姨的罪过。

可是犇犇终归解不开心里那个结——

"妈，为甚么从前你都说，晚娘都是坏人？"

"是不是你骗我？就像你讲的拇指仙童、白雪公主，还有狼婆婆，世界上根本就没有，全世界都不会有！"

然而这样的一阵激动之后，犇犇就会感觉到母亲会生他的气，再也不来了，就像他有一个冲动，想去按开床开关，看看母亲到底变成甚么样子，而始终不敢，生怕就此失去了母亲。为着补救甚么，他会抢着说：

"钱阿姨当然是最坏的晚娘……"

孩子想了想，总要编排点甚么罢，好给母亲的阴魂出口气。母亲病重时，不是老要咒生怨死的么？——死了罢，死了罢，省得碍他们的眼！

"不是吗，妈？"犇犇编排出一点儿是非，"钱阿姨一进门，就要带我睡，不是吗，一定是想在夜里害死我，还说怕我踢被子受凉呢！"

然而犇犇说着说着，却看到母亲的黑影急促地摇着头，摇散披肩的长发。

"怎么呢？我知道钱阿姨一定要害死我的。妈你不是讲过,所有要害人的妖怪,都是装得很像好人吗?"

而居然在另一个夜里,该算是和母亲的鬼魂相共的最后一夜,当犇犇重又编排好这些是是非非的时候,电灯突然亮了,亮得那么刺眼,仿佛电灯从没有这样亮过,这样子炫人。

一只手停在靠近枕头的蚊帐外面那只床开关上,一乌黑的头发泼在床沿那里。

犇犇仿佛被这突来的亮光烫着了,一下子滚到床里面,眼睛直直地瞪着面前这陡然的静止。

"犇犇!"

从泼在床沿的一遍黑发底下,孩子听到一声沉闷的呼唤,像很遥远,有天边那么远。犇犇恐惧地等待着那张可怕的鬼脸。

但是甚么样的毛手哟,翻过来的毛朝外的手套。

然后那声音幽幽地说:"妈真该死,原想吓一吓你……"

苍白的脸从那一抟黑发底下扬上来,犇犇一震,然而真是把犇犇激怒了。犇犇一下子感到甚么最宝贵的东西从手里流失了。

"你吓不住我!"

"是,没有吓倒你,犇犇好勇敢。"继母求援似的双手伸过来,平放在床上。"妈只想吓你,好让你不敢睡这儿,好跟妈睡到那边去……"

"我不要!"

犇犇撕扯着头发，然后捶打着床板……一个给他满足和安慰的母亲的鬼魂，猝不及防地就这么幻灭了，甚么也没有了。

"可是你需要妈照顾……"

"标！标！标……"犇犇发狂地摇着头。

继母木木地站起来，她那满头长到肩上的黑发，平时总是挽一个高髻，而现在全部散下来，她那张原就很白很瘦的脸庞，便越发地更白更瘦了。

"妈真希望就这样下去。真好，每天每天，就等着夜里到这儿来，听你亲热地喊妈，听你那么多的真心话，也听你那么多可爱的谎话……"

犇犇的黑眼瞳动也不动地固定着，为一时之间涌到心上来的那么复杂的激荡而揪紧了那张小面颊，犇犇似乎干瘪下来，软弱下来，在那片刻之间，当电灯突然大亮的时候……

一九六三·二·板桥

福成白铁号

街灯总嫌亮得早了些，当城市的太阳似落未落的时候，福成白铁号那块亚铁底子黑漆字的横招牌，便在这夕阳和街灯的争执里，似明又似暗地拿不定是一种甚么色气了。

老的

每当这样的时候，这个老人就该拖着他谋生的家伙，拖着他的疲倦，打了败仗似的走回来。

总是那样，老人说不完道不尽地跟自己拉着呱儿。谁也不知道他说甚么，带着简单的表情，和小幅度的手势。

福成白铁号就在这条小街的中央，这里充塞着小型的盛衰和苦乐，小规模的热闹，小家小院儿忙碌不完的饥寒饱暖，小市民走出走进，小锅小灶的炊烟沸腾了满满的街巷，总是这么些罢。

那些发迹了的,也不在这里砌高楼;倒闭的,也不死赖在这儿现世。小街永远坚持着一定的风格。小街也仿佛是拦在两道弯弯曲曲的长堤中间的一条小河,人流在这里后浪赶前浪地游动,淘尽富的和贫的,也不知流走多少呜咽和欢乐,叹息总是多过笑声。而福成白铁号多少有些顽强,多少人拿钱顶不走他们这间只有一只六十烛光灯泡的阴暗的小店面。

这老人疲倦的原因很单纯,因为他老了,活着就是一种疲倦。老人谋生的家伙也是一样地单纯;几根不十分长的臭烘烘的竹条,扎成一捆儿扛在肩膀上,手里拖一只白铁焊成的掏勺。老人把这些谋生的家伙靠在店门旁,并不立刻走进去,不像离家一整天那样急急地走进去。黑沉沉的家舍,一团蚊蚋旋风似的钉在老人的头当顶上打转转。儿子还不肯收工,守着一张半坪那么大的白铁出神,手里张着伽蓝鸟的长嘴喙似的老剪刀。这样黑沉沉的家舍,似乎里面没有一样是他需要的。老人好像有意要躲避那些,便在门前阳沟的一长溜木板盖子上蹲下来,说这又讲那,多半是愤愤的手势和表情,一蹲就能蹲上个把钟点,而甚么也不等待。

太旺的人口堵住太狭的街道,永远川流不息地在老人空虚的眼睛里。单车上载着长梯,载着塑胶檐沟,人骑在上面两脚着地,踏着走着。梯脚擦着老人的鼻尖流过去了,老人也不躲,知道不敢碰上他。梯子尽是淋淋漓漓白石灰的干迹。

这是谁家铺子出的檐沟，漆成那样死灰的颜色！但是漆成那样也有生意包揽，他家福成白铁号有半年没包过装檐沟的生意。绿漆的檐沟，比这种死灰的不知漂亮到天上去，但是没有生意。家里出了扫帚星，甚么也别怨。一辆小推车不知想要躲让甚么，弯到老人身边阳沟的木盖子上。小贩先还掀起推车的把手等候着，索性就停下来，也就差不多碰在老人的鼻尖儿上。小推车上不少只乌乌的木盆，装着番石榴，小贩一遍一遍浇着黄澄澄的甘草水，翻搅着挑出大些的，就用汤勺滚到上层做幌子。老人没有一点意思想伸长脖子瞧一瞧头顶上那些木盆里装着些甚么，牙口不行了。但不如说心老了。面前所有这些闹嚷，没甚么能使这个老头儿动动心。推车的车肚里装着一只空蒲包，露出半截秤杆儿。一勺黄澄澄的甘草水冒冒失失地泼在老人脚边，里面分明有一只活生生的苍蝇，一双翅膀黏住了，仰着身子扒动那些纤细的小腿脚，有多渴望着活命哟！老人也没有一点意思想要伸过脚去蹉它一个死。

　　年事也不算太高，但确已老了。老得太快，因为年轻时太过分地年轻了，又老早死了伴儿。如今甚么都不想要，站着就不想蹲下来，蹲下就不想再站起。他要是这只苍蝇，就不想这么样脚踢手刨地求生；躺着罢，不是并没有谁要来加害吗？苍蝇一样的生命，也像苍蝇一样过的日子，掏不完的阴沟，分明都是人们制造出来的；人都生得那么体面，脸上

福成白铁号　　217

不肯留一抹灰,却整天排出那么些肮脏污秽,日复一日,掏挖不完。老人在这些肮脏污秽里找生活,却不明白为甚么要活着。就如同不明白为甚么一点也不想不要活着,其实也就和这只苍蝇差不多。

他这个大儿子还不是一样吗?天到这时节还不肯收工,乒乒乓乓敲打那些光亮的亚铁皮。老人的背后,沉暗的店面里,亚铁皮像冰块一样地反光,六十烛光的电灯也舍不得打开。这些都在老人的背后,他完全知道店面里的情景,仿佛脸前有面镜子,给他反照出背后所有的一切。儿子在做一只水舀子,他知道。剪出一块扇形的铁皮,木棒槌细心地把它敲成卷筒儿。儿子手艺也不太赖,就是手头太慢了,要敲上大半个钟点也不止。慢工出巧活吗?也没有精巧,老人看不中。谁让年头走到这一步,家里又招来了个扫帚星,货出多了也销不掉。就凭儿子这么样的慢法儿,六坪大的店面也都积满了货。用不着转回头去数,门上槛儿一排挂着六只水舀子,老头子清楚得很,没有半个月,也有十天了,一只也不曾销掉,还在那儿摸黑赶工呢,灯也舍不得开,木棒槌敲打得挺有兴头。这个没计算的甩子!水桶也做了一大堆,一只套一只摆在靠门的角角儿上,就有屋檐高,远看倒像一座又大又粗的房柱。这一些,老人不用看,他知道,尽管出去上工一整天,店里多少只水桶,多少只舀子,多少个油端和漏斗,恐怕难得少掉一只两只。

小贩的推车好似再也不走了，就在老人的鼻尖儿前面做起冷冷清清的生意，没有眼色的！亏他还有心肠去从对面另一个小贩那儿叫来一碗爱玉冰，吃得抬不起头。这都是常有的，这些年轻人比不上老一代那么刻苦俭省了，又懒又馋嘴！

看不中也没有用，老人叹口气，一脸的固定的难堪；长远长远难堪的日子，就把那张老脸塑成这个样子。千条万条细细的皱纹，总是难堪的调子。一个老闹胃病的，准备打个痛苦的气嗝，就是老人的这副形容。他是那样难堪地看不中这，看不中那。儿子是自家的好，老婆是人家的好，自己的儿子自己都看不中，还能看得中谁？仿佛那一对昏老的眼睛固执地甚么也不肯容纳，以至那样地空虚了。

儿子那一手，真没法子能让老头子看上眼。儿子做一只粪勺花的功夫，够他轻轻松松做三只。天黑透了还舍不得开灯，俭省的那个劲儿！可是做起焊工，可真舍得费松香，好像生来就有那种嗜好。松香用多了没甚么好处，熔锡老打滑，结成疙瘩，焊缝像条蜈蚣。老人自己那一手手艺，细致精巧，交货又快，门对儿上"生意兴隆通四海，财源茂盛达三江"，生意虽小，出手货色倒是出了县境。白昼黑夜地赶工，总也赶不上这儿订货、那儿订货，仿佛那些壶呀、桶呀、檐沟呀、漏斗呀——手底下出的货色不下十几种——顾客们买去不是用的，是吃的，要不怎会用得那么快！要得那么多！

甚么样的光景哟！满街上数得着他家的日子过得像个样

儿。长六横三的亚铁皮净抖着刺眼寒光，抖着雷样的动静，有声有色的年月！雇用了多少伙计！老赖，嘿，那个大傻子，说他傻吗，手艺不含糊，就只是老爱挂彩，动不动就给铁皮划破了手脚。老喊老板娘，要块布条儿裹伤。伤口敷上牙粉，裹上布条儿，老板娘就该从髻儿上拔下针线缝上几针。总带着牙粉味的老赖，谁想到会给火车碾成三截儿，挂上了大彩，一点也不带不得好死的凶相。还有丘阿秃，也是一把好手，精光的脑袋瓜子好像要跟亚铁皮较量，看谁的亮。张大有——那个倒扣齿儿的大个子，躺下来，一张铁皮容不下他，蹲在那儿威威肃肃像头老虎。别瞧个子大，手头比谁都灵利，专做酒端子、油端子，由着那只大手爱怎么剪，爱怎么焊，不用比试。顾客要不信，量量看，一两的端子打进四两里，一连四下儿，不兴多出一滴水。以外，不是还有郭小眼儿？他大舅的连襟，没做多久就改行学翻砂，老是惹人上门来讨债的。能干倒挺能干，人品差一些。这之外还有谁？记性也坏了，一时记不得那许多。远去了，都是烟，都是云，消散得真干净。细皮细叶儿的，都风雨吃打落光了，剩下他这么一棵又老又枯的光树干。前后二十年，旺了又衰了，店面辟开卖出去一多半，就还剩下这间六坪的小店面，外带直不起腰来的小阁楼。远去了，烟烟云云消散多干净哟！

儿子出的货，少得看不上眼。就那样也积存了满店堂，满阁楼。生意也是个古怪玩意，没人光顾，总不能提着棍子去找生意。他得歇手了。"这店哪，还是你撑，还是我撑？"儿子说他眼力不行，不能老是再让松香来烟熏火燎的。成，店给儿子死不死活不活地撑着罢，老人流落到甚么一个地步了？门旁靠着一捆臭烘烘的黑竹条，外带一只掏阴沟的勺头。从早掏到晚，净是黑的、臭的、稀烂的。还提当年干吗呢？命该走上这一步。只怪家里出了扫帚星。

别的且不说，当年你算哪头葱！老人瞪着小贩脚上的一双白帆布鞋。小推车缓缓地推走了，车上尚未点火的沼气灯，随着颠动一下一下地跟老人颔首道别了，礼多人不怪的一副和气相。老人可把脸转过去，瞅着对门儿的惠成行，你算甚么东西！百货店里亮着白楞楞的日光灯，满橱满架子全是亮光闪闪包装的货品。你家上人还不是个溜乡的货郎挑子！专跟妇人家做那些没出息的买卖，针呀线呀鸭蛋粉，你家上人就是软当当的那块料，要不是电灯兴起来，你家东街口那间黑洞洞的店堂比得上福成白铁号？那么个破烂房子！他可给他们装过檐沟，也不过七八年前的事罢！

你也没甚么了不起！老头子揭短过一个，转过去又瞪起斜对面的华美药房。店里到处吊悬着端午节五毒幡子似的西药广告，有风无风都荡着打转转儿，跟谁耍神气！宝蓝的霓虹灯把老人一双暴着青筋的枯手染黑了。你家的底细也瞒不过人，当初走南走北荡江湖卖野药的，论发迹也不过三四年工夫，搬到这条街上来也还不到两年。儿子，你该开灯去煮饭了罢？老人的背后可还是黑沉沉的。天后宫龙昂角上那颗金光闪闪的早星也亮了，而自家里依旧跟随着天色往下暗。没出息的儿子借着对街的灯光还在那儿敲敲打打地不住手。赶工赶的甚么劲儿呦，还不滚进去煮你的饭！

老人不光是看不中儿子的手艺慢，看不中的地方还多着。眼看成亲就快十二年，不说两口子没生个一男半女的，连个响屁也没的放。男子汉吗？你老子也不这么没有用，管不住老婆，吃软饭的！还有那个扫帚星，宁便宜外人，不让自家人碰一碰，打着赚钱给老二上学做幌子。哼，上工？千人万人压的。那也算孝敬？气得老头子把钱摔到地上，又蹉了两脚——为的是想估估多少钱，大约两百块钱，看样子。给我做衣服穿？门儿也没有。拼着裤子破得前露黑的，后露白的，也不能使那种卖肉的钱，别恶心人了罢！穿在身也腽腽痒痒不安适。

扫帚星！没说错的。他舅母做的歪媒。舅母也后悔了。当初瞧着不是挺不错的姑娘嘛！或许李半仙把那帖八字排出毛病了，亏那个瞎子老早就不在天后宫里摆卦摊儿。不知荡到山南还是海北了。若不然,砸烂他的测字摊。分明的扫帚星，打从进了他家门，他们家就不见底儿地一直往下败。

这年头该怪谁？人家发迹了，日光灯，霓虹灯，家家过着元宵赛花灯的日子，就不该专怪年头坏，福成白铁号早也不败落，晚也不败落，扫帚星一进门，就把他们家金银财帛一扫光，不比遭天火好受些。这么样阴死阳活的日子，出的货出不了手，不是活见鬼！可是也就怪时运不济老来苦；有志气摔掉那一叠卖肉的钱，可没办法不伙着两个儿子一起合吃这碗软饭。掏阴沟掏来那两文钱，一天一包老乐园，就剩不几个子了。老大嘛，白撑这么一片店面，顾了吃，就顾不住穿的。老二那一笔用费，老人索性装孙子不敢闻问了。甚么上学读书哟，拿钱往里赔罢，今儿买书，明儿买纸，这个费，那个费，带便当，开学没新制服就不准注册，这个学呀也上得不干不净的，用的都是那些钱。用那个钱，将后来就怕都要倒霉的。依着老头子的主意，上甚么学？学徒去，好歹弄一身手艺——学照相，学理发，都来钱，强似读那个半吊子的书。可是老二是个书迷，前几年小学毕了业，原说是找他姑丈给寻个门路学生意去，哭呀闹的，怄气饭也不吃了，这个给书迷了窍的孩子！招了老师来说情，也不想想我们这份家业哪是读书人家！祖上数得出的几代祖爷，可都没出过一个读书人。上国校，那是没办法的事，不去要罚钱，可是国校六年既然读完了，账也算得，信也写得，不就截了！呔，这些做老师的也不懂得人家甘苦。做老师的不懂也罢了，两口子也从一旁帮腔儿，有本事帮腔，就有本事挺身子去撑，风凉话帮腔还不容易么？用不着花本钱。那是怄气的话，谅他两口子也没那能耐。谁料那个扫帚星可也抢到幌子打了，出外找钱去。钱是苦来的，也是找来的？早就看出不是个安

福成白铁号

分的正道货，老大这甩子居然拦也不拦就让她去"上工"了。做公公的要拦着也张不开口，由着去罢，遮不住祖上的坟茔哪一铲土没添好，积德的媳妇去赚那种卖笑又卖肉的钱。老人念念有词地说着，说着说到这儿就把脑袋抱进膝盖里了。这个日子！一辈子吃手艺饭，过的都是硬碰硬的日子，如今这张脸撕下来踩在脚底踩蹉。对这么个丢脸的媳妇，老头子心里有的是病，就把她恨作扫帚星了。

老二也是个上进的孩子，不能全怪他。这么一个蹦蹦跳跳的孩子，不花费，也能栽培成人吗？哪有的好事！除非和这满街的电灯一样，不添油，不点火，一样地亮了，且比油灯亮得多。往年哪——那可久远了，街灯用的可都是煤油灯，那时节福成白铁号是个甚么光景！一入冬，公家就把所有的街灯换新了，可都是包给福成白铁号来做。一季的街灯包下来，扎扎实实地过个大肥年。这都不用去说它了。老人摇摇手，又摇着脑袋，抽剩了半截的烟卷，用指头给捏死。那时节扫帚星还不曾进门，怪谁呢？怪他女人死得早。他女人脸上生一颗又大又黑的相夫痣。人死了，带走了他一半好运。扫帚星来了又扫掉他另外那半个好运，人纵然生得多好的富贵命，也经不起这么左右开弓地收拾。电灯把油灯顶翻了，也把福成白铁号的店面顶掉了半边。

媳妇一进门那年，扫帚星也还不大敢怎么样露光露亮。那一年也还包下了两笔像样儿的生意，一是给镇西新建的国民学校全部校舍装檐沟，一是给山上那个兵营做菜钵子。就是靠那两笔进项，才把小两口成亲拉的那笔债清理个差不多。那以后可就再也没大点儿的生意了。老人也不大知道兵营里的事；兵营里盛菜的钵子都改用了铝合金的料子。新建的房屋都是新式样，平顶，暗管，多半不用檐沟了，再不也都用了塑胶的。这年头甚么都在变，老人的一双眼睛却被扫帚星的光芒给迷惑了，看不见。

老人长叹一声，口袋里摸出一个几乎就要散掉的火柴盒，那根黑黑粗粗的食指伸在里面挖。还是不要怨这怨那罢，老人摆了摆手，看似驱赶鼻尖儿上的蚊蚋。人们总是常时看到老头子一个人这样跟自己说东道西地打手势，却没有谁能知道老人有些甚么心事好数说，即使他亲生肉养的大儿子——那个老是埋头在亚铁堆里干活的焊铁匠，也不懂得老父亲终日里这样疯疯癫癫地自言自语，究竟甚么样的心事总是说不完，道不尽。

老人从破散的火柴盒子里扒出半截儿烟卷，夹在指头上，不知舍不得抽，还是又被甚么打岔儿忘了。那一对空虚的眼神死死地盯住天后宫龙昂上那颗金星。看起来他是非常愤怒，但谁也听不清他说了些甚么，那么样对空指点着，似是咒诅，似是指责。不要笑他罢，活到这把年岁，对于福成白铁号，对于这条小街，哪怕是对于这个似乎很没道理的人生，他是有足够的阅历来指责的，他不该有个论断吗？老人已经失去这个世代了，容忍他滔滔不绝的那些总评罢——虽然那是多么样地凌乱！

男的

不知从多少方向投射进来的街灯，发青的，发蓝的，发红的，发黄的，多少几何图形的光块叠印在福成白铁号的店堂里六坪大的地面上。那里遍是剪裁下来零碎的亚铁皮，给五颜六色的灯光染得又是金屑，又是银屑。

叠印的光块，仿佛戏台上的聚光灯一样罩住那么一个伛偻的白铁匠，看上去不知有多苍老，有多阴森。那是个僵白的人形，不断在敲打一些僵白的物体。一个隐遁在深山岩窟里炼丹的老精灵。身旁的泥炉里隐约闪着殷红的炭烬。沉暗的岩窟里，壁上和顶上，悬挂满了那在沉醉里疯狂炮炼出来的宝物，又仿佛那些壶里、桶里、罐子里，不知封藏着多少法力和多少法宝。而沉醉和疯狂的炼制，把甚么都遗忘了。深山之外，那些荣华富贵的尘世，天翻也罢，地覆也罢，都不关他的。多半总是那个样，尘世里痛苦的欲望和缺乏，逼使人逃遁到远离人间烟火的荒山里，立意要得到足可向这个凡间炫耀的一些甚么，报复的炫耀罢，然而不是了，经过日久天长的苦修苦炼，当初那些痛苦的欲望和缺乏，果然满足了，但也消失了，尘世里还有甚么值得恋栈呢？人世的凌辱迫害统被时空绝了缘，欲望和缺乏统被解脱了，人也不再是人了。那些足可带回凡间人世去炫耀一番的金银财帛种种法宝，说不出还有甚么价值。但是沉醉的炼制，疯狂的炼制，似乎也就成了一种弃舍、一种摆脱，和一种全部生命的投掷。

这个白铁匠，就是这样的。他像一条躲在树穴里的僵白的肉虫，狂风暴雨击打这树，樵夫的斧头铮铮地砍伐这树，春荣这树，冬枯这树，他可统统不管，他只管喀嚓嚓喀嚓嚓地蚕食着这树，黑漆漆的树穴，自成一个生存的天地，没有昼和夜。

真的不分昼和夜，亚铁皮在他眼前闪动着，被他坚硬如铁的牙齿——沉沉的大剪喀嚓嚓、喀嚓嚓，天和地也经不起那样的剪法儿。剪出了圆的剪方的，剪出了扇面儿剪圆锥，多少财富尽在那一双污黑的手掌底下修炼出来了。天黑总是这样快，他可分不出。当天光暗淡了，那些几何图形的光块自然就会赶来替代的，对他没有甚么分别；一如那么些成品卖得出和卖不出，都没有甚么分别；财富就是财富了，握在手里，挂在壁上，吊在屋顶，和顾主用钱换去全是一样的，都不能使他制作得快些、慢些，或者不快也不慢，那都留不住时光；时光给剪刀剪去了，木棒捶掉了，熔炉熔化了，三十多岁的人，说他有多苍老，就有多苍老，青春年少统被那些黑锈蒙尘了白晔晔的亚铁，瞧着那样洁亮，摸来弄去总是满手污黑的浮锈，抹把汗罢，搔搔痒罢，苍白的肌肤蒙上

福成白铁号

整遍整遍灰糊糊的暗斑，本身生来就是一张白晔晔的亚铁皮，老父亲传习的这一套手艺，使他春蚕一样，用他生就的一张白铁，焊成一只大的铁茧子，锁他的青春年少，锁他半生，乃至锁他整整一辈子。

三十多岁的人，就已开始伛偻了，并且萎缩了。僵白的蚕虫，给自己的茧子茧死在里面，也就是蛹子一样的伛偻而萎缩。不光是满足于茧里的死黑，简直是沉迷，就不想蜕掉这个坚硬的角壳，蜕作又美又飞翔的蛾蝶。他不知道自己可以那么美，那么飞翔。

他的女人，倒是一只又美又飞翔的蛾蝶，绕前绕后展给他看那么鲜丽的翅翼，撒给他看那样异彩缤纷的鳞粉，等着他从铁茧里觉醒过来，化作翩翩风流的狂蜂浪蝶，好和她共舞齐飞。

那么一个缠人的东西！十多年的夫妻，只使他觉着女人是个缠人的东西。不如亚铁皮这样可爱地听从他。在他手里，要剪甚么样子，便是甚么样子：要敲打成甚么样子，便是甚么样子，要焊成甚么样子，也便是甚么样子。而她折磨他，手脚并用地掯牢了他，真是个蜘蛛精，一缕缕黏丝缠他一个死死的。阁楼上甚么样的动静，都仿佛是在他头顶上念着紧箍咒。那么会叹气，摔鞋子，马桶盖子像一面大锣那么响，咣——多大的铙钹才敲打出那样金光闪闪的响声。她要甚么，他都知道，可是满心的烦，就把手头放重，棒槌拼命地击打着铁皮,当作他女人又白又胖的大屁股——其实他没见过,十多年的夫妻,多稀罕——就用这聒耳噪声掩埋阁楼上对他发生的矫情的炸弹,拒绝那些音响对他的召唤。她哪里知道好歹,这么样辛苦为的谁哟!总想手底下放勤快些,为你吃穿用度,任怎样辛苦,我都甘心认命了。光想取乐子,女人,寻欢作乐谁不想?当吃还是当穿?充饥防寒甚么都不当。早晚有那么一回儿,够了,多了也没多大意思,又亏身子。门前还这么样人来人往的,这就上店门打烊,给他老人搭铺啊?别招骂了罢!有那工夫,足够剪出一只茶壶坯子了。要出息,自然包大点儿工,没的包,这些小来小去的就不能不赶紧些儿。别看一个不多,十个可就许多了,大江大海也是一点一滴积聚的。有朝一日你就不必住这么个黑囚囚直不起腰的小阁楼,前后上下统统地翻盖,实墙实壁,把卖出去的那半个店面再买回来,你就不用这样牵心挂肠老是惦记楼下躺着个老是说东道西不住嘴儿的老公公,隔着甘蔗板还有个寒窗苦读的小叔子。说也真是的,楼下擦一下火柴,隔壁翻一下书,都听得清清楚楚的,夫妇俩还有甚么瞒得住人?睡的又是老得喀嚓嚓的竹床。哪儿甚么寻乐子,忍气吞声的。楼下一只猫,隔壁一只猫,他们俩就是一对掏窟打洞儿的小耗子。你又害怕一老一少的都长着耳朵,又这么叹气摔鞋子。别听她那一套,叹气摔鞋子。真正地赶上楼去,她可又睬也不睬他一眼,挨都不准挨。女人哪!唉,如今不必了,去"上工"了,少

福成白铁号　229

多少烦恼！砰砰砰砰……下劲儿搥打着铁皮，赶紧把那些烦恼羞耻打散掉！哪一天才有那种实墙实壁的日子？实墙实壁的。一家四口，一天三餐要张罗。哪一天？多少年前觉得倒还不怎么远，日子越往前，那一天越远，仿佛成了既往的事，成了追忆，越追忆越远，弄得遥遥无期了。要说贪闲偷懒或是吃喝玩乐，才把日子弄得这样子一年不如一年，那倒不冤枉。没那样的事，起在五更，睡在半夜，少有过走出这道店门坎儿。可日子越觉得没多大指望。害得老人家去干掏阴沟小工。腰酸背痛一天赚不上十块八块的，遇雨季就没辙儿。

人一老，脾气就古怪。父亲是老了，好像只这两年忽然老下来。那个从早到晚自说自话的毛病，好像也只是这两年才有的。夜里睡在阁楼上，也听得见下面店堂里，他一个人嗡嗡地不知说着些甚么。老人也是一辈子的手艺人。是他的父亲，也是他的师父，至今也赶不上老人那一手，爷儿俩要是合伙儿从早到晚这么剪、这么焊，只怕不出三天，店堂里就会下脚的空儿也没了。做出的货老堆着也不是办法，爷儿俩总得出去一个找点贴补才行。他是从小没在外面闯过事，要叫他出外找事儿做，那可等于把他一个丢到无边无涯的大海上。而老人那一把年岁，风吹雨打地去找生活，真不忍心。那也没办法，就是他独个儿干，出的货也是销不出。要说福成白铁号的货物不行，那算没凭良心说话。用的白铁皮都是三尺不弯的双料货，焊工吗？一点不马虎，里应外合都上锡，光滑平整找不出缝子。一把茶壶少说也用上十年八年，纵算锈了烂了漏了，不兴开焊掉把子，或是裂了壶嘴。可是生意总赶不上老头掌店的那个年头。福成号小房小舍夹在这么一条繁闹的小街上，左比右比，谁也比它强。如今这个世界硬是不讲道理了。想当年，刚砌起这座阁楼，小街上没有第二家。一晃就是二十年，如今像福成号这么窝窝囊囊不打眼儿的小门面，小街上也是没有第二家。然而怎么就落到这一步田地，他可没那么多的工夫去思想。做起活计来，目不旁视，太阳甚么时候找到这条小街上，甚么时候又从这条街上走开了，往往复复的日出日落他都不知道。不见天日的一张脸，捂得好苍白！生就亚铁皮的脸孔，始终有一层薄薄的浮尘和浮锈，抹不净的阴暗——任怎么样去摩擦罢，摩擦到银子那么样光亮，还是灰糊糊的浮尘和浮锈，命里就是这样子龌龊，想干净净地称心又如意，除非另外兑换一个命。

想是这样想，他却知命又拗命；老子就只传给他这套手艺，不靠这一行吃饭，难道要去偷去抢不成？饿死了也得像焊锡和松香，死牢牢地凝在铁皮上。做出的货不是卖不出去吗？不妨事的，总有连货底儿统统脱手的那一天，总有那一天。如今家用开销都没多大焦虑了，女人见月交钱给他，千儿八百的，过日子用不完，余下的都用它买了材料，大张大张的双料亚铁皮，整挑子的洋罐头盒。不能害怕来年歉收，就空着荒地不耕也不种。只要两手不闲着，老天总无绝人之路。这个盛年就伛偻了背的大男人，已经不大能够直起腰杆儿来。那两只眼睛终年只能看到怀里和裆里那么一点点儿的天地，不又叫他往哪儿看呢？他女人怎么赚来那许多钱，凭甚么本事赚来的？他可猜得出，但从来不肯细细地去猜想一下。倒是他不管怎么样地赶夜工，也不老受阁楼上那些没来由的动静打扰了，也不必老是用实墙实壁重新翻盖新楼来跟他女人允愿了。

他女人和他老子，这公媳俩倒好像他接她的班，她又接他的班，清早老人上工不多久，他女人就该回家了。太阳沉到街梢时，又该他女人出门上工去，而不多一会儿工夫，又该老头子下工了。老人掮着一捆黑鱼干似的竹条和掏勺，去了又转了。女人则是打扮得香喷喷的花蝴蝶，去了又转了。这么看来，又绝不是他接她的班，她接他的班，同一桩工作不能养得起两个这么样的工人，工具迥异，付的又是两种相差那许多的工钱。

女人究竟拿多少工钱，做丈夫的从没套问过。一套一套的行头且不说，单是那一堆胭脂扑粉香水精，怕就值上不少罢。打扮得仙子一般，做男人的更加不敢挨一挨。女人不是月底，就是错到月初，总要在家休息个三五天。也不出门，阁楼都很少下，饭也是不做的，净窝在阁楼上看小书，用钱租来的小书，满楼板净是香烟头和装零食的纸封套。他也没怨没恨的，谁叫她干的行业赚大钱，自己这份行业赚小钱！

女人若是在家休息，他就索性在店堂的地上平放一张亚铁皮，睡得挺凉快。女人也从不喊他上楼去。

夫妇终究是夫妇，大媒大礼聘娶的。睡的是一张床，然而夜里男的睡，昼里女的睡，枕头被头上可都油腻腻地留香。做丈夫的就能凭这一丝儿气味，偶尔也从终日硬生生的劳苦当中醒过来一阵子，偶尔也找出一些萎缩的缠绵。那枕头上的气味，那被头上的气味，却又并不时常逗引他。要算计的总还是很多，生活里那么些沉重的东西扯住人的心思，就像他那个不大爱洗澡的身体——但他时常抹干澡——老是这块儿要抓抓，那块儿也要挠挠。抓挠着痒痒，想不完的心事，尽管都是那么样地简单。像那些装糕饼的箱子，要价是二十五块钱，总是二十二三就成交了，真赚不了多点儿。不定能不能赚上四五两的米钱。下次要开价二十八了罢，抓抓胳肢窝儿跟自己打商量，看看下次该不该开这么高的价。提桶也是一样，铁把手批发来是三块三毛三，还有生铁的底盘儿箍，七八角钱一尺。真古怪！他就有点儿发愁。胳肢窝儿里不长毛，他女人比他的盛得多了。本钱是一天天地跟着高，水涨船高，比方说，顶简单的莫过米勺子，焊都不用焊，可是木把柄也是批发人家的，也是占住本钱。瞧这大腿腋窝儿里怎么会这样子奇痒！浮皮都给抓破了，火隆隆的，还是一劲儿痒。米勺子也不能老是那个价钱，米店也不在乎涨那几毛钱。

发狠总是发狠，这么样冷淡的生意，碰到顾客上门，可总是感恩不已地依然又说出了老价钱。生意成交了，这才带点儿懊丧地重新发一番狠心，说怎样下次也得开个新价了。大约就和戒香烟一样，永远跟自己闹气发狠，永远是最后一支，永远不是最后的一支。他是烟酒都不沾一沾的，但他女人这几年却弄得香烟不离嘴儿，愈来愈不能是他的女人了。

那就把重新翻盖店面的指望放在老二身上罢！老二自然不肯再接替这个行业。他们家不曾出过读书人，再过两年，老二出了学校，他家要还是不能时来运转，那呀，就算完了。连他女人也是这么个主意，挂在嘴上说的是怄气话，就不管在外面赚那点儿钱多受罪，只要小叔有一身本事，一人得道，鸡犬升天，福成白铁号不怕没兴旺的那一天。

福是怎样的福，罪是怎样的罪，日久天长的事，想也想不那许多。昨天水肥会来包了十六只粪舀子，放下天大的事儿，也得手底下赶紧着点儿，多种深浅浓淡不一的几何图形的街灯，叠印在福成白铁号店里的地上，圈着这么一个弯腰驼背的白铁匠。血汗便宜卖啦，愈便宜愈难出手，贵了反而抢着买。然而多少责任和趣味都在鞭打他日夜不息地工作，他只想着怎样修炼他的仙丹，桶桶罐罐装着他的法力。化外之人似的，所有尘世上的甚么，他可甚么也不管的，一种渺茫而虚妄的乐观，把这个正当盛年的白铁匠安排得似乎挺不错呢，也许只是愚弄罢？人生会是这样地欺骗人么？小泥炉子里迸出木炭火花，美得多么短命啊！

木炭在开始燃烧时，总是要迸出点儿火花的。

女的

街灯只能算是一种颜色，没有光芒，在太阳似落未落的夕照里。

就在这样的时候，该是福成白铁号的媳妇上工了，总在后门出去不远的巷口上，一声不响地坐上差不多总是那一辆灰扑扑的三轮儿，不用招呼要去哪儿。

巷口上也不是三轮车停车的地方，然而每到这个时候——也不必是几点几分那么样的精确——这辆三轮儿便会像一种古老的自鸣钟机关里旋转出来报时的玩偶一样按时出现了。车已老迈，也像年迈的老人那样唠叨，哗啦啦，哗啦啦，唠叨个不停地在不甚平整的小街道上颠跳着，总像福成白铁号的老人，自说自话地追忆当年那些辉煌、那些夸耀，那么多！然而另一个世代的娇客随车辆飞转而去。路是这样地不平，长久行在这样不平的路上，人和车也都不平了，愤愤然，侃侃然，数说不完的千古之恨，哗啦啦，坏了啦……

车上的女人生得很俏，属于大众化的那种通俗美，鼓绷绷的鹅蛋脸儿，蒙上一层有红似白的面具，这是另一张脸了，取悦于每一个口袋里装着娱乐费的男人，用胭脂粉帮忙化妆成上肉，卖高点儿价。

福成白铁号 235

她没见过这个踏三轮儿的站在地上有多高，但他是个矮子，踏起三轮儿有点儿吃力，屁股钉在车坐垫上不停地扭动——真像钉在上面的，痛苦地扭动着。人自然不一定痛苦了才扭动，或许用扭动去求生活，才是痛苦的。而花钱去扭动，又当别论了。不要瞧着他那样地辛苦，衫子汗透了贴在背上，斜斜的绉纹一律地扯向左，又一律地扯向右。扭动扭来的新票子、破票子，或者假票子，只要他乐意，随时可以转回来买车上的女人的扭动，这就叫交易。

痛苦吗？生活里打拼的人没有多少工夫去感觉，去怜恤自己。有那么多闲暇去感觉，去怜恤的，多半还站在岸上；水有多深，水有多冷，站在干滩儿上想象着罢！那个埋在白铁堆里整日整夜敲敲打打的男人，不知有多聒噪，甚么样的容量能够盛得下那种天地都要敲碎的聒噪啊！女人是落在那白铁皮上的小虫豸，给敲打着，震得辗转反侧地跳着蹦着。女人终年埋在那么黝黯沉闷的小阁楼儿里，终年只有秋季冬季和夏季，梦也是黑的，没有那样的死人，死在白铁皮的棺材里。那另一个，死在书堆子里，脖子上爬着蟑螂。而老的那一个，反而活着，一次两次地向她活着。白花花的胡子里漾着绿的叶子红的花。然而纸做的叶子蜡制的花，挥不掉那上面积聚太久的灰尘，就同花白胡子里那一把又长又不齐全的牙齿上积聚六十年的牙垢一样地刮不掉。怕就怕的是那些害人的牙，黄的黑的牙，酒的臭，烟的臭，胃火冲出来的一股煤炭臭……男人的身上都有一个样子的体臭。男人都是那一套，花那两个钱，好像甚么都可以包了去。呸！该卖的地方总要卖，要想白饶甚么别的，那几个大钱！没有一张干净嘴巴，牙垢里能化验出石器时代爬虫的鳞屑子。

老的向她一回两回活着：有多少次，已经记不得，也没存心要记住。只有头一回，把她像只小母鸡一样惊飞了起来。一家四口的汗衣裳，搓呀揉呀，灰水里冒着白泡泡。甚么样的日子，甚么样的夜？那个无用的男子汉，只会弄铁不会弄人的！灰水里照着年纪轻轻的影子，招一招披到眼睑上的头发梢，满手的肥皂泡，颗颗泡泡上一张一个模样儿的年轻的脸庞，闪着红的绿的彩光，那里面映出千头万绪的小人儿，千头万绪的烦闷儿。只怪上衣那样短——都兴那样地短，仿佛专为着一虾腰就可以露出后腰上一张大嘴巴似的白白净净的皮肉。老的就在背后屋檐底下叮叮咚咚钉甚么鬼东西，钉着钉着停下来。媳妇也没觉着背后露出那么一遍儿白白净净的皮肉。那张粗硬的手可就贴上来了。吓得小女人跳起来，摔起手里湿淋淋的衣裳掆过去，脸也煞白煞白的没半点儿血丝。

白花花的胡子微微抖动着，咧开一口又长又不齐全的牙齿，陈年古代的牙垢，牙缝儿几乎都分不出。公媳俩胸前衣襟全都洒出斑斑点点的湿迹子。脸色白得发硬，她能感觉到，立刻可又红得发烧了，就是那样的。

敢情不止那一回，老不老的，也不肯灰心。白花花的胡子里漾着绿的叶子红的花。尽管纸做的，蜡做的，强硬就在不枯萎，不凋谢，长年灰扑扑地盛开着。而那两个做儿子的又年轻，又力壮，能把对付白铁和书本的那份耐心稍稍分出一点点儿来，她也犯不上老是冲着手上的肥皂泡看那里面无数无告的小人儿了。

只那一层甘蔗板，脚步重一些，甘蔗板便跟着天摇地又动。小房门低得像她这个小身材也得低着头进，低着头出。刚一过门时不习惯，老给碰得掉眼泪。小房门关得如何紧，也关不住外间的灯光一条条透进来，床上落着些虎纹。房里房外一点点的动静，休想瞒得住谁。怎样沾沾唾沫，怎样翻翻书，怎样笃笃笃笃地写字，房里一声也听不漏，房里还敢有甚么动静？一点也不敢有。楼下也是一样的，搔痒痒，搔着身上甚么地方，肚皮和毛，搔出的音色都分得出。长久了，女人从没敢喘一声大气儿。她嫁到这个家里来，没有学会别的，只学会了不要出声音。那爷儿们即使都在家，一天当中也难得听到老的少的搭过一次腔儿。好像要不是互相不认识，就一定全家都是哑巴。隔壁的电料行从早到晚开着收音机，一阵儿唱，一阵儿说，响彻大半条街。但总算有个用处，不住地告诉她，刚才钟声响，几点正。右隔壁则有一个好哭的儿郎，张着满口虫子咬坏的灰牙齿，从早哭到黑，从夜哭到明。两边热闹非凡的好街坊，中间夹着一间冰窖子。

所以这样又黑又冷的冰窖子里，只该生出那样的男人，一身又白又软的死肉，狠起来倒又像只豺狼，要吃人似的，一口气吞下十个八个。夏日里常有那样的天气，乌云黑透了半边天，雷电狂风大作，人会给吓得惶惶乱乱面无人色。哪里知道一滴子雨点也不曾见，打的是干雷，刮的是干风，不明不白的天气——不明不白的男人。一次两次的不明不白也罢了，长久地那样，泥土岂不干旱得了无生机了！人宁可把一只老虎激怒了，千万别把一个女人的狠心惹起来。她就把她男人看作了仇人，再也不让他沾一沾。

女的也不是那样轻易地就死了心，原想调理调理，让他起死回生地活过来。可恨的死人哪，不让他沾一沾，倒像正称他的心了。反而偷偷哄着她："等生意转了好运，这片破门面整个拆掉翻盖新的，实墙实壁，楼板底下加一层天花板，再买张木床，保管听不到老头子擦火柴抓痒痒，听不到书呆子老二怎么沾唾沫翻书，怎么笃笃笃笃地写字。"甩子！老头常这么骂儿子。这个摆来摆去就只是挺不起来的甩子，满脑子装的是盖新房子，就不想想要盖新房子做甚么。

人活着图个甚么哟！不图恩爱，也图个吃点穿点呀。两头总得顾全一头罢，哪一头也顾不上；恩爱落空了，吃的是粗茶淡饭，穿的是补补衲衲，挂的是这么个虚名。谁受得住呀，除非木雕泥塑的石头人。不是戏文里唱的有："哪个烟筒里不冒烟哟，哪家灶里不出火！"若是落个一男半女的，恩爱不恩爱也就由它去了；若是穿金戴银的，儿女不儿女也

福成白铁号　239

就由它去了；如今掐头去尾甚么也没落，图他的人哪还是图他的财！

人生一场，说长不怎么长，说短可也不算短，歹日子一天熬一天，一夜熬一夜，心在油锅里滚上又滚下，铁打铜铸的金刚也经不起这样的煎熬了。"等生意有转机，把店面阁楼通通拆掉盖新的……"真像唱的那么悦耳，唱的是都马调吗？呸！谁听，哄鬼也不成！没听说过白铁铺子也能发财的，走遍了天下，所有白铁铺子没有不是又乱又糟又阴暗的，一张病殃殃的脸，刚睡醒的黄胖子也是那样子。怪只怪爷娘没长眼睛罢。真是的，闭着眼抓一个行业也比这个强。人家开店做铺子的——就从这间阁楼的小窗子往街上望望，哪一家不是闪闪发亮的玻璃柜台玻璃橱！货也出色，人也体面，甚么样的顾客都有，不买甚么也爱上门来逛逛。独有这间又乱又糟又阴暗的白铁铺子，有谁爱往这儿跑？别惹人厌！但她跑上门来了，坐着花轿车吹吹打打跑上门来的，跑上门来就要把她囚上一辈子。

要说这是命吗？可惜这一代的妇女姊妹多半不肯那么认命了。还不是爷娘贪那五百个喜饼五两金首饰！白铁铺子不知积攒了几百年的积蓄，一下子抖光了买下她这个人。买来做甚么？买来放在这儿，三根钉子死死地钉她在这儿，给他们爷儿三个烧烧煮煮、洗洗弄弄、缝缝缭缭。这都没的甚么怨，娘家从小到大也不是过的这种不住脚不住手的日子么？这都没甚么可怨的，怨只怨爷娘的眼睛给那么些喜饼像是贴膏药一样地贴住了，给那些黄澄澄的首饰迷住心窍了，给她挑上这么一个提不上手、扶不起来的嫩豆腐一样的老女婿，大她上十岁。烟筒里也冒着黑烟，灶底下火可旺得很，都烧猪食喂猪了，不稀罕！猪公猪母都是阉过的，不好拿来比。

两个年少的，不解事；一个半截儿身子入了土的，反而老打着馊主意。人生在世就有这么些个荒诞，求甚么，甚么没有；不求甚么，偏被甚么缠住。做针线也是这样的，只想顺顺当当赶着缝两针，不知怎么的，线上老是无来由地结疙瘩，一解就解上老半天，也还解不清。要它结疙瘩时，偏又指头一绾一个空，指头舔湿点儿，再绾还是个空。

总是空的，总归都是空的；要傻也能傻上一辈子，要忍也能忍上一辈子。多少妇人还不都是这样子？要傻才能忍呀；要忍才能做傻子。可惜两样她都渐渐地不行了。人该吃甚么粮食，前世就注定了，就碰上那么个时运，现成的旗号。小叔子愣闹着要上学上下去，学费制服总得筹，她就上工了；很简单，哭也哭过，怕也怕过，要吃饭就得陪上唾沫，也不是没当着男人脱过衣裳，人家没有那样过的，还不是过来了！

如今算都过来了。三轮儿不换主儿按时坐有三四年，不必零开发，月头月尾算次账，大方点儿就给点小账，真省掉麻烦，包月的车子。坐在三轮儿上走的道儿可都是挤挤挨挨狭窄的小街。街道一狭窄，行人车辆就分外地多；仿佛人都有这个兴致，放着四行线的大马路不去走，偏拣这些单行道挤挤热闹。三轮儿不装车灯也不装车铃，很简单的而一样行走飞快的三轮儿，只管用刹车杆儿锵锵锵地敲打，好像刹车杆就是一把甚么凶器，敲敲响让你听，要还不让路，拔出来让你尝尝滋味。锵锵锵锵地敲打着，上面坐着个香喷喷赶着上工的女人。

在家里，可都故作不知地避讳着。躲不掉而要提到时，就说"上工"了。要说坐三轮儿上工不像，限时专送的摩托卡载着，才更不像上工呢。恐怕再也没有这样标致的女工。当太阳下落时，架上太阳镜；也该叫作月亮镜、星星镜。人是永远不能看到自己戴上墨镜的面目，车上的女人打开手提包，对镜子端详着自己，隔一层琥珀，恍恍惚惚的。你生得好歹的命哟，吃没吃到男人的，穿没穿到男人的，恩爱也没有从男人那儿得到过。弄得自己去找吃的，找穿的，找恩爱。这么样搽胭脂抹粉天仙似的女工，理该赚钱赚得多而又容易些。不拿锄头不挑担。风吹不到，雨打不到，太阳晒不到，不用戴面罩，不用戴护袖。好像家里都有座印钞的机器，那些阔爷们儿，就有百元大钞点火抽烟的阔气。让他大钞烧在你身上得到更大的舒坦，也很容易办得到，有本事你就给他点火烧，烧不尽的。可又很奇怪，没有多少人来赚这样的钱。可见风不吹，雨不打，太阳晒不着的行业，尽管不用出汗和出力，却要另出那些出汗出力不能够的另一些甚么，没有谁给她想想，她自己也没功夫替自己想，怨不得谁的。

吃也吃在肚里了，穿也穿在身上了，恩爱呢，譬如一麻袋稻壳，总也碰巧捞得几粒米。还有存折，拿出来看看，再有多少苦处也该知足了。男人没的可给她，钱和恩爱都没有给她，自己东找西找，居然掉转来大把大把地赏给他。小阁楼没有翻盖，里里外外倒是粉了也漆了，换了玻璃窗子，添了新床。而她那个不明不白的男人，打她添换了新床，就连新床的床沿儿也不挨一挨了。阁楼下乒乒乓乓地搥得更勤快，梦里梦外都听得见。也不怕吵她睡不着，也不想她上完夜工多辛苦。一阵恼起来，就想拔腿走到天边儿也不回头。天边也没甚么好去的，这儿总是个窝儿，离开这儿就会有比较敲打白铁皮的吵闹还多的烦恼，那些姊妹们都是她的榜样，警察找麻烦，流氓找麻烦，客人找麻烦，谁都可以找麻烦，只有窝在这座小阁楼上安全些，好歹总是良家妇女。往后的日子长得很，想不了那么远，只要眼看着她男人忙里忙外地煮饭烧菜洗衣服，男人做起这些杂事总是显得那么手忙脚乱，女人可又心软了。

街灯在三轮车夫的背上明明灭灭地滑过去，照出汗湿的衫子上扭动的折绉，一下子撇几笔，一下子捺几笔，霓虹灯上的线条也是那样子，一下子撇几笔，一下子捺几笔。车在上工的地点停下来。他走他的，她走她的，各人各有一份儿生活。霓虹灯不怀好意地挤着眼，仿佛给她打暗号，相好的

福成白铁号 243

早在里面等着啊。

甚么相好不相好！送钱的。她是收账的。生来这个身子就是张支票，该磕印戳的地方磕全了，现款自然兑到手。她觉得好像就是这样的，在她懒软软地去推动那扇搧里搧外的落地玻璃门的当口。

少的

城市的桥底下总是那样地龌龊；一流黑绿的污水，若断若续穿过垃圾的峡谷，两岸便是那些交错凌乱而专门生产这些垃圾的后门。居然还有那株发育不良的相思树，给这条沟圳添点儿绿意。

孤独的孩子，好似为了留恋这点儿绿意，经过这里时，总禁不住坐到桥头的栏杆上，膝盖上放着行李箱子那么沉重的书包，一坐就忘掉甚么时辰。

多半也都是这样的时辰，当太阳似落未落。街上多少行人哪，背朝着街心，双腿悬挂在粗砺的水泥桥栏外面，有时候这一溪污流也会清可见底的，而那样的时候不很多，但总是有。一些腐烂的布条儿替代了水草，顺流荡漾着。孩子就会想起《诗经》上的："参差荇菜，左右流之；窈窕淑女，寤寐求之。"学校里选的那些老古董，他一篇也背不完全。这一溪污流里破烂的水草，反而老是提醒他牢记住这点儿古老。

上流不远的去处，一条已经泡了许多日子的死狗，从他发现起，眼看它一天一天地膨胀起来。膨胀着，膨胀着，最后呢？终会吸的一声爆裂么？背后尽管那么多的行人和车辆，他用不着经心地去留意。那辆三轮车，他比甚么都熟悉，咔嚓咔嚓地磕着刹车扳手。差不多总是这样的时候，他那双凝视着桥下的眼睛，余光就会迅速地被那辆三轮车上鲜艳的衣裳的光熠给吸引了。可怜的孩子就该把脑袋垂得更深了，仿佛要仔细地察看察看桥底下不断流去的污水，究竟流走了甚么。生着绿苔的下水道出口，不停地在呕吐，把这个城市里一些复杂的流液不停地向这里倾注。流不尽昨天的荣华富贵，昨天的琼浆玉液，永远呕吐不尽的。他的老父亲还在那上流头上清理掏弄罢？该已下工了。而母亲，坐着三轮车去上工。三轮车走他的背后蹬上桥，咔嚓咔嚓地磕打。孩子低垂着脑袋，"参差荇菜，左右流之……"那条膨胀的狗尸终会嘣的一声爆裂的。他几乎妒恨那个不停地在磕打刹车扳手的三轮车夫。

孤独的孩子确是把坐在三轮车上俊美的妇人偷偷地认作母亲一样地孺慕。阁楼上阴暗的一角，一张椭圆的老照片，嵌在烟熏了百年似的镜框里，那个和这个尘世隔一层抹不掉尘垢的玻璃的妇人，头发和衣裳都像泥塑一般地板正，没有发丝，没有折绉。面孔也就如泥塑的菩萨一样，四平八稳没一点儿性格。然而这些都不太重要，他没有办法勉强自己设想做这个妇人亲生肉养的儿子，也怕看见它，把它转向墙壁。居然也就没有谁再把它翻转过来，由它终年地对着净是黄斑的粉墙面壁。可见他老父亲、老兄长，早把那个妇女忘记干干净净了；尽管都曾多么伤恸地哭悼过。他这个生命里没有母亲的孤儿，自然更有理由不去理睬它。

然而人总要个母亲；怎么可以没有？家里有这么一个女人，替他洗制服、钉扣子、准备便当，替他打蚊子、送雨伞，给他留一份邻人送来的红龟或喜饼，雨地里，一张不甚圆的雨伞把他们罩着在下面；雨的腥香，潮湿的体臭，贴地一层浓密的雨雾，两个人都感觉着对方稍高的体温。也是这座桥，桥身微微有些拱，水从桥面上往下流，云母石一样地一层层薄薄地往下流。多想看看桥下的沟圳里是否涨水了。"妈，我们去看看！"心里这么喊。温热的手在孩子的肩上紧了紧。她听见了自己心里在喊她，就用这样来答应他吗？同学们会说："昨天我看见你跟你妈上街了。"那种温馨把他整个拥抱了。让他何等感激的一种恭维！他却一直都不曾看到雨天里桥下的这一溪污流。

两年来，这个母亲却离他越来越远了。每天每天，彼此都把自己某一份时光放在阴黑的阁楼上，时间又总是错过了，一个是早出晚归，一个又晚出早归，难得见着一面。制服脏污了，衣扣掉落了，雨伞下面罩着孤独的孩子，一路上踏碎了水里的街灯，孤独地回到阴黑的阁楼上。多腆人啊，站着多么高，躺下多么长，总得自己照顾自己了，他就只能躲在这桥上，等待着那辆三轮儿打后面的桥背上碾过，仿佛打背上碾过。然后盯住车篷上露出的那一点儿颠动的背影，就远去了。街道是一条弯曲的胳臂，就把她揽过去抱走了。"求之不得，辗转反侧……"孩子狂吹着口哨，人总以为少年的口哨吹的是快乐的青春。他的胸腔里窒闷着不知多少沉郁。时常的，坐在课室里也会无端地想起桥上的这一个时刻，没有办法管得住自己。有多膙人呢，他得严严地隐瞒着，便当也得自己去张罗，扣子也得自己钉，再也没人照顾他给他送雨伞。然而那个母亲不给他张罗这一些，却在给他张罗另一些。学校里所有的费用都有人替他清缴。阁楼上小书桌的屉子角落里，三天两头总留下一份红的蓝的票子，虽已不是红龟和喜饼。他也曾跟在那三轮车的背后远远地追踪，一次两次都被丢得太远没能追得上。她去哪儿呢？再一次他就预先赶到平交道那里——那个上一次三轮车消失的地方，再一次他再预先赶到围着高篱笆正在修筑一座不知多少层的大楼那里。后来他就追上了，而他后悔为甚么要那样，仿佛一切的愤恨、耻辱、幻灭，都是由于他这样的追踪而招来的。屉子角落里的零钱，孩子赌气地不为积蓄地积蓄了起来，藏在临街的窗口外面一伸手就可以够到的檐瓦底下，几次都曾认真地要撕掉它们。愈积蓄多，愈使他恐惧，因为老想着花在她身上，陪我吃酒罢！买她一件事，买一种他恍惚所需要的恐

福成白铁号　　247

惧而残忍的快意。露在车篷上那一部分颠动的背影，常是使他冲动地就想跳上另一辆三轮车追上去，她前步下车，他后一步下车，抓住她："还你！还你！还你！"都还给她，所有背在背上的一身的恩情、一身的羞耻，都还给她！

然而还不清的。然而那些钱钞永远藏在阁楼的檐瓦底下，一月两月，一年两年，多少多少他全不知道。

阁楼临街的窗口本不很大，从前是木板的拉窗，现在换上了玻璃。然而仍还是很小，又让横在店门上槛的"福成白铁号"招牌遮去了大半个，要把新的零钱送到檐瓦底下，势必要抓住招牌的上沿儿，小心探出半个身子才能得手。招牌喀嚓喀嚓响，那总是在夜半做完繁重的功课的时际。街灯大半熄灭了，小街上的行人绝迹了。黑洞洞的小窗儿里，探出那么一个半截身子的幽灵，甚么样的作祟哟。

招牌上的大字小字都是他写的。老大弄来一小罐儿柏油，写罢，不知怎么会那样顺手，每一个字都那么满意，一撇一点，一勾一捺，滑滑的，却又涩涩的，要多适度有多适度。但是第二年他就恨起来，催他老大弄点白漆来油一油，重写罢。老大总是说：好好好！又总是拖延。

招牌上大大小小一共二十一个字，没一个能看得中意。走过门前时，头也不敢抬，仿佛那招牌上历历地写着他见不得人的罪状。"水沟水管"吗？有了又轻便、又不生锈、又不走样的塑胶制品了，不知道谁还买白铁焊制的水沟和水管。

而"油桶水炉"不是软胶就是铝合金。"屋顶"自有隔热的石棉瓦、塑胶瓦,"烟囱"也被水泥加工顶替了。"包办工程"似乎不知有多遥远,甚么样的白铁工程啊!塑胶、铝合金、水泥加工,合起心,挽起手,齐打伙儿整他们家的"福成白铁号",第一个就把他父亲打栽了跟斗,罚去掏阴沟。时代的轮子滚滚又停停,一个滚动,就不知多少冤魂丧生在轮下,死了也还不知道是怎样死的。老大是个无用的好人,从早忙到夜,偏偏这个时代不很抬举这种想用忙碌换取点儿甚么的人们。他的女人该是全家最闲散的一个,反而轻轻地就挑起了千斤沉的担子。照书本上的说教,这算是没有道理。书本上的道理不知从甚么地方编造来的,既和生活不符就理该打倒,撒谎的课本,为甚么不肯说实话!但是某一部分浅薄的知识,也就使他看得到塑胶、铝合金和水泥加工品了。这点儿可怜的知识使他不断地发觉这个世界另有一套大家都不肯承认的道理,而他是真正地上进了,尽管考试的成绩一次比一次低落,他上进了。那是一种孤孤单单的上进,死去了大哥,死去了父亲,只因他们存心那么堕落,死守着一套又一套的虚妄。家中唯一的女人,唯一的懂得进取的,却只能托着那一本与生俱来的支票,去盖印,去兑钱。血是浪费的,汗是白流的,天黑了,如此价廉的电灯舍不得开,蚊子云集而来,吃饱了唱,唱饿了吃。一点也没有换得到甚么,钻在白铁堆里找那永远失去的梦想,那里面永不能再有他们所要的东西了。

福成白铁号　　249

而他的老大生在那一代里，似乎注定就要死心塌地地寻找一辈子。许多许多不需要寻找就可以得到的东西，总是拒绝了不肯要。冥顽的一代，和这少年相去不过十年的工夫，物体下坠接近极限的那种加速度，物理学上一点粗浅的道理，这个十年的距离就是这样的。生在这十年前的，命定该被撇弃了，让生在十年后的挺起胸来走新路，不要用那样笨拙的忙碌，新路上走着新人，行着新事，装扮如一只一只彩艳的蛾蝶，不必蠢得像蜜蜂。

这个孩子在智龄上该是他兄长的兄长了，尽管他赶不上后面追上来比他还新的新人，他还没有新到可以凭石器时代的利牙就能做王的那个新境界。他是属于杂交的一代，心是热的，脸是冷的，孤独地坐在都市边口的小桥上，桥下流不尽的污水，规规矩矩追慕着那个彩蝶一样的母亲。而回到污黑的蜂巢里，一切盖满了污尘，灰扑扑的。他可以偷偷地潜进不属于他的另一间空的蜂房里。但不是偷偷的，决计没有谁闯进来，只是心理上总有一种偷窃的感觉。他就会盲目地拥抱住这间空的蜂房里任何的甚么，那样一条蓬松的衬裙，却可以团作一点点儿握在手心里，一松手又会回复那么大，用他身体的每一部去亲热它，苦闷而又憎恨的，一切都使他厌恶和流泪和狞笑，要杀掉自己。手背压在新床的床沿儿上，压出一条又深又红的痕迹，舌头舔在痕迹上面吸吮着，人是茫然地跪在那里，居然有一窄条橙黄的夕阳贴进阁楼里头来。

去数数看罢,檐瓦底下究竟积攒多少了。去制着她如何如何,用她如何如何赚来的钱钞,去如何如何地支使她,好似狗咬尾巴地循环着,一种自给自足的悬吊的嬉戏。很懒得去数,恐惧去数,吸吮着手背上又红又深的痕迹,他就会狰狞地把那条蓬松的衬裙塞进草绿的帆布书包里,污脏的书包上,印着在这么幽暗的阁楼里看不清的标记,交叉的两只化学烧瓶,外带小商人用来自渎的两个外国字母。那衬裙终会丢进桥下的污水里,几百元一条的商品,剪作一绺一绺的,污流里的水草左右流之,下水道的出口,永远不停地呕吐着昨日的奢华,它是永远不住地呕吐着。

然而这是个模范少年,街坊们用他做榜样,教导孩子们跟着他走。至于走往哪里去,这都是他的事,街坊们不管那些的。小街上塞满了求生的人们,塞满了行业。总要重复的,也总要相克的。这样的街坊,仍然教导他们不长进的孩子跟着"福成白铁号"那个模范少年的背后走,不问走到哪里去,他们都放心。但是没有哪一家准许他们的女儿跟着他走,除非他家的招牌上换一个字——福成白金号。也用不着为这么样应该有的势利感伤了。

年轻人的日子就是这样的,无尽的精力必得送出去。送不出去就把自己烙饼似的翻来翻去地煎熬。阁楼上也黑透了,亡母的照片背转着甚么也不肯看一眼,墙上淋淋漓漓褐色的水斑。纵不是儿子把她转过去,她也要面壁的。他怕她躲在幽黑的一角，老是窥伺他的行径；她也是不肯窥伺这个孩子而认命地面壁了。墙上的水斑仿佛二八月的巧云，寂寞地变幻着这个形象、那个形象，千百种的形象。

且不管一切都太使孩子迷惘，他仍有他自己喜爱的时光。当清晨夹着寒伧的便当，背起压歪了肩膀的书包的那个时辰，孩子可又春天一样地华丽了。在那样的时辰，阳光把他接出那座墓穴似的小阁楼，阳光照出孩子的一对金翅膀，把他那张染黑了一整夜的脸庞重又洗净了。那时光，店门都还紧闭着，分不出哪一家贫、哪一家富，耀眼的商品、不打眼的商品，得意和落魄，统给阳光照射不到的晨黑一笔拉过去，抹掉了。小街上只有水肥车和菜贩子，从古至今都是人们不可一日或缺的好朋友。而往年靠着两根棍子一般的光腿，如今都变作圆圆的车轮了。

小街上淋淋漓漓滴下些黄水和菜水。只有这样的辰光，他仿佛又从冬眠里复苏了过来。

然而朝阳给人带来的勇气毕竟太短促，但总是真实的，比孩子自觉的存在还真实。他呼吸着清凉的空气，而在阳光的照射里，何等苍白的孩子！另一面的悲喜和欲望，从他的身上脱落了下来，因此他苍白！

一九六二·一·板桥

破晓时分

黑八说我："这是你走运,老三!头天站堂就碰上大案子,让你见识见识。"

"好说,八爷,初来乍到的,全仗您啦多指点。"

"说不上;吃衙门饭也就那么回事儿,一回生,两回熟。"黑八从胡子嘴里摘下烟袋,磕磕我怀里的刑棍。"多早晚哪——轻重琢磨使唤熟了这副家伙,就是一辈子的铁饭碗儿。"

黑八那副神情,真像天生的就是个老长辈。

"您啦多指点,八爷!"这样的恭维也不知重三叠四多少次了。我拉拉号衣襟儿,手脚没甚么地方好安放,仿佛老这么恭维人,倒把自己弄得很不如人了。

大堂上灯烛一片明,这情势挺像上甚么庙会香堂。两廊里我们这一号的衙役大约都上齐了罢。天可真寒,一个个号衣底下衬着皮的皮、棉的棉，全都胀得滚圆，也还是冻得不住脚地跳着跺着，真使人以为一个一个操甚么古怪的兵操。这样子溜廊风，纵是裹上三床被窝，怕也抗不住，真不是滋味。还说这是一辈子的铁饭碗儿！

爹花五石麦子给我打点了这份差事。刚打三更，他老人家就把一家大小都给嘈喝醒了。热被窝可难丢。头一天当差不能马虎。天寒地冻的，娘也嘱咐，老婆也叮咛，多穿点儿呀。

新号衣，没想周全，该裁肥敞些儿；光衬小棉袄可架不住，没出房门就哆嗦了。要是单衬皮袄，空心壳儿更加不兜暖。怎样计算也不行，由着娘和老婆撕扯，穿上又换下，若想皮的棉的一总衬进号衣里头，算是没辙儿了，抖得我一个跟一个打不完的喷嚏，人倒是真地清醒过来。大嫂子把鸡蛋鳖子下好了，爷儿俩，一人三个，吃着的工夫，娘又不甘心地翻箱倒笼，算是找出爹一件没吊面子的胎羊皮筒子，凑合着这才上道儿。

爹不知是把我当作多大的孩子，打着灯笼硬要领我上黑八家。到处是零星的寒鸡早啼，灯笼照不出地上怎么样，脚底下倒是有数，咯喳咯喳，不是冰碴子，就是霜屑。

"这天哪，一劲儿干冷！"

爹嘴巴埋在风帽兜儿里嗡嗡地说不清。我真懒得从帽兜儿里露出光嘴巴来回应他老人家。爷儿俩埋着头走在不见人影儿的街巷里，黑沉沉的偌大一个深夜，单由咱们父子俩力顶在身上，心也压紧了。

有黑八领着上衙门总该放心了，爹仍然一直跟到衙门口，袖手立在那儿不肯回去。灯笼杆儿袖在装粮食口袋一样肥的袖笼里，灯笼从下面照上去，爹那张富富泰泰生意人的胖脸上，黄是黄一块，黑是黑一块，活像贴金的泥菩萨日久剥落了。他老人家傻傻地望着甚么，背后衬一些灯火和烟雾，专做衙门生意的胡辣汤、煎包子、打炉饼、油条热粥，生起一街的火烟，把衙门两旁站笼的大黑影子投到两侧的粉壁上，一条一条横来竖去的条纹，深的和浅的，罗织出格子洋布一样的花色。

"八爷，早班哪！"

扛洋枪的守卫子一张口就是一团白气，顶面跟黑八打招呼。脸上和身上落满那些条纹，仿佛人正关在站笼里上刑。

"辛苦了，老弟，该换班儿了罢？"黑八冲着那站笼噘噘嘴，"老没生意了！"

"快上生意了。"黑八侧过脸告诉我爹说。

可他老人家傻傻地望着甚么，似乎他得牢牢地盯紧，提防那已经看在他眼里的，一不经心又从眼角溜走了。他若是也能进衙门，怕也少不得陪着儿子挨冷受冻地待在这儿伺候了。

而冬夜长无尽头，离天亮不知还有多久。

"你过来一下，老三。"黑八领我跟一个挺面熟的老家伙打照面。"我给你引荐引荐，这位章老大——立早章，西廊的老伙计,侍候过七任大老爷,你多跟他讨教讨教没错。"

赶上一步去,我打了个千儿:"章大爷,您老前辈多指点!"都是同廊吃饭,原犯不上;只怪初来三天生,不能不攀一攀,多买一点账,又是黑八引荐的。不过若论那把年纪,跟他打个千儿,小不了我,也大不了他。

"火神庙背后陆陈行的少老三。"黑八拍拍我说,"我这就托付你就近多关照了。"

"得,老八,咱哥儿俩还有说的!"

这位章老大总也有六十开外了,瞧那副精神真不输给年轻小伙子,两廊下数他穿着最单。

"交冬数九,我就是这一身。要不,三十来年的太极拳一天没拉过,白摸啦?"

"你行,老大,千年王八万年龟,都给你占全了。"

"说你不服,哪天咱哥俩儿找个时间较量较量,单来弹腿,你弹几路,我照加你一番!"

他俩大约就是这么逗惯了的。

"小老弟别见笑,咱俩老家伙碰到一起,连荤加素啥都来的!"

有这么两个又风趣又不见外的老前辈关照,这份差事倒真干得,爹就是再花上五石小麦也划得来,横直咱们家开的是粮食行。

"我说小老弟,把那个吃饭家伙先靠墙上罢,"章大爷指的是我怀里这一副像支船桨的刑棍。"别死揣，大老爷升堂还早着！"

听他们说，县大老爷有一口老瘾，一睁开眼，来不及烧泡子，先得调半盅膏子灌下去，然后才得躺下来，平心静气烧上半个时辰，要不就上不了堂；上了堂也撑不到时候。

"今儿有个大案子，定要多耽搁。大老爷这口瘾只怕十个泡子才过得足。"

"那可不！"

黑八打勒腰带里抽出一串子烟袋荷包，左近几个一人请了一窝子烟丝。

"八爷这是几品来着？"

"人是十八品外不沾边儿，抽的是一品香——就这点儿还值几文！"

有的就溜沟子，品品味儿说："我尝这是凤台庄出的极品，八爷你还客气！"

我这个烟酒不沾嘴儿的，夹在里面好像不知多出多少手脚，多得没处可放。就想轻轻地退后些儿。黑八倒像存心当着众人抬举我，把他抽了一口的烟袋捽在手心里擦了擦碧玉嘴儿，横过来敬我一袋。

"我……我……"我摆着双手推拒，不懂该怎么应付才算不失礼数。这就怨不得爹仍把我当作个孩子看待了。

"在理儿？"

破晓时分　257

"我……我欠学!"我这一急,居然急出词儿来了,趁势儿赶快往后蹭蹬两步,手放在嘴巴上呵暖。溜廊子风吹得两条腿好似没穿裤子。

堂上有人在那儿走动,想是大老爷快升堂。灯火把三两个人影摔到廊前青条石的台阶上,脑袋朝下,仿佛人是截成一段一段儿地倒悬在那边来去晃动。

有两个内衙听差样子的,抬一架大火盆送到当堂的高案子背后。一股子木炭香,浓浓的年意,高案子搭着金黄缎子桌围,上面绣着四爪蟠蟒。

这几个凤台极品老家伙,聊的是今儿这案子。那黑八好像甚么他都比别人知道的多,净听他拉咕。

"有奸必有杀,你就记住这个道理,没错儿。"

"说是死者那个原配花掉不少银子。"

"多新鲜!"推了三四十年太极拳的章大爷直着脖子说,"打官司不花银子,你听说过?"

"原配既是原告,总犯不着——要是我的话。可见哪,这里面不定有甚么咕咕丢*。"

"我看你是白吃五六年衙门饭!"黑八烟袋窝子点着那个年轻些的家伙说,"打官司打的是理还是银子?她既告状,难不成不想打赢这场官司?——况还有二百两银子盗赃

---

* 咕咕丢:拉洋片的吆喝声,借喻为花样、花招。

可图咧！"

"怎么说？不是五百两？"

"她原告只告失掉二百两；就这二百两也是多报的，死无对证嘛！"

"那，这次捕房有油水了！"

"状子上业已改了五百，反正多出的三百两，彼此都落点儿罢。"

这些我都听不出门道。只觉得这哪儿是当新差？这像赶甚么夜市来了，听他们打着暗号谈买卖似的，我可一点儿也听不懂，给冷在一旁，不由得非常渴念起家里那个暖暖烘烘的窝，不知有多遥远。那窝儿里融融泄泄的老小。果然就是老话说的："为人不当差，当差不自在。"爹总该回去了罢，不能老守在衙门口，老瞅着那一对杀气腾腾的大站笼。上年岁的人，火气衰了，真抗不住这样酥骨的冷风。

爹临到衙门口，还又重三叠四地嘱咐又嘱咐；察言观色呀，俩眼睛放活欢一点儿；吃这行饭，就要眼观四路，耳听八方。其实我看也没有甚么了不得。大老爷歪在家边过大烟瘾，这些小老爷在两廊底下过早烟瘾。烟也抽足了，天也聊够了，不过是照葫芦画瓢，黑八，章大爷，几个既都散开了，我还不是跟着学！拖起船桨回到给指派的位子上，这不就截了？各行各业恐怕没有不拜师受业的，就是刽子手也得拜师傅学手艺，先学砍番瓜。唯独这一路行业，站班当差的没师

破晓时分 259

傅，无师自通。我心里可说，就拜章大爷为师得了，学的不是他的太极拳；只因黑八大排头，连他人影儿也看不到，只有跟章大爷学，两人肩挨肩，他干吗，我跟着干吗，敢情没错。可见黑八受了五石小麦的好处，没有白受，独独替我引见了章大爷。

大堂上，人愈上得多了；暖帘每一动，就使人疑心那是大老爷升堂了。这不简直个儿是在等着上戏？只欠开台的锣鼓家伙。暖帘动了不知多少回，出来一个官爷子，心想一定是大老爷了，老老的驼着背。章大爷小声告诉我，那是二老爷。

不知有没有甚么三老爷、四老爷。

堂下上来一串小队子兵勇，洋枪一排，红缨枪一排，大刀鞘老碰上甚么。该说是龙套还是起霸，这总像上戏那么回事儿，不当衙役一辈子也见识不到这样的阵势。

总算熬到大老爷升堂，酸酸的，哪里是想着那样的龙行虎步，好像腰里有甚么毛病。大老爷并没穿补袍，只配着一长串佛珠，头上也只戴着便帽，那双靴子远远看去便不怎么新。早年听外佬佬讲过，新中功名的老爷上任，撒尿都要铺上一层新棉花，若是缎靴上溅了一星星，立时就得另换一双新的。可这个老爷一脸的浮肿，挺着肚子的黄胖子，一身松当当的陈旧，靴子踩进尿窝子里，定也照穿不误的。新棉花垫脚的那等风光，该都在烟灯上烧成灰烬了，只怕没有甚么还能比那小小玻璃罩里如豆的火焰儿更风光。一样的都是腾云驾雾的日子，云底缎靴如云土，如今还是要砖头一样的一块一块的云南烟土罢！

大老爷偏着身子坐下，含一根四五尺长的旱烟袋。跟差的蹲在一旁伺候，安烟又点火。那柄套在黛绿包铜刀鞘里的大刀拖在罗底砖地上。真不相信那样低三下四的人能有甚么武艺在身。大刀佩在身上，不知该说它是香荷包还是鼻烟壶。

大老爷虽说偏着身子，脸可是勾过来披阅案上的公文，一面嗤嗤呵呵咂着鸡心红的小茶壶，堂下也都听得见。照这样看来，大老爷真该多生两张嘴巴才够用；又要吃，又要喝，又要问案。

"带人犯……"

大老爷好像这样酸酸地吩咐了一声，但是听不清。那个安烟点火的家伙立时三步两步跨到堂口儿，手握刀柄，一手叉腰，满口的外乡口音，尖嗓子叫着：

"带人犯徐周氏！"那和卖烤白薯的吆呼差不多一样的味道。

随即向两旁挥挥手。其实并看不见他的手，那只是长长的马蹄袖照空里弧划两划。就有两个小厮模样的小子擎着三尺来长的竹筒，挨盏挨盏去够着吹熄大堂两壁那些烛台上的红烛，只留下大老爷案上一对大蜡烛。

堂上堂下除掉大老爷那张松泡泡浮肿的脸子，甚么都被这黑森一片给埋进去了。这好似一面法力无边的网罗，没天没地地撒下来,只留一个口儿,露出那么一点儿亮光,打那儿探进来一张尸脸——大老爷那张不见天日的黄胖子脸盘,似乎还该生一颔赤红风扬的虬髯,庙里常见的鬼判儿。

从远处——从阳世吗还是从阴间——起一阵金属的抖颤,那镣铐的索链,哗啦,哗啦,仿佛拖曳着深重的船纤,拖曳一桩无底无望的沉冤。从阳世吗还是从阴间,缓缓地、疲累地,便是那样地拖曳而来了,近了。

黑八说的大案子,黑八说的有奸必有杀,说那两架站笼快上生意了;听这索链,多少罪!多少孽!和多少冤苦,在一片黑森里摸索而来,在冰霜上滑来。

似是夸傲,又似彷徨于这样五更严寒,使人抑制不住打着牙骨,感到牙齿咬到那些在冰霜上拉动的索链,一个环节,一个环节,从齿缝里拉扯来,拉扯去。

"呜……呜……呜……"

两廊下发出这样的低吼,仿佛是一种低沉的号泣从墓穴里幽幽惨惨地飘上来,又好比猛虎护食那样地咆哮。这声息听来如此之沉浊,又似轻飘飘地飘上天去,拿不稳是远是近。人在无来由的噩梦里,常是被这样的声息胶黏在心里,被这个纠缠的声息所苦。

在这样阴凄凄的幽暗里,"呜……呜……呜……"这噩梦里打呓谵似的低吼延续着,使人周身发麻。犯人拖曳着链索,瘦小如一头畜类被带上大堂,跪到堂前的青石阶上。跪的那样子自然而方便,仿佛经常要到这儿来跪上一跪地那么熟练。

章大爷的手肘拐了拐我,先一回以为那是无意碰到的,后来这才明白他的意思,原来干这一号的不光是要打犯人的板子,还须哼出这样的声音吓唬犯人。那就跟着呜呜地低吼罢,哼得自己也毛骨悚然了,不用说犯人;又是这样冰天冻地的四更天。后来才晓得这叫喊堂威。

跪在石阶上矮矮的黑影,看来真够单薄,使人担心等不到天亮,或许就已冻僵在那儿,挺硬的,使劲儿扳一扳就会推断了。

大老爷歪身子靠在熊皮椅帔的太师椅子里,好像甚么他也没听见,甚么他也没看见,只管叭哒——叭哒——不紧不慢抽他的旱烟,远在廊下也听得见。那样子地不经心,仿佛要挨到天亮再问这案子。而那样吃馍儿似的叭哒叭哒的响声,听来就能猜出那个出土老汉玉的烟嘴不知有多粗,有多笨。

那一团一团的黄烟,走老爷黑青的厚嘴巴里喷出来,盘绕在一对高烧的红烛上下,给犯人多少妄想和绝望!大老爷甚么样的德意,该是饱含着老汉玉烟嘴的口里喷出的那些黄烟罢?——变幻叵测的。

盼到大老爷可也舍得动一动手,拿开他的旱烟杆,咧着嘴大声打上一个呵欠。烟袋窝子磕在铜火盆上,当当当地磕了又磕。看上去白白净净的那个听差,赶忙打千儿似的抢上

破晓时分 263

一步,半跪下来伺候。但大老爷拿开烟袋没让他装烟,似乎吩咐了甚么话,廊下一点也听不到。

"大老爷传话,徐周氏你有冤申冤,有罪认罪!"

白白净净的跟差用一口尖锐的外乡口音挑起嗓门叫了一声——包甜包面包热烘烘白薯来……

跪着的黑影蠕动一下,仿佛往前栽倒的样子,砰砰地磕着响头。

"冤哪,青天大老爷……"

只这么一声,人仆倒在石台上半晌都不见动静。

"那么,徐周氏——"大老爷也是那样的外乡口音,自来自地带一种冤屈的味道,"你同姓戴的奸夫相好多久啦——?"

"青天大老爷,小的冤哪,我哪里认得这个人!"这个被唤作徐周氏的犯妇,哑哑地哭叫着。"开恩罢,青天大人!不是大老爷你问起,小民连这个人姓甚么都知不道,求青天大人给小的申冤哪!"

听这女犯的腔调,一定很年轻。刚才听黑八说,这女的五百两银子卖给人做小,身价也不算低,想必生得够俏,可惜黑里看不清,只是影影绰绰一个单薄的腰身,披一头蓬蓬松松的乱发。她那样地喊冤,堂上堂下可是一片死寂,没有谁响应一下。仿佛官厅设的公堂,有的是天理国法,有的是庄严静肃——高大的厅堂有嗡嗡的回声——可总抵不住这炎凉的人情。大老爷嘛,生来是大老爷的命,又生来是抽鸦片的,抽旱烟的,那真没有一点点办法。

"招供!"

大老爷含着粗笨的老汉玉烟嘴儿叱道,眼睛定定地望着房顶。似乎犯人不是跪在堂口,是吊悬在房顶横椽子上。

"大人,你就是青天活菩萨……我家相公……我家相公死得惨……"

这妇人一提起她相公,就哭倒在地上,半晌都像死去了一样,一动也不动。

大约这都是大堂上下见惯了的,良久良久,居然没有人搭理,好像谁也不曾拿这人命案子当事儿办。或许一个罪犯就该这样听由她死活去。

一丝儿起自黄泉似的幽幽呜咽,死去的冤鬼还魂了罢?妇人拉动身上的铁链,撑起身子,口里喃喃念着,爱唠叨贫嘴的老娘儿们才是那样,哪里是个年纪轻轻的小媳妇!

这个女犯徐周氏,接不上气儿地诉说了。她说她生得好苦的命,爹娘贪图那五百两银子,十五岁就把她卖给徐家相公做小房;进了徐家门,一晃就是两年整,日子一天坏一天……

她只说:"人哪,尽把不是都归到小的身上……"没有拐上那个原配,不知是不敢得罪大妇,还是压根儿不知道好歹。可怜十七八就做了小寡妇!我那口子十八岁跟我成亲,

破晓时分　265

也还一点也不懂人事，而她居然图财害命养汉子，要不是做大妇的诬告了她，便一定是天生的妖精了。

"腊月初七那天，家里钱没钱，粮没粮，不说年关难过，就连二天腊八儿也过不去了。我家相公起一个绝早，打算到处走走、告告帮、借借助，就便去大娘的娘家，那边应允过我相公，年前给他筹点本儿，做点儿个年货生意……"

可那个迷迷糊糊的大相公，一出去便是一整天。那天刮着干雪，左右开店做铺子的街坊，赊的欠的不知在人家那儿挂上多少账了。新账压陈账，年根岁底还到那儿去赊哟借哟，小娘儿们冷冷清清撒在家里头，挨饿受冻足足熬上一整天。

多少逗人疑心又逗人心寒的脚步声，总是那样地戏弄人。干雪一波一波地撒上纸窗棂上来。那样的年岁，被埋在冰雪和肚饥里，该是盼着爹回来罢，娘回来罢，可这小丫头盼的是她四十岁落魄潦倒的老郎君；盼一点柴米，或许一点一知半解的恩情，被摆弄完了所换来的一点口腹之需，该都是太早就已认命地默默吸吮的苦汁了。

这一次不是逗人疑心和寒心的脚步声，也不是撒上窗棂的干雪捉弄人，约莫二更天时分，跟跟跄跄的脚步践着雪沙，没等拉开门闩，门缝里就呼进一股子冲鼻的酒臭，喂猪的酒糟就是那样的味道。

她男人歪身子倒进来，肩上背一条鼓鼓囊囊的褡裢，里面装的是大馍么，还是白薯胡萝卜？哪敢想还会有腌腊年货甚么的！褡裢里倒出小石头一样沉墩墩的一堆，在八仙桌子上。只那么一根儿灯草的小焰子油灯，鬼火样地跳闪，半晌才认出那一堆灰白灿灿的大小银锭子。

"五……五百两！你睁大眼睛看看罢！"

男人的舌头好似肿有鞋底大，说话说不清楚，不知是冻的，还是醉的。

一定穷疯了，干出甚么歹事，弄来这么一堆银锭子。

"我把你……卖了，照本钱；没蚀……也没赚，净玩了你两年……便……便宜不是？"

男人红红的鼻头，分明是冻成那样子，倒像不知有多伤心。

这小女人没打算相信，只指望大相公就会打怀里掏出两个热馍来。

"你倒……沉得住气！"男人站不甚稳地试着扑过来，可又歪到八仙桌边儿上，伸手抄弄那一堆灰白灿灿的银锭子，媚起眼角儿睨她。

"明……明儿……一早，人家就……可就来带你了……"就伸过手来拖她，"来罢！就……这……一夜了，我的小……小二娘……好歹……好歹……咱们也是恩爱一场……"

那样烂醉的两眼，泛红丝丝，这小娘儿们实在不敢沾惹。有过那样的，啰出蛋花汤一样的脏东西，泼她一脸一胸一枕头。

小娘儿们躲闪开了，瞪紧八仙桌上的银子。圆圆的一堆，那是坟呀，埋她的。得了，你就卖罢，转手罢，十七岁，可

破晓时分　267

经得住两年一转手，这辈子十次八次经得住卖。那座埋她的小坟，埋进去，不出两年该又转转手让她托生了，投胎投到另姓旁人家。这都是笑话，叫人半信半疑，只有日子过得这等饥荒才是真。

"来哟，我的……小二娘！小二丫头……"

男人手像铁铐，冰凉冰凉地箍住她精细的小手脖儿。要是存心躲，还是躲得开的。可迟迟疑疑相信她男人真就会干出那一手，要不灰白灿灿的大小银锭子一大堆打哪儿来？大老婆娘家也万不至撒手就是五百两银子借给他。小娘儿们心那么容易软，要怎么就怎么罢，男人走怀里掏出一封云片糕。

"真的你舍得卖我？"

女的总还有空儿问那么一声，胃里已像烧火一样地饥荒，不那么一片一片揭着云片吃了，穷凶急恶地啃着吞着。那压在身上的男人也烧火一样地饥荒，那么穷凶急恶地啃咬。以物易物的小市场，各取所需了。尽管死去活来的小女人时时提防就会有甚么东西酸酸黏黏臭臭地泼她一脸一胸一枕头，总还是大口大口地吞咽着云片糕。或许真的就只这一夜的恩情了——还有甚么可恋？生就的这么贱哟！

小娘儿们通夜没有阖一阖眼，两年前也是那么一堆灰白灿灿的小坟头，埋她，她没那么怕。如今或许长了年岁，缩在炕角儿上，哭一阵，念一阵，守尸一样地，面前守着这么个死睡的男人。

风息了,雪一定很大,窗外好似月光一样地亮堂堂,看不见那几株贴窗的苦竹,怕是给积雪重重地压倒了。

那会是个甚么样的汉子呢——用这一堆银子跟她相公买她的那个男人?小女人走下炕,守在八仙桌上这五百两银子前面愣想心事。死冷的长夜将人熬干了,魂也失落了,泪在眼里结成冰花儿。做了些甚么,好像自己都不大知道;不由自主地收拢那一堆银锭子,兜在衣兜里,一趟一趟地,隔着她睡熟的男人藏到炕里边。收好了罢,死人!一分一厘少不得人家的。天亮人家要来带人,人走了,银子总要一是一、二是二地还给人家。我躲回娘家去,你卖我一回卖不成,你还忍心卖我二回吗?

"慢着!"大老爷拍一下案台,"你往炕上搬银子,来回搬了多少趟?"

"说!"堂上不知是谁随声催促了一下,或许是二老爷。

"也记不清了,青天大老爷!至少总有……总有五六趟——记不清了。"

"五百两银子,你五六趟用衣襟兜完了?"

"记不清了,大老爷,"小女人经过娓娓诉说了这许久,心情有一种无比沉静似的,"记不清了。"这么重复着,那口气就好像家常过日子在寻找一件不吃劲的失物一样,记不清就慢慢找罢,是那样的意思。

"也许搬了四五趟。衣襟只有这么大,想多搬点儿呀,

破晓时分　**269**

搬不多。大老爷多包涵，我搬不得那样重。"

堂上仿佛有丝丝的笑声，当然只有老爷们才可那么放肆。

"听听？"一位偏左首的老爷说，"凭那么小的衣襟，五六趟就能搬完五百两银子？鬼信罢，这个恶妇！"

女的也不分辩了，侧脸望着甚么。她跪在那样凝着冰霜的石台儿上，也不嫌撑不住。忽然我觉得，问案就问案，干吗非要人跪着讲话不可？

"那就比画一下，那堆银锭子堆得有多高，有多大——四周围？"

小妇人试着比画，大了又缩小了，缩小了又放大了。"有这么多！"看那手势比画，大约合上一只海碗覆过来那么大小。

"也没有数一下，多少大锞，多少小锞？"

"没有数，数也不认得。"

女的一双手仍停在空里比画着。

那五百两银子搬弄完了，打点打点衣裳。箱笼里，典的典，当的当，剩不多点像样儿的了，能穿的都加在身上，带一个风吃飘得起的小包袱。回北洗家楼娘家，十七里，平时要走大半个时辰，雪天不知道要走多久，天也不知几时亮。

徐大相公仍然死人一样动也不动地挺在炕上。酒色财气你都占齐了，我跑到哪儿，你总找得来的。我也不想跑得远，总得回这个窝儿里来；这一回卖不成，你还忍心卖我？狠心呀，有一份儿恩情你也忍不下心！看住你五百两银子，天明退还人家罢！人就这样一把眼泪、一把濞子走了。

风雪已住，一打开房门，真以为天亮了，遍地的白雪耀眼，还算不怎么深。天色真就快亮了。

人真是穷不得；人穷志短，拼当了店面，大老婆养不活，送回娘家了，如今没的可卖，主意打到小老婆头上。这就去吗？小女人留恋着黑漆漆这间小屋子。总得回来吗？跟他过甚么样的日子？不如听他把自己卖了罢，那个人家出得起五百两银子买人，买的又不是黄花闺女，那日子总不错。索性等着人家来带人罢！……这个念头可并没把她给留下来。

前面的店面业已盘给人家，屋檐底下一排风鸡，鹤一样的白，都是人家的。门窗上净覆着雪。小女人又停到给积雪压弯了腰的苦竹前面愣上好一阵，似可听见她男人扯呼噜。走罢，走过又窄又长的天井，打后门溜了出来。

没有风也没有雪，可一走出后门，扑面的凌人寒气能把人脸上剥下一层皮。后门外的巷子里没一个脚印儿。城门只留尺把宽的缝，中间用铁链扣着。城门洞里扫进斜斜的一角积雪，没人守。小女人偏着身子拱出来。出城天就蒙蒙亮，身上似乎走暖烘了一些。或许不用等到今晚上，她那个无情无义的老郎君就要找到门上来。纵死也不回去，打定主意过过年关再说，娘家再穷，总比钱没钱、粮没粮好过一些。横直她男人也不孤单，到大娘娘家过年去。这么样，两下里反倒都落好。

破晓时分　271

小脚在黎明的雪地里赶路,那连串的脚印也是古怪的。城外风大,地上积雪不那么平坦均匀。赶路赶到出城不远的庄子,才碰上头一个赶早的行人,走后面超上来,骑一头白叫驴,人和驴子都喷着一团团的白气。

雪地上留一行清清晰晰的蹄印,白叫驴配的花鞍子,织就的万寿如意钩,脖子上九只白铜大串铃,真招摇,听那哗哗吵闹的铃声,就觉得要不是响亮的大晴天,便一定满天都是闪跳的星斗。天呢,白冷冷的,刚矇眬亮,还看不出是阴是晴。

串铃响响又停停,小女人不敢抬头看,觉着驴上那人老翻起铜铃一样的白眼珠子勾着看她,看她这个背着男人偷偷跑走的小媳妇。

走不多一会儿,串铃不响了,她知道前面那个行人一定停下来了。这就心里犯疑起来,拿不定主意怎么往前走,又没有岔道可以岔开。

"小大姐,靠你那双钉鞋也能赶路吗?"

果然那人跳下驴子,站在路旁一棵冬枯的柳树底下。

女人也没敢拿正眼去看,俯首下去,好像真的要辨识一下脚上这双套在绣鞋外面的小钉鞋,踩冰雪雨水倒宜当,赶起路来就不大合脚了。

"要是不嫌弃,搭换着骑一阵儿罢。"

这小娘儿们任怎样慢慢吞吞地蹭蹬,既走不得回头路,终归走到这人跟前了。

"谢谢这位大爷,您老赶路罢!"小女人道了个万福。

"别见外,出门在外嘛,冰天雪地的……"

小女人思量着,别碰上歹人罢?就自顾往前走,头也不抬。"谢了大爷,面前——就到家了。"实际可没敢仔细瞧这人,不知道该称大爷的年岁,还是该称大哥的年岁。她自顾往前走,这人也不骑上驴背去,牵着牲口傍她走。串铃不响得那么急促了,璜琅——璜琅——听那口气,该是个老老成成热心肠的人。

"这样子放眼不见人影儿的,家里也放心你一个人赶早路呀?该来人接你的……"

"也不;常来常往的,熟路,又深怕天晴化雪,路上越发不好走。"口里这样捏谎,心里经这人一提醒,倒真觉得一个年纪轻轻的女人家,雪地里这样绝早地赶它十来里路,着实不大妥当,事先一点也不曾思虑到。

"多远哪?你那个村儿?"

"就是……前面那个……近便得很。您老快忙赶路罢!"

"路,我倒犯不着赶,二十里地,怎样磨道,也赶得及到家吃晌午饭了,倒是大小姐你呀,那双钉鞋合脚吗?"

小女人总不敢正眼看看这位大爷。"不妨事,大爷。"低头看自己这双小钉鞋,看另一双羊毛窝、一对花驴前蹄,并排往前走,踏在甚么印迹也没有的雪路上。

破晓时分 273

"你那村儿怕也不近哟,紧赶慢赶总得两顿饭工夫罢?我说,出门在外就不用客气,这头叫驴骗过的,挺老实,放心骑罢?"

说着谈着的工夫,又赶有一里多路。似乎她若不骑上去,这位大爷说不定就陪她走到底。后来就推辞不得,骑上驴背了。这位大爷也没动手扶她托她,规矩人,只稳住驴头让她自个儿登上花鞍子。

"这怎么好,叫您老……"

"不打紧,走走倒还暖和。出门在外嘛。"

时候约莫已交卯时了,路上可也见有星星散散的行人,远近农舍也有人出来走动。忽一声马嘶传自身后,远虽远,不等打个顿儿,那飞奔的马蹄声一下子就逼近了。

"那不是官家马队么?"

这人勒住缰绳,把牲口往路边领开让路。只见一伙儿三匹快马裹一股雪烟,眨眨眼工夫就到了跟前。

"喝,就是。"

其中一匹黑马打一个急转,兜到这两人面前,白叫驴受惊地缩拢起四蹄,原地顿顿颠颠地前走又后退,仿佛打不定主意蹲伏下去还是撒蹄子跑开。

"认清了,地保?"骑在一头枣骝上的马快扯住缰绳叫道。

"烧成灰也走不了眼,只问她认不认得我就得了!"

"你是徐家的……?"骑枣骝的马快问道。

"我相公姓徐，娘家姓周。"

两位捕房的马快真快当，没等这一对小百姓该怎么弄清楚这回事，两条麻绳毒蛇一样地一甩尾巴，就把女的捆在驴背上，把那位大爷反剪手铐上了。那织花的鞍缠底下，翻出四百八十两银子，有大宝，有小银锭子，来一个人赃俱获。

那地保给马快道贺："恭喜两位爷子，不出一个时辰就破了案，这可管保爷儿们高升发旺了不是！"

"论功行赏，还少掉你这个地头蛇！"马快老爷心里一乐，也跟小地保逗起趣儿来。

把这一对人犯带到凶杀现场，大相公歪在血炕上，炕上的银子没了。那小女子没等叫出声儿，一头倒在地上昏过去。这女犯知道的就是这么些，诉说一阵哭一阵。

"青天活菩萨，我家相公死得惨，死得冤，大老爷要能替我家大娘和我申这个冤，报这个仇，我这辈子就是报不了恩，下辈子也得做牛做马听您大老爷使唤……"

没等这给人做小的徐周氏落下话尾，堂上堂下便有点闹哄。心想，这小媳妇的冤枉总算大白了。大概供的状很出人意想，以致弄得大堂上下骚乱了起来。

忽的小队子那些兵勇从四下里冒出来，一阵子吆喝，不知道是冲着谁，但有几个举着洋枪跑过去，好像要对付那个小女人。这就使人糊涂了。

"句句实情，句句实情，青天活菩萨！"女犯弯起膀子

破晓时分　275

搪着兵勇们的枪托,看来身上已经挨捣上不少下子了。"句句实情哪!"只听见那么哭叫着,简直是孩子似的童声。那铁索拖拉在青石板上,该是开春的深夜里,像我们住在城里也听得见的大开江的裂冰声。但不知镣铐在女犯身上结的冰也有开裂融化的春天不。

"看刑罢!"

仿佛说"开饭罢!"那种味道,大老爷欠欠身子,很气派地大声呸一口痰。

两廊下,打排头起,各叫出两名差役,放下毛竹板子,一边一个把女人捎住,扶她跪直了,另两个拉着骑马蹲裆式的架子,去调理那些牵牵绊绊的铁链。

不知是甚么道理,似乎就要受刑的不是那个女犯,倒是我。躲在暗处,好像发疟疾一样直打哆嗦,不全是冷的。恐怕就是等着动刑的女犯,也不致像我这样子发抖。

瞧着四个壮汉那么样对付一个手无寸铁的女流,心想这像甚么呢?分向两边给拉直了的手臂,打后影儿看去,那是人么?不是皮革厂绷在墙上的小牛皮么?

那两个骑马蹲裆的差役,一边一个亮起掌来,唰唰,唰唰,搧起女犯的嘴巴,一起一落打得好脆亮,一面还唱出调子地数着,一口气就是四十下掌嘴。我可是闭上眼睛,偷偷把耳朵也堵上了。

"我招!我招!"这苦命的小娘儿们每当巴掌搧下去,

便叫喊这么一声，好像巴掌搧在人嘴巴上，就该发出"我招！我招！"这样的回声。那扁平的小身子在两名差役绷紧的拉扯之下，拼死地扭动着。"我招！我招！"重复着，似乎只是一种搪塞、一种拖延。就像小时候在塾里背书那般情景，老是重复着："我徒我御，我师我旅……"愈是瞟着那方钻孔的戒尺，担心打在肉上能吸出一颗颗的小红斑，则愈是一脑子空无一物。

"招出奸情来！"

似乎是二老爷发威，一口重浊的鼻音，伤风了罢？章大爷跟左边的一位低声地说："今儿二老爷大概欠了口瘾，看样子。"

"冤枉！大老爷，哪来的奸情！"

女犯弓着腰抽泣，好像哭断气了，久久听不见一丝儿声息。

"看刑！"

仍是患上重伤风的鼻音，外乡口音，但跟大老爷不是一个地方人。

一时两廊下复又骚动起来，棍棍棒棒的碰击。我不知道该怎么动一动自己怀里的家伙——吃饭的家伙。这么冰凉，手摸上去就好像要冻黏在上面。

"我招，我招，老爷你让我招……"

这一回不知这女犯能不能接着"我徒我御，我师我旅……"背下去。但这女人似乎人小鬼大，也很刁狡，一看

破晓时分　　277

用刑的那四位衙役不怎么上紧,有了仰仗似的可又不肯招了。

"青天大老爷,你叫我怎么招法!句句实情,老爷,句句实情……"

换了个式儿,粗粗实实一根杉木杠子平放在女犯跪着的小腿肚儿上,我还看不懂那该怎么样用刑。女犯微微地扭曲,声音细弱得几乎就要断了,人趴倒地上,嘴巴像被甚么蒙住,呜呜呜地哼唧着。

我身上这抽筋一般的战栗,又如潮水一样,打心里一波波涌上来。襟上铜纽扣一阵子直敲着怀里的大棍,嘀嘀嗒嗒,小洋钟似的,自觉很有点儿塌面子。

看来这小娘儿们也不是那种泼皮胆大、伶牙俐齿的女人,挨过四十掌嘴,当真还有能耐不招出实情!倒还能逼出甚么口供呢,刑该免了罢?

才不是照我想的这么便宜,杉木杠子压到小腿肚儿上,两个汉子各抬起一只脚踩到杠子两头上。那样子分明没有用上劲儿,女的却好像压住脖子地尖叫了:"我招,我招!……"已经没有用,两个壮汉子分别站上去,一头一个,合算起来怕有三百斤沉。

那是甚么样的惨叫——仿佛这样黑月头的天色,会被她一下子叫亮了。我女人生头一胎时,从头更生到天明,隔着大天井,听来就不相信一个人竟会那样子叫喊。这小娘儿们不光是叫得不像人声,飞禽走兽也嗥不出那样凄惨;好比是整垛子瓷器碗盏一下子倒下来给人的惊吓；好比是细木匠铺子里做旋工，旋刀不当心偏了偏，刮到铁轴子上，一个钻旋，能把人的天灵盖钻出一个大窟窿；又好比牛车滚下坡，刹车棍咬进大毂轳儿轴缝里，吱吱呦呦，吱吱呦呦，锉在人牙根上，能把牙齿一颗颗给崩得粉粉碎。这可都比仿不出这女人到底是怎么样的一种惨叫。

我算是吃不来这行饭，受不住这些。吃饭是要活着，吃这种饭要把人给吃死的。人怎么可以这样子忍心哟！就算这女人亲手杀了我爹娘妻儿，叫我耳听这样子嘶叫，又下辣手这么胡整，我也拿不出狠心。瞧大老爷叭嗒叭嗒抽不够的旱烟，不知多有滋味。大老爷以下，官爷差爷这一大堆，当真一个个都是铁打的心肠铜铸的肝！而那两个汉子踩在杉木杠子上，就有耍把戏卖艺的那种架势，卖弄他哥儿俩能站在老要滚动的杠子上而不跌下来的硬功夫。

女犯一把一把撕扯头发！

"叫我死了罢……叫我死罢……我死罢……"

女犯一定并不知道自己叫喊些甚么。那该是一条拦腰铲断的曲蟮，变形地扭绞着身子，老是扭转过来，徒然去抓那根压在腿上好像面轴儿来去滚转的杉木杠子。杠子滚到小腿肚儿上，女人便支撑着想能爬起来；杠子滚上大腿了，人就又被压倒下去。好像那是一架甚么机栝，使得这女人一起一伏，一伏一起。直到大老爷拍拍惊堂木，这苦刑才停下来。

破晓时分　　279

大老爷拍着惊堂木,清清嗓子说:"照朝廷王法,你这个图财害命谋杀亲夫的,免不了一死;那就少饶上这些苦,看你也是伶俐人!"

"叫我死罢!……叫我死罢!……死人哪,来带我去呀!……我的老天!……"

女人随即倒在地上,低低地呻吟,好像在和地底下的谁在那儿私语。忽然她跪直了,仰天尖厉地狂叫:"死人哪,你怎么不替我申冤?你怎么不替你自个儿申冤?是谁杀了你,你银子给谁抢走啦,你说呀!死人!……"一面发疯地摇动满头乱蓬蓬的长发。

大老爷没有声响,等着一个听差的过去给他对茶,剪那烧得很长的死烛芯。

"给我下针罢,针那张刁嘴!"大老爷呷一口热茶,突噜噜地响,一点也不动声色地吩咐那个听差的。

"不用了!"这小媳妇强打起精神,出奇地那样镇定,哑哑地说了:"但看大老爷要我怎么招罢!"喘上一阵子道:"我娘家也送不起钱给老爷;有钱也不花在我身上;肯在我身上花钱,也不把我五百两银子卖给人家做小……"

人又随即倒下去;好像是那一股怨气把她撑起来的,怨气呕出去了,人也瘪了、软了,就倒了下去。

"凭这张嘴,就是个甚么都干得的刁妇!"

仿佛是二老爷这么冷笑地说。

打这以后，堂上问甚么，这小媳妇就气凛凛地应甚么。好像只是三言两语，就那样结了。

画押的时际，女人死心塌地地趴在地上，只伸出一只手，由着人塞一支笔给她捱住，把住她手在那个铺在地上的供状上画一个不知是十字押，还是圈圈押。

鸡叫了，远处，近处，齐声要叫一个天明。天可老不见明。

每天每天，总有一个天明；但这女犯该是一个甚么样的天明！她被架下去，脑袋深深地垂着，手深深地垂着，长发也深深地垂着，在堂口的烛光里闪转了一瞥，便沉进黑地里。那一双腿软软的，好像把骨骼抽去了，和着大镣拖曳在地上，嗤嗤地拉动，拉过天井里冰霜铺地的青石板。

"恐怕躲不掉要判一个凌迟。"

身旁章大爷呵着手，同他左边一个家伙偷偷地聊起。

"还有大半年的活头罢！"

"总要等都察院报请朝廷批下来，敢情是来年秋决了。"

"也不尽然。"章大爷左边再过去的一个低声说，"要是拿当劫盗罪，那连府台道台都管不着呦，县爷照样立处一个挂站笼！"

"女犯挂站笼，我活上这把年纪倒还没见过。"

那站笼的影子又重现在眼前，听说那就等于把人活生生地绞死，我是没见过。那凌迟不是更惨么，活生生地凌割一个人！

破晓时分　281

镣铐的铁链子拖曳去了,远去了。然而却又近了,听得出那是一步一步拖拉的响声,押上来的是个高大的汉子。

两廊下又再发出那种透着官厅虎威的,老猫攫住耗子的呜呜低吼,跟着试试罢,免得章大爷又拿胳膊肘儿顶我。可又不大好意思这样去唬人,我自己都发抖了,听得到自己的牙骨打得很响,拿不准究竟哼出那呜呜的吼声没有。

大约就是那个图财害命的姘夫了罢?摔倒在堂口那儿,不知是给推倒的,还是被脚镣绊跌了,就让他独自在牵牵绊绊的铁链子里挣扎,倒下;倒下又挣扎,许久才调理清楚,跪直了身子。

"小民戴……叩……"

听不很清这人报出的姓名。好在大老爷只管抽一口烟,喝一口茶,过他的烫瘾,没大理会下边给他带上一个甚么人。

那人似在喘呼,迎着堂上明晃晃的烛火,一口口的白气喷出很远,很浓。这样看上去,他是跟堂上大老爷对着抽烟了,只嫌他有些儿七窍生烟的味道。

大老爷仍是侧斜着身子,恐怕是迁就长杆烟袋才那样子坐没坐相儿。长远在吞云吐雾的日子里,大老爷的吊梢眼已经眯觑成习惯,好像生就的丹凤眼。一叠叠的案卷,他捧起来,后脑勺冲着蜡烛,舔着唾沫一张一张地翻阅,靠着烛火那样近,使人担心那个辫根终会烧燂燎了。

翻阅了那么许久,这才微微侧过脸来,不经心地讯问了一些姓氏、籍隶和生辰之类废话。

"你同徐周氏私通多少年了,啊?"

"老爷明镜高悬,小民着实摸不清官厅把我抓来,下到牢里,到底为的何事?"

听那言语,这人总不年轻了,少说也有四十开外。

"摸不清怎的抓你来?慢慢较,给你一百大板,你就摸得清了——滑稽死了!"大老爷用他的长杆烟袋点点犯人说,一点也不动肝火,仿佛只是随便给自己小兄弟开了一下子小玩笑。

"实情,大人,但有一点点隐瞒大人,天雷劈,听候大人砍我脑袋瓜儿!"

"那太费事喽,还要惊动三法司和朝廷,不如给你留个全尸!"

老爷不时地爱清扫清扫嗓门儿,再狠劲呸一口响痰。似乎是吐到火盆里,出口很响,并没有打响罗底砖。痰若吐到木炭火上,一定会烧它一个吱吱响罢?

"老爷,你明镜高悬……"

"你那五百两银子呢?哪块来的?"

"是小民趁着年关前,到东乡去收牲口账收来的;收进四百八十多两,走城里办了点儿祭祖年货,剩下……"

"得了,得了,甭编排了!"老爷撤着官话,很像那么回事。拍一下惊堂木,望望两廊的那个神情,倒像是说书的压扣子。

破晓时分　　283

本要吩咐甚么的,却被一个打得很放肆很响亮的呵欠拦住了,许久,这才竖竖两个指头——那是个"八"字的数码——交代下来:"赏他一顿饱的罢啦!"腔调里透着客气和商量的味道。

"不行,县大爷,不能屈打成招!"

这人直嗓子叫,没有人理他。大老爷喊近去一个听差的,留有寸把长指甲的手指罩在口上,小声嘱咐甚么。两边廊下重又开始骚动。

"该上去试试,老三,"章大爷跟我低声说,"八十大板打下来,保你出汗儿,烤棉花柴也没那么暖烘。"

"我……我不冷!"

我不知道自己说了甚么,只觉得叫我去揍人,比自己被拖去挨揍还使人为难得慌。凭我生得这样腼腆的人也是揍得人的?就如同我们这样一不贪赃,二不枉法,规规矩矩的小民,也是说揍就揍得的?

章大爷勾过头去往前头传话,我就被派上了。黑八走背后过来,递给我一条毛竹板子,叫我把怀里这个不知名的杠子放下。他怎么交代,我怎么应,可一点也没有这就要去打人的预感,一劲儿听摆弄。心惊胆战地拖起千斤沉似的大板子。

"数得来罢?"

"唔。"我含含糊糊地应着。

"大声数,伙计;有多大声儿,就用多大声儿——卖甚么!

吆呼甚么。"黑八跟上来叮咛，"上头没交代的，尽管用劲儿。可有一条，得把老雀拉下来，夹到裆里。"

"拉下来？"那真腌臜。

"别让老雀给小肚子压住，打虚脱了，可不是好买卖。"

黑里，地面又不熟，生怕哪儿上石台儿，哪儿下石台儿，弄得跌上一跤，就用脚掌平驱着摸黑往前蹭蹬。

犯人按平在地上，那脑袋使劲儿往上昂，真不相信人有那样长的脖子。

"来罢！"对面的家伙高高擎起板子等着我。

被按住的犯人拼命叫唤，我全没心去理睬了，人忽然糊涂起来，弄不清自己这要干甚么。可黑八的叮咛，我倒没忘；虾下腰，去犯人裆里摸弄，谝示我可不是个生手。

"好啦好啦，拉过了！"按住犯人双脚的那个家伙不耐烦地催促着。

毛竹板打下去，头一下手脖就软了，也忘了数数儿。板子像打在甚么上头哟！犯人后袍襟掀到腰里，棉裤也褪到了脚脖儿，肉咚咚的滋味，只在我女人身上有类似地尝过。那肉也是打得的？我可从不曾揍过老婆，偷偷开个玩笑是有的。这不行，打不下手。可就照样打下去了，跟随对手一起一落大声地喊着数儿，倒很可给自己吐吐气，似乎一喊二叫地就把甚么都忘了，把犯人的叫饶叫骂也都遮盖下去了。

可举起来打下去的毛竹板子，老跟对手的碰撞上，震得

破晓时分

冻僵的虎口一阵子裂痛。老想停一停，却又老是把起落的板眼给闹乱了，觉着自己很不如人。这样心里一慌，越发两下一碰、三下一撞，漫空里，两只毛竹板子打了架，这行饭也真不是随便吃的。

那黑八能不拿眼睛瞪我吗？还有两廊的"哥儿们"和堂上的老爷们。拖着板子往回走，打败仗一样，就这么黝黑，也抬不起头。板子拖在青石板上，戈登登，戈登登，满头大汗。心一横，也没有甚么了不得，不吃这行饭！吃下去能把人给吃成疯子。五石小麦就算丢了，拼着去拉雇工、干苦活，赚来还我爹。就算便宜他黑八再把差事转转手卖给别人，净赚五石小麦。

站回廊下来，歪着脑袋跟自个儿生闷气。真是一阵子恼，又一阵子恨，可又弄不清该恼恨谁，该恼恨甚么。害怕罢，也有几成，怎么我这样子下毒手揍了人？尽管黑八也没找上来，挨边儿的章大爷也没作声，这恼恨仍难消，好像我被人玩儿了。衬褂儿上的汗湿变凉了，冰块似的扒在脊梁骨儿上，这哪儿是人受的滋味！

那犯人还是不招供，咬定了说他腊月初七夜里，住的是西城门边儿的悦来客栈。又说他那四百多两银子，河东哪个庄子讨还多少两，哪个村儿讨还多少锭；城里哪一家香烛店买了多少烧货和香烛，哪一家绸缎庄买了多少布……要账折子有账折，要对质有对质。

账折子给捕房的马快老爷收去了，城里城外的几个店老板，堂上随时都传得来对质。

"传悦来客栈店东上堂！"堂上倒这么爽快往下吩咐。

不管传甚么人了，我心里只祷咕着，不管你堂上传谁，只别再使唤我去使刑就行。长这么大，二十多岁的人，跟谁都没红过脸儿，哪有过这样下辣手打人？无仇无恨的，打了还不准还手。不用说是人，就是这样的打牲口也下不得狠心的。这样下去，准有一天会把我弄成个疯子。黑八还说呢："一辈子的铁饭碗！"一天的饭碗我也受不住，这行饭我是吃它不下了。

大老爷见悦来客栈店主没有立刻带上来，就传问捕房那边，怎么这么一个要紧的人物不押来？捕房的回禀，那家伙押是押来了，身上拖着病，睡在班房里，得临时穿衣裳才能带上堂。

两廊里，尽管仍是黑漆一片，却看得出稍稍有些骚动。黑八从头上走过来，迎着堂上的光亮，那个矮不墩子的黑影，一看就认得出是他。

"老三，把家伙放下，跟我来！"

他走到尾上，一把拉住我，弯近左手不远的一处月门。地势他是熟，我可摸不清哪儿高，哪儿低，哪儿有石台儿，哪儿有门堙，只得深一脚、浅一脚，随时准备摔一跤地跟他在黑里跑。甚么样的急事儿值得这么样子跑法，真不懂，也

破晓时分　287

来不及去想干吗找着我。事过好一阵儿了,还算我不会打板子那个账么?

黑八把我带到西跨院子一间下房里,对面伙房一落高笼正热腾腾蒸着甚么。烛火映照过来,照到这边下房里,约略辨识得出一些桌椅板凳的形状。

"咱们废话先不多说,你赶紧把号衣脱掉!"

"把号衣脱掉?"这才我明白了,八成不要我干了。这样把我带东带西,弄得我正糊涂,原来为的这个!心里一冷,五石小麦买的差事,就这么轻易完了?尽管怄口气不要干这个没人味儿的差事,可那是我的事儿,你黑八不能这么无情无义!我不相信别人当新差事,一次也没演练过,就能打板子不出差错。饶是当不上这差事,这样逼着我立时脱掉号衣也说不通。号衣可是自个儿出钱做的,难道说怕我留下它到外面去招摇撞骗不成?那可门缝里瞧人——把人看扁了。不行,我们得算账,五石小麦不能这么不听响儿就去了——可这也是怄气的话,算甚么账,没凭没据的。这行饭不吃也罢了,该我爹倒霉……

尽管心里匆匆忙忙间发一阵子迷,又赌一阵子气,手底下不自知地已把皂带解掉,又解号衣上的铜扣子。

"你那里面怎么衬的光板儿皮筒子?这可麻烦!"

黑八不等我开腔,飞起两腿赶去对面的伙房里。那儿馒头刚出笼,热气腾腾。黑八那样飞跑赶过去,真好像那边失火了,忙着赶过去救火。

看黑八那副神情,又似乎没有意思要砸我的饭碗;除非他黑八有那份儿仁心,怕我身穿光板儿皮袄筒子出衙门不方便,去替我借甚么罩衫了。

可总是把我弄糊涂了,敞着怀,忘记了天有多么冷。皂带挂在脖颈上,愣等着甚么。伙房里的蒸气把甚么都埋进去了,人影在那样的浓雾里往返厮杀地抢着做甚么。要说堂上的光景像阎罗殿,这儿便该是阴曹地府里的刀山油锅,惨惨的烟雾,惨惨的小鬼们擎起铁叉挑那大笼里一条又一条白白胖胖的懒龙卷子。

黑八从那里逃跑似的冲出来,怀里夹着一团飘动的东西。

"脱掉脱掉,快换上这个!"

只见黑八抖起一件大袍子,等着往我身上披。

"只怪捕房那边办案子没办干净,彼此帮撮帮撮,你这就充一充悦来客栈的店东罢,委屈一下子……"

黑八这样急促地说,一面替我扒衣又穿衣。

"这,这……"

"委屈下子,小兄弟,这里面文章多得很,完了再请你吃两盅,再把事情跟你说清楚,咱们事不宜迟,快去罢!"

黑八拽着我就走,不是原来穿过月门的那条路,另朝左边弯一弯,转到前衙去。路上一面跟我小声交代:

"大堂上的景况,你都看到听到了,你这一上前去,甚么废话都不用编排,只管咬定不认识那个家伙,咬定了腊月初七下大雪,压根儿就没一个客人到你这儿投宿,就行了。"

"大堂上恐怕认得我。"我尽力想找推脱的借口。

"离着老远,哪个有千里眼才认得出你人。就你是张生脸子,才找你充充。你还不知道呢,这里边儿行情太杂了。打这位冯大老爷到差以来,自己带的有京里募来的小队子,大小案子全交给小队子去抢先立功劳,从不差遣捕房爷儿们。"

我没有闲心去听他的,只想着,这怎么可以?我这样的人任怎样无能,但欺诈玩骗从没有过,这样昧良心的勾当我干不来。我不是揍人的人,可也不是无缘无由去挨人揍的。这么一来,或许躲不掉要挨板子,这还事小,这不是硬害人家上站笼吗?人命关天的!只为的完了扰他黑八两盅酒?

"打这位冯大老爷上任以来,这个案子是捕房头一回得手办,又快又漂亮,也给小队子看看颜色,捕房的伙计可不光是吃饭的。别的不说,捕房的爷儿们没一个不是咱们县里的人;不给本乡本土捧捧场,咱们脸上也没光彩。老三,你说可是,啊?"

"这不是栽诬人,把人给冤枉了?"

穿过一处黑漆漆的走道,连黑八也不得不摸摸索索地放慢了脚步。

"冤不冤枉,那是问案大老爷的事儿,还算到咱们这一号的小么儿头上么?"

"那总也是我不杀伯仁……"

"得了,老三,别跩文儿了。也难怪,你这是头一回见识,久了就懂了。"

可奇怪的是,我一点儿也没想到不要领这害人的差使,却只管被摄了魂似的跟着黑八紧一段慢一段儿奔,好像用我这一套死理能把黑八说倒了。

"总甚么……"我喘着气说,不是累的,是心里过于吃紧了。"八爷,这总有点损阴德!"

"嘿,甚么阴德?不关这事儿。讲王法,杀人偿命,你能说悦来客栈店东不是早就给被告买通了?老三,你还嫌得很,那两架站笼摆在那儿干吗的?"

说着赶着的工夫,迎面来两个家伙,大约是一对小马快腿子,走上来一边一个揎住我:"赶紧罢,大老爷算还没发脾气。"

这是怎么说?大老爷发谁的脾气也轮不到我头上,真离奇!这衙门不是比窑子还没情义!我便迷迷糊糊给绑架到堂口上,给捺着跪下来。这算甚么呢,五石小麦买的这个?回去我可有理儿跟我爹算这笔臭账了!

青石台真够刚硬,又像冰块儿一样,隔着袍襟和棉裤,一下子就冻进了骨髓。往上望去,离得这么近,大老爷的面孔吓得我吃一个大惊吓,那不是水里捞上来的浮尸么,瞧那埋在烟雾里浮肿的蜡黄脸,眼泡儿肿剩了两条细缝儿。烛火

破晓时分　291

噗噗突突跳，照在那张浮肿的脸上一明又一暗，阴险得变幻莫测。

我忘掉跪在这儿做甚么来着，也不知道该怎么样，只等着堂上怎么发落。身上那股子颤抖的劲儿，能把浑身的骨节都哆散了板儿。我也瞥见挨肩跪着的那个人，也听见他身上铁链的颤索。可我没敢正眼看他一下。

"是个哑巴吗？"

头顶上来了这么一声，听来不是大老爷的口音。那是对付我的了；这该怎么说？不是哑巴就该喊呼鬼叫的？眼睛抬上去，只敢瞟到大老爷桌围下摆，不敢再朝上望。就这么愣听着大老爷叭嗒、叭嗒，吃馍似的抽旱烟。老觉着那根长杆烟袋就会伸过来，冲我脑袋磕上一烟窝。心里一急，居然冲口说出来：

"禀老爷，悦来——悦来客栈的……"下面又不知道该怎么说。

"不对头，大老爷，不对头！不是悦来客栈老板！"冒然地这么一叫，把人吓坏一跳，不由得转过去瞧这人一眼——这个不多一会儿之前，被我打过板子的家伙。

灯影下，这个犯人怎么会是这样的一脸凶相！胡子生到了眼睛底下，一双眼睛也是浮肿的，不过不是大老爷那样肿成两条缝，可睁得有核桃那么大。

这人或许真是杀人犯，若不是在公堂上，这副凶相真能把我拽过去，一把就掐死我。我哪还敢顶他？急忙避开眼睛。

"你给我认一认，"大老爷含着烟袋说，"腊八头一夜，他住过你客栈？"

"禀老爷，没有。"

"噢！"大老爷往后靠到椅背上闭目养神。其实那一双眼睛睁着也和闭着一样。

"不对头，大老爷！悦来客栈小的常落脚，这个人我不认得！"

他这一叫，真弄得我胆寒，也不知道该怎么对付，这情势很叫人慌。万一露出底子，就不处我挂站笼，几十大板总跑不掉。黑八这不是害死人！干吗我要百依百顺干这种刀口上悬事？好罢，不出岔子便罢，出岔子我就先咬他。

"这又是怎么回事儿啊？"

大老闭着眼，弄不清那是问谁。

"冒充的；不是他！大老爷……"这人发疯了一样，跪着朝我这边挨过来。果真他若挨上我，就是在这公堂上，怕也要出事儿。幸好给一个小队子的兵勇喝住了。

"这又是怎么回事儿啊？"

"禀大老爷，悦来客栈老板不是我，还能是他这个疯子？"为了怕挨打板子，我只能把这个玩人的勾当当作真事儿办了。尽管心虚发抖，好在老爷们都知道我是生了病的，或许出不了岔儿。

破晓时分　293

"有人跟你花银子没有？"

"没有！句句实情……"我想起那个小媳妇很得体的话头，便用上了。

"当真？"

"句句实情！"心里只管想，快点完结罢，再不押我下堂，我可要撑不住了。

"来罢！"

这是大老爷的吩咐，抬头一看，心里一吃紧，我可冒冷汗了，大老爷豁拳似的竖起五个指头。我就叫起冤枉来了；真的，这不是无枉之灾么？怎样也想不到的事。

可是叫喊归叫喊，立刻手脚就给按在冰冻一样又冷又硬的石阶上，动也不能动，便有一只手插进我裆里摸弄。也许抢着照实招出来，咬他黑八一口，这五十大板还能逃得掉。心里刚这么想，那毛竹板子业已暴雨似的打下来，我挣着喊叫，一阵子真像害了热病一样。可不大对劲儿，一点儿没感到疼痛，这不是给我掸身上的灰尘么？听那砰儿砰儿打在袍子后襟上的响声可又不小，这样子饶是打上一万大板也伤不了一个汗毛、一根布丝儿的。

我便恍然大悟了，真的这是个功夫，不简单，我算服了这些老衙门。五十大板打完，我被扶起来，望着闭目养神的大老爷。

尽管五十大板没当一回事儿，可是我犯了甚么错？就算我是悦来客栈真老板,又凭甚么要挨板子?真说不过去。

"招的是实情?"大老爷像是睡着了,在说梦话。

"句句实情,句句实情,大老爷!"

只见大老爷吟诗似的缓缓晃着脑袋,不知寻思甚么,良久,眼睛也没有张一下,便挥挥马蹄袖,示意带我下去。

画了押,又盖了指模,那上面录的些甚么,既来不及去看,也没那份心肠。低头的工夫,这才闻见袍领上若是自己衣服自个儿觉不出的那股子脑油臭。这半晌儿,不知道为甚么一点儿也没有感觉到。这时身子一点儿也不发抖了,脑子里可从没有过这样清亮。

只我很迷惑,没有去想,也不明白自己被差使做了些甚么,只觉得急急地要离开这样的地方,急急地要脱掉这一身肮脏的大袍子,一刻儿也不能等待。

冬夜真长,寒鸡一遍又一遍地啼鸣,这才催来了迟迟疑疑的破晓。穿梭在这衙门里层层道道的厅房当中,原看不到多大的天空,但遍地尽是雪一般白霜,就很够了。

"老三,真有你的!这行饭你是吃稳了!"

黑八老远就赶来拉住我手,好像我是个刚刚学步的孩子,怕我走不稳,赶过来搀我一把。

"算了,八爷,我不是吃这行饭的料!"

顺口这么应付着,心里可很迷惑,说不出道理要不要干下去;总要等等罢,不是才开头吗?跟在后面的还很多,拿不稳的。我只感到眼睛涩涩地很困,鼻子就要冻掉了。

好在天总是破晓了,一天总有一个太阳!都打着呵欠,口里白团团的热气喷出很远很远。管他呢!这样子困,手脚都冻僵了。

黑八说的:"吃衙门这行饭,也就是那么回事儿;一回生,两回熟……"

恐怕我正是半生不熟的时候,仿佛这天色,这破晓时分,说夜不夜,说昼不昼,尽管匆匆间不会久留,可是等日出还须一段儿时辰——我是这样子想。

一九六三·一〇·板桥

落叶落影——怀念朱西甯先生

虹影

一

一九九六年六月二日,台湾图书馆讲堂,《中央日报》"百年来中国文学学术研讨会"。我注意到上午十点二十分有朱西甯先生做讲评人。我第一次到台湾,主要目的之一就是见一下心仪已久的朱先生,准时坐在下面。

虽见过照片,台上七位几乎都是七十上下的作家,要确认出谁是朱先生真不太容易。我尽力猜想,把心思随目光游,其中一位头发白得无一丝灰黑,面貌慈祥而平静,显得仙风道骨,我希望是他,希望。

散会了,簇拥这些老作家的人不断,我只好去餐厅吃盒饭。

通过信,未曾见面的痖弦先生在专心用饭,我没打扰他,择里桌坐下。这时那位头发全银的老先生进来,恰好就在我的桌边。我站起来,问他是不是朱先生,果然是!

他马上从随身包里取出四本书送给我,皆是朱家两辈人的。看来他早就准备好见到我,我也将事先备好的一本散文集送他。不必客套寒暄,像约好一样。

我喜欢地看着书和扉页上的签名,他叫我把书收好,免得人看见,孩童般笑着。

午餐后,一起去图书馆会议厅,台上在讨论中国戏剧,我们在台下轻声交谈。这时,我才仔细打量他:戴着眼镜,却遮不住眼睛里的光彩。我从未见过谁有他那种光力,吸引着我,使我思想放松,心情欢欣。我觉得好像到台湾见到一位失散多年家里的长辈,从小就亲炙教诲,慈爱关怀,今日突然重见,其乐何如。

二

朱先生年龄比我大三轮,同属虎。我想我们是有缘分,注定要见面的。

早在八十年代初,赵在伯克利大学读博士时,他的导师白芝教授(Cyril Birch),有长篇专文研究朱先生的《破晓时分》。赵读完白芝文,再读朱先生小说,再回头读白文,越读越高兴。朱西甯小说重读《错斩崔宁》,却用的是现代小说方式——白芝称为"压低故事,抬高叙述"。错判冤案的旧主题，成为一篇全新的小说。白芝文结尾说：堕落的过程，在我们每个人身上，是如何开始的？这是任何文学作品所能承受最沉重的主题。

击节赞叹之余，赵把白文译出，附上朱先生原作，一九八七年由湖南文艺出版社出版。这恐怕是大陆见到有关朱西甯先生作品的最早评介。我和赵都觉得朱先生此作，比他脍炙人口的小说《铁浆》更出色。到英国后，我就读了伦敦东方学院能找到的朱先生的全部作品，以及天文天心的全部作品，而且由于他们，进而偏爱他们家的好友胡兰成，虽然胡的狂劲儿，我不太喜欢。

由此，九五年我读到朱先生评论我在《中央日报》得奖小说《六指》的文章《才华与功力兼美》后，我立即给这位一直爱戴的作家写信致谢。没想到，立即收到朱先生回信，飘逸的书法，行间是对晚辈的鼓励和鞭策。

三

这就是他，写过吞吃铁浆而争霸道的民族灵性，写过为生存而助恶的民族弱质，写过横扫中原的战乱腥风。我总认为他是个刚烈汉子，至少是见过太多流血和残酷的硬心人。可是，此刻坐在我身旁，却是睿智、自然，而令我倾服的是他的安宁慈祥：为鼠常留饭，怜蛾不点灯，世上尚存极少数极少数的大慈悲者,是我多少年来都在苦苦寻找的那种人。

整个下午,我们违规地在图书馆会议厅后排椅子低声交谈,源源不断,那么多话需要说。他始终怀念家乡,曾带一家子去山东探亲,而这刻他正在编一个山东籍台湾作家集子。给我看长长的名单,其中有管管、马森、王鼎钧、初安民等人。工作量很大,费时还得费心。他眼光中有几分不安,或许有太多的对故土故人的念情,而在台湾已经太不"时髦"?

他从山东到南京,从南京又上溯长江,重新走旧时路,大江南北,那么多的地方,那么多的记忆。我告诉他"文革"时,我还只是小女孩,一场大火后,在废墟中拾到一个瓷猫,想出了《六指》的故事。

他到过重庆,即带一家子回山东那一次,那时我与他已有书信往来。他吃到闻名的重庆火锅。他喜欢山,任何地方的山,还有水,那种没有污染、带潮湿的气味。

他喜欢熏干花草,清清淡淡的。谈到前些时期生病,良性肿瘤误会癌症,为一场"虚惊"。他喜欢动物,连无家可归的狗也收养。我知道若有一天我没有了家,他也会收留我。我未见他吸烟,他说以前抽烟不少。

那个下午,不时有人走过我们身边,向他悄声致意——研究生,更多的是朋友。大地出版社负责人姚宜瑛女士送给他一本刚出的《张爱玲与赖雅》,他看到我翻得爱不释手,知我肯定也是张迷,定要给我,说他在台湾能弄到这书。

于是，话是自然转向张爱玲。张觉得自己名字俗气，而我名字也如言情小说家，更何况字不吉利。《毛诗注疏》中说："虹乃阴阳之气不当交而交者，盖天地之淫气也。故朝西而莫东也。此刺淫奔之诗。况女子有行，又当远其父母兄弟。"

他笑着看看我，说他家乡也有种说法："东虹风，西虹雨，北虹出来动刀兵，南虹出来卖儿女。"

反正见虹无好事，哪个方向都不行。

他安慰我："你和赵在教堂结婚，上帝会保佑。赵在哪儿？"

我望望巨大的会场，岂能轻易寻这家伙，从来参加会，我俩各有朋友。虽在一起，吃饭也分开坐，已成好习惯。

他始终微笑，我们谈话的内容从个人生活延伸开，从二·二八跨入八十年代末，从台湾新办的杂志到大陆作家。

那天，我们连续谈了几乎六个小时，言犹未尽。和朱先生告别时，我突然想起 A. D. 霍普的诗句：

> 纸老虎在正午咆哮……
> 丛林虎猛醒，并发出它真正的呐喊……
> 我的孩子，把恐惧丢在一边：
> 打开门，迈步走出！
> 真的老虎守在那儿，
> 它金色的眼睛为你指路。

四

　　为了和朱先生一家见面，我和赵放弃会议安排的台湾中部观景之旅。二天后，即六月四日，朱先生特意让他的老朋友、作家舒畅，来六福客栈接我们。街道如棋盘格子的台北，不容易弄错。但电话里朱先生坚持这个安排。舒畅先生来了，一头白发，可以与朱先生比美，会说地道的四川话，爽直脾气，火爆言语。

　　我们在朱先生一家经常去的酒楼先喝茶。在舒畅先生离开的一会儿，朱先生对我和赵说，四十五年前舒畅来台湾时，只身一人，匆忙中只得把妻子和襁褓里的儿子留在武汉，此后音信全无。等了三十多年，允许访问大陆时，他赶回大陆，寻找亲人。妻子"文革"中跳楼自杀，已有十多年，儿子已过中年，有家有小，到台湾来住过，父子合不来，离台回去后几乎再无联系。等到的失望，比等待的希望更加残酷。舒畅这才发现，留在这世界上的本态，是单身一人。

　　我天生有个缺点：怕见生人，与人相处时间稍长就紧张。才间隔二日，从下午二点到晚上十点多饭余，我一直和朱先生在一起！先是天文来，后是天心、小盟盟和慕沙夫人来。从来没有说那么多话，许久没有那么打心眼里高兴。我很少真正能亲近一个人，对有的人是简单的喜欢，我心里清楚：对整个朱家不仅是深刻的喜欢，而是敬爱。

那一日别后，我们回伦敦，回大陆，彼此信件传真没断。我保留着朱先生的信："一般所谓的'一见如故'只是一种夸张渲染，你们伉俪与舍间的初晤，才是名实相符，真的是有缘。"

他这样的信，令我温暖，而心里最想的是，不久就会有一日再见。

五

果然，九七年年末，我在台湾的出版人、作家隐地先生，在电话里告诉我《饥饿的女儿》获奖一事，在电话里与我商量去台湾的计划。说完，他却"顺便"告诉我：朱西甯先生患癌症，住了医院。

我特意去店里挑了张祈祷的卡片寄去，心情沉重，母亲重病已有些时辰，日日牵挂里多了一个人，那就是朱先生。我一心想早点有台湾再次行。

马上到了第二年，即九八年一月，收到天文在这月二十一日信和一册兰草小年历，说她父亲去年十二月中旬住院，元月上旬恢复顺利，出院。又说她父亲在医院得知我的书与天心的《古都》一起获联合报九七年最佳书奖，非常欣悦。

这封信，使我松了一口气：原来又是一个"误诊"！让朱先生知道他对我写作的一贯支持，并没有"看走眼"，也使我欣悦，还有些说不出来的安慰。

台湾再次行被搁浅，被其他事给隔开了。谢谢隐地先生，他说，有一张飞机票为我留着。

却不料三月下旬，隐地先生来传真，提及朱西甯先生已走。看着传真，我即刻呆了：整个台湾突然被削去一半，那个有位亲人长辈的一半；余下的一半，又重新陌生了。我真是非常非常明白，以后再去台湾，台湾已不再是有亲人长辈的台湾；我也不会有安全感，像以前曾想的，若有一日我没有家，朱先生会收留我。但朱先生现在不在了。

六

我就是这么来看待朱西甯先生。说实话，我不知道别人怎么看他，我对台湾文坛完全不了解。想起那次临离开台北时，与初安民一起喝咖啡，说起与朱家的见面与长谈，他十分惊讶，说他们是隐士，受人尊敬，却太孤傲，不轻易与人来往。我想他们对我优容有加，只是对我的褒掖。

现在回想，除了朱先生对我——一个热爱文学的大陆人，两次在《中央日报》隐匿姓名小说评奖中力争，并写评论，使我这个在大陆从不受赏识的作家无法不感慨，尤其是之后，他写了那连载《中央日报》整整三日的长文《写自己？还是写自传？——看虹影的〈饥饿的女儿〉》，可能那时癌细胞已找上他。在他生命的尽头,寄来三页剪报,错排处一一朱笔修改。

如此长文,我读了之后,感动之余,可能反而觉得生分了。我给他写回信,写得很短,似乎有点不知所措。

但我总以为有机会再见到他,就像在图书馆第一次见到那样,而一切可能的"隔",会重新消失。

而现在讲,已太迟。在伦敦的日子,与一个人相处,清静,淡泊,生活也逐渐简单。我坐在桌前,写作前想的就是朱先生文章里的话,事实上,那的确是朱先生在世留给我的最后的话。

他让我不要学"外在世界萎缩,不得不凝视内在,微观自我"的所谓"新生代"作家,而保持"广阔的宏观视野"。他对"新生代"的总结真是一语中的,我很庆幸我没有厕身任何一"代"。

他又说,"落叶自归落叶,落影自归落影,空里东飘,地上西移。"这几句禅语似的话,玄机极深。我想了一年,觉得是想通了。但禅语的理解,是不可言说的,只能放在心里。

七

重读作品,是对一个作家的最好纪念。我一直在读朱先生的作品,他在我的阅读里返回,不再走了,不再离开我。多好,有此妙方,就能常常见到他,与他说话,告诉他那些无法对人说的话，失去他的心，不再发出痛喊。

朱先生在评论我的书时，借用《神曲》中的例子说，如果心灵不能相通，"就那么老是错身，以至穿身而过，休怨缘悭一面。倒是这憾相逢相绝相浑而不相识，尤难相知。"

每想起朱先生时，我最大的欣慰就是我们见了面，相识了。而在作品中，我们真正相知了。

白芝当年研究朱先生的《破晓时分》时，开场用了一首当代诗人默温（W. S. Merwin）的诗，题为《挽歌》，只有一行：

我拿给谁看呢？

朱先生不在了，我这点文字拿给谁看呢？这么点犹疑，使这篇小文耽搁了一年多。这点文字不是给慕沙夫人和天文天心天衣看的，她们的悲痛终究要平复，而我这点文字只能使她们回想起痛楚。

是的，是给我自己看的，我的心路历程上，朱先生曾经给我指点一段路，谁再会指点我？在前面，那个岔路口，会是他吗？

一九九九年三月

朱西甯文学年表

一九二六年

　　六月十六日,出生于江苏宿迁,祖籍山东省临朐县。本名朱青海。排行么子。

一九三七年

　　七月,抗日战争爆发,遂离开家乡,流亡于苏北、皖东、南京、上海等地。

一九四六年

　　南京第五中学毕业。

一九四七年

　　发表第一篇短篇小说《洋化》于南京《中央日报》副刊,连载二日。

一九四八年

　　就读杭州艺术专科学校。

一九四九年

　　弃学从军，加入国民政府军队。

　　随军来台，居于高雄县凤山黄埔新村。官阶陆军上尉。

一九五二年

　　六月，短篇小说集《大火炬的爱》由台北重光艺文出版社出版。

一九五三年

　　与刘慕沙初次见面，并持续通信。

一九五六年

　　三月十七日，与刘慕沙在高雄公证结婚。

　　八月二十四日，长女朱天文出生。

一九五七年

　　六月，发表短篇小说《刽子手》于《自由中国》第16卷第11期。

　　十二月，发表短篇小说《新坟》于《自由中国》第17卷第12期。

一九五八年

三月十二日，次女朱天心出生。

六月，发表短篇小说《捶帖》于《自由中国》第 18 卷第 11 期。

一九六〇年

五月七日，三女朱天衣出生。

配得桃园侨爱新村眷舍，合家迁入。

一九六一年

七月，发表短篇小说《锁壳门》于《诗·散文·木刻》创刊号。

七月，发表短篇小说《铁浆》于《现代文学》第 9 期。

八月，短篇小说《狼》连载于《中央日报》副刊。

由侨爱新村迁居板桥浮洲里妇联一村眷舍。

一九六三年

二月，短篇小说集《狼》由高雄大业书店出版。

十一月，短篇小说集《铁浆》由台北文星书店出版。

一九六五年

七月，迁居内湖一村新眷舍。

开始动笔写长篇小说《八二三注》。

十月，收到张爱玲自美国第一封来信。

一九六六年

　　十一月，长篇小说《猫》由台北皇冠出版社出版。

一九六七年

　　二月，短篇小说集《破晓时分》由台北皇冠出版社出版。

一九六八年

　　十月，短篇小说集《第一号隧道》出版。

　　主编《新文艺》月刊。

一九六九年

　　三月二日至七月四日，长篇小说《旱魃》连载于《中国时报·人间副刊》。

一九七〇年

　　四月，长篇小说《旱魃》由台北皇冠出版社出版。

　　四月，短篇小说集《冶金者》由台北仙人掌出版社出版。

　　六月，短篇小说集《现在几点钟》由台北阿波罗出版社出版。

　　九月，长篇小说《画梦记》由台北皇冠出版社出版。

一九七一年

　　十二月，短篇小说集《奔向太阳》由台北陆军出版社出版。

参与筹组黎明文化公司,并担任总编辑。

一九七二年

一月,主编《中国现代文学大系》小说辑(共四册),由台北巨人出版社出版。

八月一日,自军中退役,专事写作。

十月二十八日,由内湖迁居景美。

一九七三年

短篇小说集《非礼记》由台北皇冠出版社出版。

一九七四年

五月,长篇小说《八二三注》连载于《幼狮文艺》第245期至第276期,一九七六年十二月刊毕。

七月,短篇小说集《蛇》由台北大地出版社出版。

十一月二十至二十一日,《迟覆已够无理——致张爱玲先生》连载于《中国时报·人间副刊》。

结识胡兰成。

一九七五年

一月,短篇小说集《朱西甯自选集》由台北黎明文化公司出版。

六月,收到张爱玲信,信上说"希望你不要写我的传记",

朱西甯文学年表　311

自此音书遂绝。

十月，短篇小说集《春城无处不飞花》由台北三三书坊出版。

一九七六年

八月，短篇小说集《将军与我》由台北洪范书局出版。

八月，长篇小说《春风不相识》由台北皇冠出版社出版。

一九七八年

二月三日，发表《乡土文学的真与伪》于《联合报》副刊。

四月，长篇小说《八二三注》(三册) 由台北黎明文化公司出版。

九月，《曲理篇》由台北慧龙文化公司出版。

一九七九年

四月，长篇小说《八二三注》由台北三三书坊出版。

七月，长篇小说《猎狐记》由台北多元文化公司出版。

十月二十二日，获第四届联合报长篇小说特别奖。

十一月四日，居南京的六姊辗转来信，获知父母、两兄均已不在人世。

一九八〇年

一月，短篇小说集《将军令》由台北三三书坊出版。

三月，短篇小说集《海燕》由台北华冈出版社出版。

十二月,《日月长新花长生》由台北皇冠出版社出版。

开始动笔写长篇小说《华太平家传》,经历多次易稿,至一九九八年病逝写有五十五万字未完。

一九八一年

一月,《微言篇》由台北三三书坊出版。

一九八三年

八月,短篇小说集《七对怨偶》由台北道声出版社出版。

一九八四年

七月,短篇小说集《熊》由台北皇冠出版社出版。

八月,短篇小说集《牛郎星宿》由台北三三书坊出版。

十月,长篇小说《茶乡》由台北三三书坊出版。

一九八六年

六月,《多少烟尘》由台中省训团出版。

十月,发表《三言两语话三毛——唐人三毛》于《台港文学选刊》第 5 期。

一九八七年

七月,中篇小说《黄粱梦》由台北三三书坊出版。

一九八八年

四月，携妻女赴大陆探亲，于五月二十一日返台。

一九九一年

四月十二日，发表《被告辩白》于《中央日报》副刊。

一九九四年

一月三日，发表《岂与夏虫语冰》于《中国时报·人间副刊》。

一九九五年

十一月，发表《金塔玉碑——敬悼张爱玲先生》于《交流》第 24 期。

一九九六年

七月，发表《恨归何处——评王安忆〈长恨歌〉》于《联合文学》第 141 期。

一九九七年

三月，主编《山东人在台湾——文学篇》，由台北财团法人吉星福张振芳伉俪文教基金会出版。

十一月，身体不适，入荣民总医院检查，得知罹患肺癌。

一九九八年

三月二十日,长篇小说《华太平家传》连载于《联合报》副刊,至七月二十八日刊毕。

三月二十二日,病逝于台北万芳医院,享年七十二岁。

一九九九年

五月,短篇小说集《朱西甯小说精品》由台北骆驼出版社出版。

二〇〇一年

一月十八日,家属捐赠朱西甯手稿、图书、信札、照片、文学文物等共1393件,供台湾文学馆办理典藏、研究及展示活动。

三月十六日,台湾文学馆筹备处举办"朱西甯文学纪念展",至四月十三日止。展场依照其一生的创作历程规划成六个时期,展出不同阶段的聘书、证件、照片、创作手稿,与亲友往来的书信及珍藏的文学书籍、杂志等。

二〇〇二年

三月六日,遗作长篇小说《华太平家传》由台北联合文学出版社出版。

九月十六日,《华太平家传》获时报文学奖推荐奖。

十二月,《华太平家传》获联合报最佳书奖(文学类)。

二〇〇三年

三月二十二至二十三日,"行政院"文化建设委员会主办、联合文学出版社共同举办"永远的文学大师——纪念朱西甯先生文学研讨会"活动,与会者有王德威、应凤凰、吴达芸、黄锦树、庄宜文、陈芳明、杨泽、范铭如、张瑞芬、张大春、朱天文、吴继文、郝誉翔、杨照、舞鹤、骆以军等人。

三月,短篇小说集《破晓时分》《铁浆》,长篇小说《八二三注》由台北印刻文学出版社重新出版。

五月,《纪念朱西甯先生文学研讨会论文集》由台北"行政院"文建会出版。

二〇〇四年

十二月,短篇小说集《现在几点钟:朱西甯短篇小说精选》由台北麦田出版社出版。

二〇一〇年

一月,第18届台北国际书展"台湾作家书房"主题馆展出朱西甯文物及图片,其他参展作家有王拓、白先勇、钟肇政、赖和、李昂、萧丽红、蔡素芬、杨逵、钟理和、黄春明、王祯和、朱天文等。

(参考台湾文学馆出版《台湾现当代作家研究资料汇编:朱西甯》一书整理)